Tanja Dückers

Spielzone

Tanja Dückers

Spielzone

Roman

Aufbau-Verlag

Die Arbeit an diesem Buch
wurde von der Stiftung **Kultur**fonds
gefördert.

Inhalt

Die Thomasstraße

Die Sonnenburger Straße

Die Thomasstraße

Kobaltblau

Da sind sie. Für Sekunden bohrt sich die Spitze des Fleischspießes durch ihre Köpfe, die in der dunstbeschlagenen Scheibe eines Döner-Ladens gespiegelt werden. Sie stolzieren weiter die Hermannstraße entlang. Zurück in ihre Wohnung. Vor ihnen schwankt ein Mann in abgelatschten Cowboystiefeln. Eine Bierspur auf dem frisch gefallenen Schnee.

Da sind sie. Die schlanke Frau in einem Nixenkleid, hautenges türkisfarbenes Nylon mit Schuppenmuster, und einer wie ein Fischschwanz aufgefächerten Schlaghose, wäscht Broccoli. Der Junge mit langem blauschwarzen Haar in einem »Ziggy Stardust«-Outfit putzt Mohrrüben und preßt Zitronensaft. Irgendwann legt er seine Hände von hinten um ihre Taille, zupft spaßhaft an einem an Algen erinnernden, seltsamen Geflecht in ihrem hochgesteckten Haar. Dann setzen sie sich auf den Kühlschrank, sie auf seinem Schoß, meerblaues PVC unter ihren baumelnden Füßen, löffeln Quark aus kleinen Schalen.

Ich drücke meine Zigarette zwischen ein paar feuchten Blättern aus.

Jetzt kämmen sie sich gegenseitig die Haare. Sie flicht einen Seestern in sein Haar, er hält ihr zwei große Miesmuscheln auf die Ohren. Sie stützt sich am Kühlschrank ab; mit trägen, weichen Bewegungen, als hätte sie keine Knochen mehr in ihrem Körper, läßt sie sich auf einen mit blauem Flokati gepolsterten Küchenstuhl sinken. Streichelt ihre linke Brust. Zieht eine Obstschale über den Tisch heran, legt ihre Brust zwischen die Orangen und Äpfel und spielt mit den Apfelstielen an ihrer Brustwarze.

Meine Gläser sind schon wieder verschmiert.

Sie flüstern irgend etwas miteinander, das ich nicht verstehen kann; sie essen Erdbeeren und Broccoli, Zitronensaft darüber, zwei Mohrrüben für jeden zum Nachtisch, und Rosinen picken sie sich aus den Händen wie Kinder. Ob ich das jetzt auch tun soll? Ob ihre Haarfarben wohl echt sind?

Ich schlendere über den Thomas-Friedhof, grüße kurz Frau Minzlin, reibe meine rotgefrorenen Hände wieder aneinander. Lutsche einen Salbei-Bonbon.

Bach oder Byrds? Maria Callas oder Diana Ross? Da steht Jason wieder lächelnd, mit nichts weiter an als einem kobaltblauen Slip, und Elida nimmt seinen Schwanz in den Mund. Eine Weile tut er noch ungerührt, sortiert weiter Platten, dann läßt er die Platten fallen und zerrauft ihr die Haare. Diese langen, roten Haare, die sie jetzt um seinen Penis wickelt, ihre Hände auf seinen Pobacken ...

Ich ignoriere den kalten Stein unter meinen Knien.

Hach, Gisela ist bestimmt schon längst zu Hause, ich muß mich verdünnisieren. Sie kann's nicht leiden, wenn sie mit dem Essen warten muß. Beinahe wäre ich abgerutscht, erwische gerade noch den kleinen Vorsprung mit den nasenlosen Engeln; die alte Minzlin mit der Gießkanne hat mich zum Glück nicht beim Runterklettern beobachtet. Aus einem Augenwinkel sehe ich noch, wie die beiden in ihrer über und über mit blauen Plastikblumen geschmückten Badewanne liegen, Kiwis löffeln und ihre Zungen über ihre Körper gleiten lassen. Müssen sie denn nie einmal Dinge tun, wie den Müll runtertragen oder Schuhcreme kaufen?

Rotes Licht brennt drüben im ersten Stock, Musik schallt zu mir herüber. Elida legt ein Samtband mit einem Skarabäus um ihren Hals, kleine Muschelketten um ihre Fußgelenke, dann macht sie sich drei verschiedene Sorten Schokolade gleichzeitig: eine mit Wald-, eine mit Flieder- und eine mit Hibiskushonig. Jetzt legt sie sich zu Jason, der nach ekstatischem Tanzen zu »Baccara« sein grünglitzerndes Paillettenkostüm (hat er beim »Zauberkönig« auf der Hermannstraße gekauft) ausgezogen und sich nackt auf ihrem Sofa ausgestreckt hat. Sie löffeln abwechselnd aus den drei Schokoladenbechern. Das Zeug sieht so dickflüssig aus, als würde der Honiganteil bei 50 % liegen.

Bis morgen noch nennt er sich Jason, am Montag denkt er sich wieder einen neuen Namen aus. Genau eine Woche habe ich immer Zeit, den aktuellen herauszufinden. Zur Zeit hat er eine Schwäche für amerikanische Namen. Terence, Roy, Kirk. Elida (ob das ihr richtiger Name ist?) spricht sie alle gleichermaßen zärtlich aus.

Und ich schreibe. Terence, Roy, Kirk, so heißen sie alle, die schwerelosen Figuren, die durch meinen weißen Blätterwald gleiten. Das wissen sie natürlich nicht.

Ich kenne sie schon eine Weile, doch sie nehmen keine Notiz von mir. Elida: Ihretwegen habe ich gestern ein Buch mit »Urlaubsgeschichten« des Bastei Lübbe Verlags bestellt, weil ich das, als sie bei »Rudis Reste Rampe« an der Kasse stand, in ihrem Lackhandtäschchen gesehen habe. Jason: mit seinen glitzernden Satinhosen, solche hab ich mir früher immer gewünscht, aber meine Mutter verdrehte nur die Augen. Wie er in ihrem Zimmer tanzt, Elida lachend mit einer Lamettagirlande zu sich hinzieht, zu sich herunterzieht. Schöne braune Arme. Und diese Indianerhaare: Als Kind hatte ich so eine Perücke mit Federn dran; hat das damals Spaß gemacht, mich zu verkleiden. Dazu hat Jason dann blaue Augen, dieses Meerblau, das mich U-Bahnstationen verpassen und Bordsteinkanten übersehen läßt. Wenn Gisela und ich doch noch ein Kind bekommen sollten, werde ich es »Neptun« nennen (als zweiten Vornamen, versteht sich, nach Roy) und versuchen, es in den ersten Lebensmonaten so oft wie möglich Jasons und Elidas flüchtigen Blicken auszusetzen, und die dunklen Augen unseres Kindes werden einen ganz leichten, nur für mich erkennbaren Stich ins Bläuliche bekommen. Denn Gisela und ich haben braune Augen, aber ihre Augen haben die Farbe des Stillen Ozeans auf den Globen im Schaufenster von Karstadt.

Eine schöne Metapher, das mit den Augen und dem Stillen Ozean – diesen Satz werde ich in keiner meiner Geschichten unterbringen, nein, der ist für sie reserviert, der Stille Ozean. In meinem Kopf.

Müde bin ich heute, müde. Hab vorhin die falsche braune Schuhcreme gekauft und müßte eigentlich noch mal los. Dabei geh ich so ungerne auf der Hermannstraße einkaufen, einfach zu laut und anstrengend. Und das auch noch zweimal an einem Tag. Aber erst mal Kaffee und eine Scheibe Schwarzbrot. Die Thermoskanne und die Schnitte habe ich mitgebracht, falls ich heute lange auf meinem Plätzchen ausharren muß. »Paechbrot« steht auf der Tüte. Dabei fällt mir ein, wie Elida und Jason letztens Bekannte in der U-Bahn getroffen haben (ich schob mich im U 7-Gewühle in ihre Nähe), die ihnen irgend etwas über PC, Political Correctness, erzählt haben. Und Jason amüsierte sich, weil er dachte, das sei eine neue Abkürzung für »Penis« und »Clit«. So sind sie. Ich selber habe leider selten das Vergnügen, einen Begriff oder ein Wort falsch zu verstehen. Egal, wo ich hingerate, in meinem Kopf oder auf dem Stadtplan, am Ende stehe ich doch immer bei uns zu Hause auf dem braunen Teppich.

Mir geht ein Vergleich durch den Kopf. Nur so. Weil die beiden keinen Funken Interesse an ihrer Umwelt haben (lesen natürlich auch nie Zeitung). Schon in der Schule hat mich die, wie soll ich sagen, Abgeschlossenheit von mathematischen Formeln fasziniert. Dieser Kosmos für sich, ob Kriege stattfinden oder die Menschen zum Mond fliegen, 2 mal 2 bleibt 4. Diese, ja, Ungerührtheit der Zahlen, ihre Absolutheit und Unnahbarkeit, das ist irgendwie der Reiz dabei, doppelte Buchführung zu machen im Abwasserpumpwerk, dieses tiefe Gefühl von Befriedigung, wenn sich alles in Symmetrie auflöst. Gisela denkt, ich hätte nur zuviel getrunken, wenn ich ihr gestehe, daß ich vor Zahlen, besonders vor der schönen 8, eigentlich einen Kniefall machen möchte.

In fünf Minuten schließt der Friedhof. Ist die Familie Peters, Karl-Otto und Magda, Paul und Ingrid, und die früh gestorbene Teresa, wieder für sich. Das Dach ihres Familiengrabs, zur Thomasstraße hin von Linden versteckt, dient mir als Beobachtungsplätzchen.

In Neukölln sind sie natürlich für alle Leute so etwas wie Tiere aus dem Zoo. Alle reden über sie, das ist noch freundlich gesagt, aber das scheint sie nicht zu stören, oder sie bemerken es einfach nicht. Einmal hat es ihnen doch etwas ausgemacht, da hat einer dieser gräßlichen Punks vor Karstadt einen Silvesterknaller an Jasons Samthosen geworfen, der zerriß ein Hosenbein, und es brannte sogar einen Moment. Jason fing plötzlich, nur ganz kurz, an zu weinen, eine Gesichtsentgleisung. Elida legte einen ihrer zarten Arme um ihn, flüsterte etwas, was ich nicht verstehen konnte. Sie haben gemeinsam mit ein paar Sicherheitsnadeln – daß sie so etwas dabeihaben, soviel Pragmatismus hatte ich ihnen gar nicht zugetraut – das, was von dem Hosenbein übriggeblieben war, zusammengesteckt, wobei Elida Jason die Knieinnenseiten und die Schenkel gestreichelt hat. Da versiegen Tränen schnell. Und dann sind sie natürlich in ihre unglaubliche Wohnung in der Thomasstraße gegangen, mein Schloß Charlottenburg von Neukölln.

Auch ich verschönere die Welt. Bin schließlich berufshalber damit beschäftigt auszurechnen, wieviel Liter Wasser in Tempelhof und Neukölln jeden Tag durch die Filteranlagen gehen.

Die Scheiben vom »Sarg Discount« auf der Hermannstraße sind so verschmiert, daß man den Glanz der lackierten Särge kaum erkennen kann, daneben die Pistolen bei »Waffen zweiter Wahl« stumpf und auf Pupillenhöhe. Schon wieder neue Graffiti an der Friedhofsmauer, irgendwas in Englisch, was ich nicht richtig verstehe. Fratzen dazugemalt. Wenn's was Schönes wäre, hätte ich ja gar nichts dagegen, daß Wände und U-Bahnhöfe beschmiert werden. Die jungen Türken mit den Schmetterlingsmessern gucken komisch zu mir rüber. Nicht hinschauen, sagt Gisela immer. Die alte Becker räumt die Kränze vom Stand, da hinten stapft schon wieder Rosemarie Minzlin, die ich jeden Tag auf dem Friedhof sehe. Und jetzt schnell zu den Peters.

Drüben ist es zappenduster; Jason, ich meine Morris, und Elida sehen nie fern, hab noch nie das helle Flimmern in ihrer Wohnung bemerkt, das man bei den meisten Leuten abends sieht – im Moment kann man allerdings wegen dem Geblinke der ganzen Weihnachtsdekoration sowieso nichts davon erkennen. Keine Spur von Morris und Elida. Sehnsucht.

Ich habe kein Lieblingsbuch, aber eine Lieblingsstelle: in »Die Bekenntnisse des Hochstaplers Felix Krull«, das lese ich nämlich gerade in meinem Volkshochschulkursus über die Brüder Mann. Da gibt es eine Szene, wo Felix zu einem eleganten Geschwister- und/oder Liebespaar auf dem Balkon eines vornehmen Hotels hochschaut und die beiden gerade in ihrer Zweisamkeit so begehrlich findet. Wenn Morris und Elida sich eine Zeitlang nicht blicken lassen, verreist sind oder ganz von ihrer Zauberwohnung verschluckt, dann lese ich diese Stelle auf meinem Geheimplatz; nach 17 Uhr mit Taschenlampe.

Ich hab schon viel herausgefunden, war fleißig. Was ist Morris' Lieblingssockenfarbe? Was für Kondome kaufen sie? Welche Farbe von Götterspeise bevorzugen sie?

Hellblau, Billy Boy, Kirsche. Jetzt ein besonderer Leckerbissen: Am 8. Dezember, ja, es war der 8., sind Elida und Morris nachts um 4 nach Hause gekommen. An der Ecke Altenbraker/Thomasstraße stand ein alter Chevrolet. Sie schlichen um das Ding herum, und dann, ich traute meinen Augen nicht, begann Morris mit irgend etwas am Schloß herumzufummeln, und zack ging die Tür auf. Und dann? Schraubten sie den Fahrersitz runter und schliefen miteinander. Eine halbe Stunde später kletterten Morris und Elida aus der schicken Kiste heraus, knallten die Tür zu und gingen nach Hause. Am nächsten Morgen konnte ich noch ein paar silberne Federn von ihren Federboas, die sie auch nachts im Partner-Look trugen, auf den Sitzen finden.

Natürlich habe ich sie nicht angezeigt. Meine Neptunier. Obwohl ich das eigentlich ... bisweilen denke ich, sie verwirren mich zu sehr. Was will ich eigentlich von ihnen?

Manchmal ärgere ich mich über sie.

Sie kaufen sich Karten für Ismael Ivo, die fünfzig Mark kosten, und lassen sie verfallen. Das ist doch blöde, so dicke haben sie's ja nun auch nicht. Oder sie trödeln sich zwei Fahrräder, lassen sie unabgeschlossen im Hof stehen und wundern sich, wenn die am nächsten Tag weg sind. Aber es gibt auch Dinge, die man nicht bald wieder vergißt, Dinge, die die Liebe wirklich auf die Probe stellen. Zum Beispiel die Tatsache, daß Morris mal, ja, Pornodarsteller war. Das ging eindeutig aus einem Brief, den er von einem ominösen Herrn Ricker erhalten hat, hervor. Den habe ich in der U-Bahn doch gelesen! Morris hat mir nicht mal einen rügenden Blick zugeworfen, als ich mir fast die Pupillen ausrenkte. Das war letzten Sommer, als er dreimal die Woche mit der U 7 nach Schöneberg fuhr, um in einem Secondhand-Laden, der wie eine Garage aussah, Klamotten nach Farben zu ordnen und auf Bügel zu hängen. Was er jetzt macht, kann ich nicht sagen. Mir scheint, gar nichts. Elida hat hin und wieder in einem Esoterik-Klimbim-Laden in der Donaustraße gearbeitet. Saß still an der Kasse, in irgendwelchen Bildbänden über Indien oder die Galapagosinseln blätternd, guckte erst hoch, wenn ein Kunde vor ihrer Nase stand. Jetzt sitzt sie einmal im Monat walkmanhörend beim Arbeitsamt.

Die Sache mit den Pornoheften, das war ein ganz schlimmer Schock für mich. Als ich aus der U-Bahn ausstieg, hab ich mir erst mal im »Blauen Affen« am Hermannplatz einen Schnaps genehmigt und war den ganzen Tag, ach, die ganze Woche, verwirrt. Die Hefte habe ich tatsächlich aufgetrieben, das war nicht einfach, und es gab fürchterlichen Krach mit Gisela, die wegen einer Unaufmerksamkeit meinerseits die Hefte gefunden und beinahe in den Müll geschmissen hätte! Da ist wirklich Morris drin. Aber es gibt auch Augenblicke, in denen ich ihm das verzeihe, wo ich ihn unheimlich mutig, toll finde: er traut sich eben alles. Und dann gibt es Momente, wo ich es nicht begreifen kann. Für Geld. Um Geschirrspülmittel und Schuhcreme zu kaufen.

Aber das verdränge ich alles wieder und lege ihnen Blumen vor die Tür. Sie wundern sich kurz, nehmen sie dann und stellen sie in ihre Wohnung. Der Gedanke, daß diese Blumen, die ich da in meinen Händen gehalten habe, in den Zauber ihrer Wohnung geraten, sie sich gegenseitig mit ihnen streicheln, necken ... Sie scheinen sich nie groß den Kopf zu zerbrechen, von wem die wohl sind. Sie nehmen sie einfach und erfreuen sich daran. Sie nehmen sich unbekümmert aus der Außenwelt das, was sie zur Ausstattung ihrer Innenwelt brauchen. Ich liebe sie.

Als ich das letzte Mal Morris' Halsmuskulatur sah, Elida bewegte sich auf seinem Schoß auf und ab, ihre langen, roten Haare fielen über ihr Gesicht seinen Rücken hinunter bis fast an seine Hüften, und seine schönen, sehnigen Hände hinterließen feste rote Abdrücke auf ihren Pobacken, da wurde ich so unruhig, daß es mir fast den Kopf zersprengte. Aber – ich hab in ihrem Kosmos nix zu suchen. Wenn ich das bloß endlich einsehen würde. Eigentlich entzieht es sich auch meiner Vorstellungskraft, sie wirklich, ich weiß nicht, anzufassen oder so. Habe noch nie ein Wort mit ihnen gesprochen. Wenn ich versuche, ihnen auf der Hermann zuzunicken oder sogar ein Lächeln zustande zu bringen, wie letztens, als sie aus »Alibabas Imbiß« kamen, ignorieren sie mich völlig. Schauen geradewegs durch mich hindurch.

Ob ich einfach mal eine Anzeige in die Neuköllner Wochenpost setzen sollte?

»Nicht mehr ganz junger Betriebsleiter (stellvertretend), mittelgroß, nicht dick, besucht Schreibworkshops und Volkshochschulkurse. Hört Siebziger-Jahre-Platten (Disco/Funk). Und möchte sehr gerne ...«, ja, was eigentlich?

Na, ich weiß nicht. Alles Quatsch. *Sie* lesen das ja sowieso nicht (höchstens Gisela!).

Immer dieser beschissene Baustellenlärm an der Silberstein, da wird nichts Neues gebaut, nur ein paar stinkende

Rohre ausgewechselt. In der braunroten Überpumpleitung das abgesaugte Grundwasser, 50 Kubikmeter pro Stunde. Taubenscheiße auf rostigen Scharnieren. Sollte man alle abballern, diese Ratten der Luft.

Morgen fahren wir nach Travemünde. Joachim und Cornelia besuchen. Nette Leute. Im Tierschutzverein hat Gisela sie kennengelernt.

Zähne putzen. Leise ins Bett gehen. Gisela schläft schon. Meine gelben Raucherzähne. Giselas Füße ragen aus dem Bett, gelbe Sohlen. Hornhaut auf meinen Zähnen. Ich träume wohl schon halb. Warum träume ich immer nur die Wirklichkeit weiter?

Hier bin ich wieder, Tageslicht. Tagebuch, Lexikon mit den vergilbten Seiten. Fragt mich doch irgend etwas. Nachwelt. Eine Welle, zwei Wellen, eine Welt. Ich verstehe nichts von Etymologie. Wenn es denn mal so heißt. Eine kleine Geschichte über David Bowie? Mein Idol, als ich 14 war. Diana Ross, Donna Summer. Hab alle ihre Platten. Im Schrank. Gisela mag sie nicht. »Stöhnplatten« nennt sie Donna Summers Siebziger-Jahre-Sachen. Diana Ross' silberner Hosenanzug auf der Platte »Swept away« ... oder Boney M.'s hautenge Kostüme auf »Nightflight to Venus«. Morris' und Elidas kobaltblaue Plateau-Lackstiefel ... morgens, auf meinem Weg zur Arbeit.

Morris' und Elidas kobaltblaue Plateau-Lackstiefel, gespiegelt auf den verschmierten Scheiben vom »Sarg-Discount«, gespiegelt vor der bunten Tupperware bei »Rudis Reste Rampe«, vor den Teppichen mit türkischen Märchenmotiven, vor den Plastikengeln in der Hermann-Apotheke.

Morris' und Elidas kobaltblaue Plateau-Lackstiefel ... morgens, auf meinem Weg zur Arbeit. Wenn sie schlafen gehen.

Laura

Wir sitzen beim Abendbrot. Leise läuft im Hintergrund eine Easy-Listening-Cassette, meine Mutter guckt mich schon wieder wütend an: »Muß das sein, dieses Gedudel die ganze Zeit?«

Dann schaltet sie den Cassettenrecorder aus, die Nachrichten an. Meine Eltern verfallen in diese typische Nachrichten-Hör-Körperhaltung, Kopf zur Seite gelegt, Schultern schlaff nach vorne hängend, Bauch angespannt eingezogen. Irgendwas mit Rauchwolken über Indonesien, was interessiert mich das, eine Rauchwolke steigt aus unserem Toaster auf. Sven legt mir lachend den verkohlten Toast auf den Holzteller. Ich schütte ihm zum Spaß etwas von meinem Kakao in seinen Tee, er schmiert mir Honig auf die Cervelat-Wurst. So geht das, bis meine Mutter mir, weil ich neben ihr sitze und nicht Sven, der ihr schräg gegenüber sitzt, eine scheuert. Ich stehe auf und knalle die Tür zu. Von wegen antiautoritäre Erziehung und Kinderladen und so weiter, immer wenn's ernst wird, dann: back to the roots. Meine Eltern wollen Hannelore und Wolf genannt werden, nicht Mama und Papa, das finden sie zu altmodisch und auch nicht gleichberechtigt, sie nennen uns ja auch nicht Sohnemann und Tochter, sondern Laura und Sven. Aber Ohrfeigen, das ist nicht altmodisch, nein.

Ich gehe in mein Zimmer, schmeiße meine neueste Easy-CD an und lege mich aufs Bett. Früher wäre ich nach einer Weile Grummeln zu meiner Mutter gegangen, hätte mich beschwert, und irgendwie hätten wir uns wieder ausgesöhnt, aber das mache ich jetzt nicht mehr. Mir fallen zu viele Widersprüche bei Hannelore und Wolf auf, als daß ich noch das Vertrauen für eines der früheren Klär-Gespräche hätte. Bestes Beispiel: Letztes Jahr Weihnachten. Hannelore und Wolf haben Sven und mir vorher erzählt, wir sollen nicht einfach phantasielos im Kaufhaus irgendein Geschenk kaufen, sondern lieber – jetzt das Zauberwort – »etwas Kreatives machen«. Nachher wurden unsere Collagen dann stillschweigend in den Müll geschoben, die Geschenke anderer Leute wie Tee-Eier, Vasen oder blöde Kunstbände natürlich nicht.

Ich bleibe also einfach im Bett liegen und höre weiter Herb Alpert & The Tijuana Brass, ganz übles Easy-Listening-Geklimper. Dann rufe ich Rike an, um mir ihre neuesten Geschichten über Pierre anzuhören, und meine Eltern lesen Zeitung. Noch während ich telefoniere, legt Hannelore mir eine Hand auf die Schulter. Ich muß mit dir gleich mal kurz reden, bedeutet diese Geste.

Ich telefoniere sehr lange mit Rike. Sie ist gerade zum ersten Mal mit Pierre alleine verreist gewesen, das haben ihre Eltern nach endlosen Krächen erlaubt, und jetzt nimmt sie die Pille und ist total happy, und ich höre mir zwei Stunden lang die Hymnen auf ihren Macker an. Hannelore wirft mir ab und zu einen stirnrunzelnden Blick zu, deutet mit einer Hand auf das Geschirr, das sie schon abgewaschen hat. Es muß noch abgetrocknet und weggeräumt werden, sie hat es aber, obwohl sie gerade nicht soviel zu tun zu haben scheint, für mich stehengelassen, damit ich auch noch etwas zu tun habe.

Ich rede mit Bedacht am Telefon, da meine Mutter, ich sehe es an ihrer Körperhaltung, mir genau zuhört. Ich meckere mich mal wieder über Jungs aus. Die Jungs in der achten Klasse kann man eben alle vergessen, und Igor, der schon in die zehnte geht, würdigt mich keines Blickes, obwohl ich mich auf dem Hof in der Raucherecke seit Wochen quasi neben ihm aufbaue. Ich sage zu Rike, und das sage ich gar nicht so leise, weil ich Mitleid immer gebrauchen kann, daß ich eine Depression hätte. Ich meine das ernst und bin froh zu sehen, daß Hannelore, als sie das hört, für einige Sekunden den Lappen in ihrer Hand still hält.

Langsam tut mir mein Ohr weh, Rike sagt, ihre Ohrmuschel hätte schon die Farbe ihrer Schamlippen, wir legen also auf. Ach, Rike hat es gut, die ist zwei Jahre älter als ich, sechzehn, wann bin ich bloß endlich sechzehn.

Ich presse mir einen O-Saft mit Hannelores neuer Maschine, einem schicken Chrom-Ding, und setze mich aufs Sofa. Auf dem Tisch liegt einer von Hannelores kleinen sechseckigen bunten Memo-Block-Zetteln, die sie mir und Sven dreimal am Tag irgendwo hinlegt. Ich beuge mich vor und lese:

»Liebe Laura! Wollte eigentlich lieber mit dir darüber reden, nun also schriftlich: Ich habe in der Zeitung wieder von diesem Mann gelesen, der auf dem Thomas-Friedhof, da wo du dich nachts immer mit Rike und Bettina und den anderen zum Rauchen triffst, herumstrolcht und vermutlich eine Frau vergewaltigt hat. In der Zeitung, guck mal in den Tagesspiegel von heute, steht mehr darüber. Ich finde es nicht gut + mache mir Sorgen, wenn ihr da immer hingeht, kann es nicht auch ein anderer Ort sein? Ich will dich nicht nerven, und ich weiß, du hörst so was nicht gerne von mir, aber ich mache mir einfach Sorgen – auch ob du zur Zeit glücklich bist, Laura-Schatz!? Deine H.«

Das hat sie mir doch schon letzte Woche erzählt, die Story mit diesem Vergewaltiger. Warum soll ich mich fürchten, wenn wir da zu viert sind? Außerdem finde ich, daß Hannelore sich mal fragen sollte, was sie so treibt. Sven und ich haben uns echt Sorgen gemacht, obwohl das eigentlich nicht so unsere Art ist, als sie und Wolf letztes Jahr Wildwasser-Kajak-Fahren in der Ukraine waren, ich meine, die beiden haben keine Ahnung von Kajaks und von der Ukraine auch nicht. Und daß Hannelore sich jede Woche von so einem komischen Inder in Trance versetzen läßt, »Hypno-Therapie« nennt man das, finde ich auch ziemlich suspekt.

Was soll's, nun habe ich mich gerade mit Rike für heute abend auf dem Thomas-Friedhof verabredet, »das tut mir aber leid«.

Ich stecke meine Taschenlampe und meinen Joint ein, nehme zur Tarnung noch das Trivial-Pursuit-Spiel mit, weil ich Hannelore und Wolf erzählen muß, daß ich zu Bettina zum Spiele-Abend gehe, und schlurfe ins Wohnzimmer.

»Laura, alles okay, wohin gehst du denn wieder, willst du nicht mal einen Abend mit uns hier sein? Es gibt im Fernsehen gerade eine sehr gute Sendung über die Gedenkstätte Plötzensee.«

»Nein danke!« sage ich laut.

Ich bin schon zweimal höchstpersönlich in Plötzensee gewesen, einmal mit der Schule und einmal, falls sie sich erinnern können, mit meinen Eltern. Ich habe jedesmal Alpträume nachher gehabt, mich hat das überhaupt nicht kaltgelassen, wie Wolf mir vorwarf, bloß weil ich da drin 'ne Tüte Chips gegessen habe, was er aus irgendeinem Grund »sehr unpassend« fand.

»Wohin gehst du denn jetzt?« fragt Wolf.

»Zum Spiele-Abend bei Betti!« sage ich und sehe ihnen betont in die Augen.

»Ach, mit Bettinas Mutter sollte ich mich auch mal wieder austauschen«, sagt Hannelore. Ich hoffe, man hat mir mein entsetztes Gesicht nicht angesehen. Es ist nämlich schon vorgekommen, daß meine Mutter mir hinterhertelefoniert hat. Und diesmal habe ich nicht den Mega-Plan entworfen, um die Wahrheit luftdicht abzusichern. Aber Hannelore sieht wieder zum Fernseher. Auch Wolf guckt gespannt nach vorne, den Kopf zur Seite gelegt, die Stirn in Falten gelegt, die »Nachrichten-Haltung« eben.

Ich düse ab, bin die erste vor der Mauer, an unserem Plätzchen. Dann kommt Rike, kurz danach Betti, Sebastian und Jens. Wenn man sich breitbeinig zwischen den Baum und die Mauer stellt und dann langsam abwechselnd ein Bein hochschiebt, kann man am Ende auf die Mauer kommen. Der Rückweg ist leichter, weil die Familiengräber so viele Vorsprünge haben, daß man ohne Schwierigkeiten auf ihr Dach klettern kann und von da auf die Mauer, die ungefähr die Höhe der Familiengräber hat. Wir knipsen unsere Taschenlampen an und klettern herunter, jeder hat seine Lieblingsgräber, Lieblingswege. Ich laufe den Gang vorne an der Kapelle entlang, wo man von einer Allee hoher Gräber mit Kreuzen umgeben ist. Die Schatten der Kreuze werfen ein wirres Muster auf den schmalen Weg, und ich spiele immer, daß ich nie auf diese Schatten treten darf. Das ist nicht einfach, denn die Kreuze stehen dicht beieinander, und ihre Schatten bedecken fast den ganzen Weg, *fast*. Ein herrliches Gefühl hier rumzuspringen. Es ist 'ne ziemlich simple Angelegenheit, man fühlt sich wohl, weil man etwas Verbotenes tut, aber diese Einsicht schmälert nicht mein Glücksgefühl. Ich denke überhaupt nicht an Tod oder solche Sachen, es ist einfach nur eine abgefahrene Party-Location.

Nachdem wir unsere jeweiligen Lieblingsorte durchstreift

haben, treffen wir uns hinten auf der Wiese, wo ausrangierte Grabsteine, manche zerbrochen, in großen Haufen aufeinanderliegen. Zwischen zwei dieser Haufen breiten wir unsere Prince-Decke aus. Wir trinken Brandy, rauchen unsere Tüten und albern herum. Diesmal haben gleich zwei Leute einen Cassettenrecorder mitgebracht, und so hören wir Easy und Jungle durcheinander. Dann machen wir noch Flaschendrehen, um uns gegenseitig die peinlichsten Geschichten zu entlocken. Der, auf den die Flasche zeigt, muß die sogenannte »Ober-Horst-« oder »Ober-Erna-Geschichte« auffahren, und ich erzähle wahrheitsgetreu, daß ich noch vor einem Jahr nicht in der Lage war, einen Tampon richtig zu benutzen, weil ich nicht schnallte, daß die Scheide so eine seltsame Kurve macht. Alle lachen, auch Sebastian und Jens, und ich bemerke im weiteren Verlauf des Flaschendrehens bei allen eine gewisse Tendenz, nicht völlig peinliche Geschichten zu erzählen, so daß ich es am Ende fast bereue, meine wirklich demütigende Tampon-Geschichte zum besten gegeben zu haben.

Bettina zuckt plötzlich zusammen. »Da war ein Geräusch«, sagt sie, und wir drehen uns in die Richtung um, in die Bettina guckt. Wir sind hin und wieder nachts anderen Leuten hier begegnet, Pennern, Punkern oder Party-Kids wie uns. Jetzt sehen wir einen stämmigen Typen, vielleicht Dreißig, mit einem Pitbull. Der Typ grinst, er hält eine Dose Bier in der Hand und prostet uns zu. Er spielt eine Weile auf den Grabsteinhaufen neben uns mit seinem Hund, dann verschwinden die beiden irgendwo auf dem Friedhofsgelände.

Wir küssen uns alle zum Abschied auf den Mund, Rike und ich am längsten, beste Freundinnen eben.

Ich bin um drei zu Hause, meine Eltern schlafen schon. Auf meinem Kopfkissen liegt ein sechseckiger Zettel:

»Bitte gieß morgen die Blumen, ich sehe nicht ein, warum ich das machen soll, wenn du Ferien hast und nichts tust – Schlaf gut, deine H.«

Das ist mal wieder typisch. Einerseits ärgert sich Hannelore über mich, aber dann macht sie einen Umschwenker, weil sie eben nicht *nur* meckern will, und schreibt noch

»Schlaf gut«. Immerhin hat sie nicht getobt, von wegen erst so spät nach Hause kommen, und bei Bettinas Mutter hat sie offenbar auch nicht angerufen.

Am nächsten Tag streite ich mich mit Sven, weil er mir meine Blättchen weggenommen hat und zwei meiner Jungle-Cassetten, ohne mich zu fragen, an Oliver ausgeliehen hat. Toll. Die sehe ich nie wieder. Er kramt die steinalte Geschichte mit seinem sowieso total häßlichen T-Shirt aus, das ich mal verbummelt habe. Nur nervig. Am Ende sitzt jeder alleine in seinem Zimmer, ich höre »Body in Motion« und er – absichtlich Gegenprogramm – »Liquid Sky«.

Mir graut bei dem Gedanken, daß in fünf Tagen die Schule wieder anfängt. Ich habe zur Zeit das Gefühl, daß einfach nichts in meinem Leben passiert. Ständig kriege ich den Eindruck vermittelt, daß ich jetzt in das Alter komme, in dem man irre verliebt sein muß, abgefahrene Partys besucht und von einer spannenden Sache in die nächste stolpert. Manchmal denke ich auch, Wolf und Hannelore wollen vor uns angeben, wenn sie erzählen, was sie alles erlebt haben. Hannelore war im Mai 1968 in Paris, Wolf hat gesehen, wie auf Dutschke geschossen wurde, und ist sogar einmal selbst verhaftet gewesen. Allerdings nur für eine Nacht wegen wiederholtem Schwarzfahren, wie er später zugab. Hannelore erzählt hin und wieder von ihren Freunden, »meine lover« sagt sie, und Wolf guckt betont locker, aber ich habe doch das Gefühl, daß er das alles nicht so gerne hört.

Und was mache ich? Politik oder irgendeinen anderen Mannschaftssport gibt's nicht mehr, ich habe noch keinen Freund gehabt, ich meine so einen richtigen, nicht nur Zungenkuß auf einer Party. Ich mache zweimal die Woche Modern Dance, höre gern Musik, klimper ein bißchen auf meinem Keyboard herum, aber Sven meint immer, das sei »Rausschmeißer-Musik«, die ich da fabriziere. Er ist drei Jahre älter als ich und darf schon solange abends wegbleiben, daß er weiß, welche Musik in den Clubs gespielt wird, um die letzten Leute rauszuekeln. Um mich zu ärgern, sagt er: »zum Schluß Easy Listening«, aber ich kläre ihn auf, daß er völlig verkalkt ist und keine Ahnung hat, wie hip Easy und Bad Taste gerade ist. »Ich finde es eher peinlich, immer so der Mode hinterherzulaufen«, belehrt Sven mich dann und stellt sein psychedelisches Gegluckse an.

Wir sitzen beim Frühstück, Wolf ist gestreßt, weil er gleich irgendeine Besprechung hat. Er arbeitet bei einer Zeitung. Es scheint ihn direkt zu stören, daß wir anderen deshalb keine schlechte Laune haben, und er sieht Sven und mich vorwurfsvoll an, als wir herumalbern. Jetzt kommen die Nachrichten, meine informationssüchtigen Eltern verfallen wie auf Knopfdruck in ihre Nachrichtenhör-Körperhaltung. Es geht um irgendwelche Rentenreformen, die mal wieder geplatzt sind, und um andere langweilige Sachen. Als eine Nachricht über einen Raubmord kommt und ich aufhorche, dreht meine Mutter gleich das Radio aus.

Am Abend treffe ich die anderen vor der Mauer. Heute sind Guido und Rebecca mitgekommen, und wir rauchen soviel, daß ich fast von einem der Familiengräber stürze, weil ich die Farbkontraste um mich herum nicht mehr richtig unterscheiden kann. Sonst ist es sehr lustig, Guido erzählt von komischen Weirdos mit einer Wohnung voller Schildkröten, die er in London kennengelernt hat. Ich weiß zwar nicht, ob alles stimmt, was Guido so erzählt, aber er hat eine sehr phantasievolle Art, einem Leute, die man gar nicht kennt, nahezubringen. Als wir nachher Flaschendrehen spielen, setze ich mich neben ihn, denn ich hoffe, daß er, wenn die Flasche auf ihn zeigt, aufgefordert wird, jemanden zu küssen, und das wäre dann ja praktisch. Tatsächlich ruft Jens, als die Flasche auf Guido zeigt: »Jetzt einen saftigen Kuß, Guido, wen und wohin du willst!« Und Guido dreht sich zu Rebecca, die auf der anderen Seite sitzt, und küßt sie zärtlich auf das Schlüsselbein, das von ihrem neonfarbenen Träger-Top freigelassen wird.

Obwohl ich es mir hätte denken können, weil die beiden vorhin so dicht nebeneinander an der Mauer lehnten, bin ich doch traurig. Ich habe mich dann sehr zugedröhnt, bin, wie gesagt, beinahe vom Dach eines Familiengrabs gestolpert und zu Hause in einen zementschweren Schlaf gefallen.

Wir haben kein weiteres Treffen ausgemacht, oder ich war so zugehämmert, daß ich es nicht mehr mitbekommen habe, jedenfalls wache ich am nächsten Morgen auf, ohne mich auf irgend etwas freuen zu können.

Ich rufe bei Rike an. Ihre Mutter sagt: »Rike ist heute für vier Tage nach Hamburg gefahren, zu ihrer Stiefschwester. Hat sie dir das nicht erzählt?«

Hab ich wohl gestern nicht mehr mitgekriegt, denke ich.

Meine Mutter sagt, wer nichts mit sich anzufangen wisse und sich oft langweile, sei selbst ein langweiliger Mensch. Selbst der ödesten Umgebung, »zum Beispiel einem sibirischen Gefängnis«, das ist ihr Paradebeispiel, könne man noch etwas abgewinnen, wenn man ein »kreativer und interessanter Mensch« sei.

Na, dann bin ich wohl ein langweiliger Mensch, denn heute, allein in Neukölln, alle Freunde verreist oder nur als Anrufbeantworterstimme zu hören, weiß ich nicht viel mit mir anzufangen.

Ich überlege, ob ich noch mal bei Igor anrufe, seine Stimme höre und dann ganz schnell wieder auflege. Vielleicht muntert mich das ja etwas auf.

»Hallo?« sagt eine tiefe warme Stimme.

»Ach, entschuldigen Sie, spreche ich mit Neuhaus?« frage ich mit verstellter Stimme.

»Äh, nein, hier ist Sachsleben, welche Nummer haben Sie denn?«

»Ach«, sage ich, »einen Moment, ja, hier habe ich sie, also das ist die 6 84 59 32.«

»Da haben Sie sich leider verwählt, hier ist nämlich die 6 83 59 32«, sagt Igor höflich.

Ich entschuldige mich einmal, nein zweimal, und lege auf. Er hat so eine nette, angenehme Stimme, jetzt muß ich wieder tagelang davon zehren, warum redet er denn nie mal mit mir?

Ich wälze mich auf der Wohnzimmercouch, lege das Kissen auf mein Gesicht, so daß ich seinen staubigen Geruch in der Nase habe, und rühre mich für die nächsten zwei Stunden nicht mehr.

Als Sven nachmittags nach Hause kommt, hat er einen Stapel Platten vom Trödelmarkt unter dem Arm und verzieht sich gleich in sein Zimmer. Er ist zur Zeit auch nicht so gut drauf, weil Jana ihn verlassen hat. Seitdem ist er mir sympathischer geworden. Nur leider drückt sich die Melancholie meines Bruders dahingehend aus, daß er ständig alleine sein will, absolut rede-unlustig ist und meist nur auf seinem Hochbett liegt, raucht und alte Platten hört. Mir wird klar, daß ich heute abend entweder alleine in meinem Zimmer sitzen werde oder, aber nur wenn ich kein Wort sage, bei Sven auf dem Hochbett sitzen darf und komische Seventies-Musik über mich ergehen lassen muß oder mit meinen Eltern irgendeine politische Sendung im Fernsehen verfolgen darf.

Ich schaue in den großen bis zum Boden reichenden Spiegel in meinem Zimmer: Ich bin 14, jung und schön, ich werde doch heute abend hier nicht versauern! Ich gehe ins Bad, dusche mich so ausgiebig und lustvoll wie lange nicht mehr, dann ziehe ich mir mein oranges Stretch-Minikleid an, meine quietschgrünen Turnschuhe mit dicker Sohle, dazu meine Baseballkappe und meine Sonnenblumen-Haarspange. Es ist noch nicht kalt, ich brauche keine Jacke. Wieder fängt mich Hannelore im Flur ab, wieder lüge ich, ich würde zu Sebastians Geburtstag gehen. Hoffentlich fällt nicht irgendwann auf, daß kein normaler Mensch andauernd Geburtstag haben kann. Ich glaube, ich hatte Sebastian schon mal kurz vor den Sommerferien. »Hast du denn kein Geschenk dabei?« fragt Hannelore mich, und ich laufe glühendrot an.

»Doch ... äh, es ist ein Gemeinschaftsgeschenk ... äh ... Bettina bringt es mit ... äh, wir schenken ihm zusammen eine Swatch ...«

»Hättet ihr euch nicht etwas Einfallsreicheres überlegen können, die Dinger sind ja auch ganz schön teuer ...«, meint meine Mutter. Ich sage nichts, hoffe bloß, daß sie das nicht mal Bettinas Mutter gegenüber erwähnt, und stürme los.

Ich habe beschlossen, heute alleine ins Kino zu gehen und mich nachher ins »Trash In Garbage Out« zu begeben und einen Jungen kennenzulernen. Ich fahre auf meinem Fahrrad zur Oranienstraße und bemerke zu meiner Freude, wie eine Gruppe von älteren Jungs in Lederjacken und Baseballkappen mir hinterherschaut. Ich drehe mich zu ihnen um, beinahe wäre ich gegen einen Lastwagen gefahren, und lächele ihnen zu. Sie winken zurück. Ach, kann das Leben schön sein.

Der Film ist blöd, kaum Liebesszenen, leider, nur so Ulk-Zeugs, das nicht mal richtig lustig ist. Einer der Schauspieler ist ziemlich niedlich – aber ich schwärme nicht mehr für Schauspieler, das machen nur Mädchen aus der sechsten und siebten Klasse – mir ist das zu primitiv.

Ich gehe nach dem Film auf die Damentoilette und betrachte mich im Spiegel, ich sehe heute richtig klasse aus, denke ich und gebe mir im Spiegel einen Kuß. Dann schlendere ich durch das Foyer, grinse dem Popcorn-Verkäufer zu, der mich schon kennt, und schaue mir die Filmfotos an den Wänden an. Neben mir steht ein blonder Typ mit einer schönen großen Nase, den ich unauffällig mustere. Plötzlich spricht er mich an: »Und hat's dir eben gefallen?«

Er lächelt etwas schüchtern, ist vielleicht zwei, drei Jahre älter als ich, so alt wie Sven. Ich fahre mir kurz durch die Haare und sage: »Naja, ein bißchen albern, ich mag schon lieber Filme, die auch etwas Inhalt haben.«

»Verstehe«, gibt er zurück, »geht mir eigentlich auch so, weißt du, was ich letztens gesehen habe ...«, er beugt sich recht vertraulich zu mir nach vorne, »im Open-Air-Kino in der Hasenheide war das«, fängt er an, da kneift ihn ein Mädchen von hinten neckisch in die Pobacke. »Tobias, du Charmeur, kaum bin ich mal auf Toilette ...«, sie hakt sich bei ihm ein und guckt mich triumphierend an. Leider fällt mir nichts ein, was ich noch hätte sagen können. Es gibt Mädchen, die so dreist sind wie Rike und in solch einer Situation einfach ihre Telefonnummer rüberreichen und das verdutzte Gesicht der Tussie daneben ignorieren. So ist Rike, aber so bin ich nicht.

»Na denn euch noch einen schönen Abend«, sage ich schnell und laufe aus dem Foyer. »Tschüssi«, ruft Tobias mir noch hinterher, und schon bin ich draußen.

Ich fahre zum »Trash In Garbage Out«. Es ist voll, es sind ein paar Leute da, die ich vom Sehen kenne, aber plötzlich finde ich es sehr peinlich, hier alleine aufzukreuzen. Die denken dann, ich habe niemanden zum Weggehen. Eine

Weile stehe ich unschlüssig vor der Tür, tue so, als warte ich auf jemanden, und gucke ab und zu auf die Uhr, dann setze ich mich doch auf mein Fahrrad.

Als ich den Kottbusser Damm wieder hochfahre, bekomme ich total schlechte Laune. Es stimmt nicht, daß ich ein langweiliger Mensch bin, bloß habe ich einfach keine Lust, die Sachen zu machen, die ich jetzt alleine zu Hause machen könnte. Ich weiß, ich könnte Wolf schon überreden, mit mir Schach zu spielen, oder Hannelore würde mit mir Tarot-Karten legen, aber ich habe im Moment nicht das Vertrauen zu ihr, ehrlich zu sagen, was ich bei den einzelnen Karten assoziiere.

Ich fahre den Kottbusser Damm in die andere Richtung entlang. Soll ich nicht doch mal ins »Trash In« gucken? Vielleicht ist Igor ja da. Aber was wird er von mir denken, wenn ich ohne Alibi-Freundin auftauche? Das geht nicht, es hat keinen Zweck. Ich fahre in Kreisen auf einem Parkplatz herum. Ein Prolltyp mit Oberlippenbart stiefelt an mir vorbei, würdigt mich keines Blickes. Noch nicht mal so ein Idiot guckt mich an, denke ich, und mir laufen ein paar Tränen die Wangen herunter. Jetzt ist es endgültig zu spät, um mich noch unter die Tanzenden im »Trash In« zu mischen. Ich finde es auch langsam kalt in meinem trägerlosen Kleid, und es ist mir klar, daß es das einzige Vernünftige ist, zurück nach Hause zu fahren, mich ins Bett zu legen und zu schlafen. Bei dieser Einsicht weine ich noch ein bißchen mehr, schiebe schniefend mein Fahrrad die Thomasstraße entlang. Es ist stilll und dunkel. Rechts neben mir rauschen die Ahornbäume vom Friedhof. Ich überlege. Warum sollte ich nicht heute allein dort meine Party feiern? Einen Notjoint habe ich bestimmt in meinem Plastikrucksack. Und Musik? Musik ist immer in meinem Kopf. Ich stelle das Rad ab und gehe zu unserem Geheimbaum, dann spreize ich meine Beine und schiebe mich in bewährter Technik hoch. Ich hüpfe auf die Mauer und laufe über die Dächer der Familiengräber. Wie das wohl von unten aussehen muß, wie ich hier in meinem orangen Kleid herumspringe? Dann laufe ich meinen Lieblingsweg entlang, ich renne ihn entlang, habe das Gefühl, unendlich viel überschüssige Energie zu haben.

Heute spiele ich das Spiel umgekehrt: Ich darf nur auf die Schatten der Kreuze hüpfen, nicht auf die hellen Flecken des Lichts, welche die Straßenlaternen von der Thomasstraße hier noch lassen. Ich gehe am Brunnen vorbei über den Hauptweg, der mit vielen schönen Ahornbäumen gesäumt ist, zu unserer Wiese. Dann setze ich mich alleine ins Gras und rauche meinen Joint. So muß ich ihn wenigstens mit niemandem teilen, tröste ich mich. Ich habe keine zwei Züge genommen, da höre ich ein Geräusch. Es klingt nach Schritten auf Stein, aber weiter vorn. Ich recke meinen Kopf. Und sehe einen kleinen Mann auf einem der Familiengräber. Er duckt sich. Dann scheint er etwas in seiner Hosentasche zu suchen. Ich kann im Dunkeln nur seine Konturen erkennen. Was er hier wohl macht, wie er hier reingekommen ist? Mit seinen Stummelbeinchen dürfte er kaum den Weg genommen haben, den wir immer nehmen. Jetzt sehe ich etwas in seinen Händen, und ein Lichtstrahl erscheint. O Gott, vielleicht ein Friedhofswächter. Noch hab ich keinen hier gesehen, aber mir fällt Hannelores Zettel wieder ein; vielleicht soll hier ja jemand aufpassen, wenn an der Sache etwas dran ist.

Ich starre zu dem kleinen Mann. Er hat die Taschenlampe ausgeknipst und hält jetzt einen Feldstecher in der Hand. Den hat er aber nicht auf das Friedhofsgelände gerichtet, sondern auf eine Wohnung im ersten Stock in der Thomasstraße. Wenn ich mich auf einen Grabstein stelle, sehe ich, was er sieht. O Mann. In einer Badewanne, die total mit Plastikblumen dekoriert ist, liegt … ein Mann, eindeutiges Indiz gesehen, mit langen schwarzen Haaren und reibt sein eindeutiges Indiz an den Brustwarzen einer schlanken schönen Frau mit sehr langen knallroten Haaren. Er packt sie an den Schultern, er schüttelt sie, fährt ihre Wirbelsäule nach, knetet ihr den Hintern. Ich glaub, ich sehe nicht recht. Seine Lippen gleiten ihre Brüste abwärts, und seine Zunge stößt in ihren Bauchnabel. Jetzt ist seine Zunge zwischen ihren Beinen, es sieht aus, als würde er sie beißen, aber es scheint ihr nicht weh zu tun. Nun legt die Frau sich auf den Typ, etwas Schaumwasser spritzt auf, sie fährt mit ihrer Zunge über seine linke, seine rechte Lende, seinen Schwanz entlang, herauf, herunter. Dann verschwindet ihre Zunge hinter seinem Glied, sie macht irgendwas mit einer Hand an seinem Po. Jetzt wickelt sie ihre langen roten Haare um seine Hoden. Mann, was man alles machen kann, ob Wolf und Hannelore ... oder Rike und Pierre ...? Ich gucke nicht weiter hin, fühle mich völlig benommen. So etwas live zu sehen ist was total anderes, als auf einer Party einen langweiligen Porno anzugucken, wo die Männer und Frauen sowieso meist völlig abstoßend aussehen. Ich muß an Rike und ihren Pierre denken, und daran, was sie mir letztens von »sexueller Abhängigkeit« ins Ohr geflüstert hat. »Tja, kann ich nicht beurteilen«, habe ich ihr dazu gesagt.

Jetzt sehe ich mir noch mal den Typ auf dem Familiengrab an. Was für eine Idee, hier mit Fernglas anderen Leuten, die zugegebenermaßen keine Gardine in ihrer über und über mit bunten Stoffen und Lametta behangenen Wohnung haben, zuzusehen. Im Hinterkopf höre ich die Stimme meiner Mutter, und ich denke: Das ist bestimmt dieser Typ mit der Vergewaltigungsstory, wenn er sich schon so was anglotzt. Das muß er ja richtig geplant haben, man läuft doch sonst nicht einfach mit einem Fernglas herum. Was mache ich nur, wenn er länger da oben bleibt? Das ist genau das Grabdach, von dem aus ich zu meinem Baum komme. Ich kann sein Gesicht durch den Schein einer Straßenlaterne ganz gut sehen. Er hat ein ernstes, eher trauriges Gesicht, eigentlich gar kein Brutalo-Gesicht, aber das ist ja auch nur ein Klischee. Er stiert ununterbrochen in dieses Badezimmerfenster. Einen Moment denke ich, daß es ziemlich logisch wäre, wenn er sich einen runterholen würde, aber das tut er nicht. Er glotzt nur. Wahrscheinlich ein totaler Klemmi. Gleich darauf fällt mir ein, daß Rike mich auch schon mal als »Klemmi« bezeichnete, und zwar, als Igor auf dem Hof sie nach Feuer fragte, und sie blitzschnell reagierte und gesagt hat: »Nee, ich nicht, aber meine Freundin Laura.« Leider starrte ich Igor nur einige Sekunden an, anstatt gleich mein Feuerzeug und ein paar Gesprächsideen zu zücken, und dann rief schon jemand hinter ihm: »Hier, Igor!«, und Igor drehte sich wieder weg.

Ich stehe auf, mache meinen Joint aus und nähere mich

dem Grab, bleibe aber hinter einem Ahornbaum in sicherem Abstand stehen. Jetzt verkrampft sich das kleine Gesicht des Mannes, er stützt den Kopf auf. Minuten vergehen so. Dann nimmt er die Hände von seinem Gesicht und sieht auf einmal sehr entspannt, glücklich aus.

Ich habe das Geschehen in der Badewanne nicht weiter verfolgt, weil es mir im Gegensatz zu dem Mann peinlich ist, anderen dabei so direkt zuzusehen, und weil ich dann auch schlechte Laune bekomme. Nun habe ich mich bewegt, die Blätter des Busches neben dem Ahornbaum rauschen etwas. Der kleine Mann auf dem Dach dreht sich zu mir um, und für einen Moment kriege ich echt Schiß. Er steht auf dem Dach, meinem einzigen Ausgang aus dem Friedhof. Er sieht in meine Richtung, sieht mich an. Dann ist er verschwunden.

Eine Weile lang bleibe ich verwirrt stehen. Wo kann er denn hin sein? Nicht, daß er gleich hinter mir mit einem Messer auftaucht. Ich müßte genau zu diesem Familiengrab gehen, um wieder nach Hause zu kommen. Sein starrer Blick, als er in das Fenster dieser beiden Leute schaute, die wie seltsame Siebziger-Jahre-Popstars aussahen ... Fast schien er unter ihrem Anblick zu leiden. Komisch. Es ist absolut still auf dem Friedhof, ich halte noch etwas inne. Dann wage ich ein paar Schritte in Richtung des Familiengrabs. Ich nehme die Vorsprünge und bin gleich oben. Da liegt ja seine Taschenlampe! Erst will ich sie einstecken, dann überlege ich es mir plötzlich anders und lege sie wieder hin. Ich werde morgen noch mal vorbeikommen und gucken, ob sie noch da ist. Ob der Typ hier öfter herkommt?

Ich stemme mich zwischen Baumstamm und Mauer ab und gelange nach unten. Irgendwie ist es doch ein spannender Abend geworden, wenn auch ganz anders als erwartet.

Am nächsten Abend gehe ich wieder allein zum Thomas-Friedhof, obwohl mich heute sogar Sebastian und Bettina gefragt haben, ob ich mit ihnen in den »Icon-Club« im Prenzlauer Berg gehe. In alter Routine erzähle ich Hannelore und Wolf von irgendeinem Geburtstag und kümmere mich nicht mehr darum, ob sie das alles noch glauben oder nicht, dann schlendere ich los. Heute habe ich einen leuchtend roten Minirock aus Samt und ein gestreiftes T-Shirt von H & M an.

Als ich die Thomasstraße langlaufe, werfe ich einen Blick hoch zu der Wohnung dieser love-birds, aber ich erspähe außer Unmengen an silbernem Lametta, blauen Tüchern, Seesternen und anderen komischen Sachen nichts. Sie treiben es wohl gerade an einem anderen Ort.

Ich bin noch nicht auf dreiviertel Höhe der Mauer, da sehe ich schon den kleinen Mann auf dem Dach sitzen. Im ersten Moment bin ich so erschrocken, daß ich fast wieder heruntergesprungen wäre. Ich bemerke, wie auch er bei meinem Anblick zusammenzuckt. Als ich mich weiter nach oben stemme, nickt er mir irritiert zu. Jetzt bin ich auf dem Dach angelangt. Der Mann guckt mich stumm an, ich sehe die Taschenlampe in seinen Händen, dann macht er mir Platz, weil er wohl denkt, ich wolle an ihm vorbei, herunterklettern. Er schaut mich gar nicht richtig an, wirkt eher betreten, blickt auf seine Taschenlampe und seine Schuhe, plumpe braune Halbschuhe. Ich baue mich in meinem kurzen Rock vor ihm auf und lächele kurz: »Hi, ich habe Sie schon gestern hier gesehen, ich hab mich gefragt, was Sie hier machen, Sie haben so auf dem Dach rumgesessen und mit der Taschenlampe rumgeblitzt.«

Plötzlich wirkt der Mann sehr erleichtert, deutet ein Lächeln an und murmelt: »Na, dann wünsche ich dir noch einen schönen Abend.«

Ich sehe ihn scharf an und schiebe meine Hüfte etwas nach vorne. »Sind Sie einsam?«

Er guckt überrascht hoch. »Warum fragst du ... oder soll ich Siezen ... warum fragen Sie mich das?«

»Lesen Sie manchmal Zeitung?« frage ich ihn.

»Doch ja, wieso ... steht da was über Einsamkeit drin?« Er schaut mich irritiert an.

Tu doch nicht so, denke ich. Ich sehe ihn fest an, er schaut an mir vorbei, durch meine Beine hindurch, zu dem Fenster gegenüber. Ich antworte immer noch nicht, sondern denke daran, was Rike mir vor einem Monat gestanden hat. Daß sie einmal aus Langeweile und weil gerade absolut kein

Mann auf der Bildfläche war, mit ihrem Nachbarn, einem vierzigjährigen alten Knacker, geschlafen hätte. Äußerlich war er wohl ziemlich unattraktiv, aber er hat sie dann doch sehr positiv überrascht. Sie hat das Ganze allerdings bald abgebrochen, weil ihre Eltern völlig ausgeflippt wären, wenn sie das erfahren hätten. Und jetzt ist Rike mit Pierre glücklich, und ich werde ohne sie noch einsamer werden.

»Ich bin manchmal einsam«, sage ich und setze mich im Schneidersitz vor dem Mann hin, der mich noch erstaunter anguckt. Er sagt erst mal gar nichts. Dann zuckt er mit den Schultern, schaut weg, sieht mich kurz an, guckt wieder zu dem Fenster rüber. Schließlich sagt er etwas, mein Blick hängt die ganze Zeit an seinem Gesicht. »Naja, hast du denn keine Freunde …«

Es ist eigentlich keine Frage, sondern eine Bemerkung, und es wirkt nicht so, als sei er an einer Antwort interessiert. Es beginnt mich zu ärgern, daß dieser häßliche kleine Mann, ob er nun ein Verbrecher ist oder nicht, nicht mehr Enthusiasmus für mich an den Tag legt. Ich schiebe eine Hand auf meinen Oberschenkel. Rike sagt immer: Selbstberührungen sind sehr anturnend. Der Blick des Mannes folgt tatsächlich meiner Hand, na endlich, denke ich, da sagt er: »Mensch ist dir nicht kalt, in so dünnen Sachen, und überhaupt, du bist doch noch ein Kind, was machst du nachts hier so alleine …«

Das ist nicht die Art von Gesprächigkeit, die ich mir erhofft habe.

»Mir ist nicht kalt«, sage ich schlicht und dann: »Ich bin schon vierzehn!«

Der Mann schüttelt den Kopf. »Deine Eltern?« fragt er nur.

»Ich treffe mich hier manchmal nachts mit meinem … lover«, sage ich, sowohl Rike als auch meine Mutter zitierend. Rike meint immer, die Erwähnung erotischer Themen wirke erregend auf den anderen.

Der kleine Mann sieht mich erstaunt an. »Das ist aber ein ungemütlicher Ort.«

»Und was machst du hier?« frage ich.

Damit hat er nicht gerechnet. Er hält seine Taschenlampe

fest in beiden Händen und sagt erst mal gar nichts. Schließlich murmelt er: »Ich bin halt ein melancholischer Mensch und laufe gern nachts auf Friedhöfen herum, dann paßt die Umgebung zu meiner Stimmung ...«

Es liegt mir auf der Zunge zu sagen: Und deshalb hast du eine Taschenlampe und ein Fernglas dabei?, aber ich verkneife es mir, denn ich will ihn nicht total verärgern. Er wirkt ziemlich harmlos, ich kann mir eigentlich nicht vorstellen, daß er der Vergewaltiger vom Thomas-Friedhof ist, aber sagt man nicht gerade, daß die sanftesten und liebenswürdigsten Typen die scheußlichsten Verbrechen begehen? Immerhin habe ich das Gesicht dieses Mannes schon einmal lustverzerrt gesehen, gestern nacht. Er hat dabei so ernst, dramatisch ausgesehen. Als hätte ihn das alles sehr angestrengt und bewegt. Eigentlich ein romantischer Gedanke. »Die Jungs, die nur so mal schnell über einen rübergehen wollen, die kannst du vergessen, das hat keine Intensität!« hat Rike mir gesagt und mich durchdringend angeguckt. Danach hat sie mir erläutert: »Wir sind beide dasselbe Sternzeichen, Skorpion; du bist so wie ich.« Das bedeutet, daß auch ich so wie Rike alles dramatisch und intensiv erleben will. »Nicht so zwillingsmäßig, so larifari, fickifucki«, belehrte Rike mich noch. »Man muß sich am nächsten Morgen so fühlen, als hätte man zehn Tage lang Schwerstarbeit geleistet, und, Laura, gib dich nie nur mit einem Mal zufrieden, es muß die ganze Nacht durchgehen, es muß dich und ihn total erschöpfen, verstehst du?«

Ich betrachte den kleinen Mann, wie er gespannt auf das Fenster hinter mir blickt. Eben ist Licht da drüben angegangen, rotes Licht, ich habe mich auch umgedreht. Da steht der Mann mit den langen blauschwarzen Haaren in einer silbernen engen Schlaghose und knöpft sich sein rosa-orange gestreiftes Hemd mit riesigem Kragen langsam auf. Die Frau liegt auf dem Sofa und löffelt genußvoll Nutella. Jedesmal, wenn sie den Löffel ableckt, blickt sie den Mann lange an. Jetzt fällt sein Hemd auf den Boden.

Plötzlich bemerke ich, daß der kleine Mann mich unfreundlich ansieht.

»Du solltest nach Hause gehen, es ist eiskalt«, knurrt er.

»Sind Sie immer so was von uncharmant zu einer Frau?« fahre ich ihn an.

Ich stelle mich breitbeinig vor ihn. Er guckt gar nicht zu mir hoch, sagt nichts, stiert nur durch meine langen braunen Beine in das Fenster, direkt unter meinem Schritt, als würde er vor einem Fernseher sitzen.

Ich spüre, wie ihn meine Gegenwart stört. Trotzdem frage ich ihn »Wie spät ist es?«, weil mich der Gedanke daran, wieder alleine nach Hause zu gehen, traurig macht. Der Mann scheint wie aus tiefen Träumen zu erwachen, »kurz nach zwölf«, sagt er abwesend. Dann fügt er noch hinzu: »Spät für ein Kind, wirklich, wenn du meine Tochter wärst ...«

Ich trete ihm aus der Sicht, sein Fernglas hat er in meiner Anwesenheit nicht in die Hand genommen, er kneift die Augen zusammen. Einen Moment denke ich, daß ich das alles nicht verstehe, ich habe doch auch rote Haare, zwar kürzer und ein dunkleres Rot, was viel besser aussieht als dieses Siebziger-Knallrot, und ich behänge mich auch nicht mit soviel Unsinn wie die beiden da drüben, aber wenn man nackt ist, ist das doch sowieso egal.

Der kleine Mann hält jetzt sein Fernglas hoch, ungeachtet meiner Person, er rutscht auf seinem Platz hin und her, ein Zucken um seinen Mund, tut einfach so, als wäre ich nicht da. Die ganze Situation provoziert mich so, daß ich mein T-Shirt etwas anhebe, und noch ein bißchen, und noch ein bißchen, jetzt – sieht man meine Brustwarzen. Wie sie sich in der lauen Nachtluft gleich aufstellen.

Mir läuft ein kalter Schauer den Rücken herunter. Da unten steht noch ein anderer Mann! Er steht im Gebüsch, und ich sehe, wie sich seine Hand immer schneller hin und her bewegt. Die dunklen Augen sind fest auf mich gerichtet. Ich kann sein Gesicht erkennen, er sieht wie ein Klischee-Verbrecher aus, quadratischer Kopf, Narbe auf der Wange, flache Stirn. Sein Glied ist sehr weiß und riesig, die Hand rot, der Daumen mit einer Mullbinde versehen.

Ich lasse mein T-Shirt fallen und stemme mich, so schnell ich kann, an dem Baum herunter, denke nicht an mein Fahrrad und laufe los. Einen Blick erhasche ich noch von dem Fenster über mir: rotes Licht und silberne Streifen, zwei ineinanderversunkene Menschen, die keine Ahnung haben, was außerhalb ihrer Wohnung geschieht.

Zu Hause angekommen, steht Hannelore schon in der Tür, kaum hat sie meine Schritte im Treppenhaus gehört.

»Du warst nicht bei Bettinas Geburtstag, ich habe mit Bettinas Mutter gesprochen ...«

Habe ich gesagt, ich wäre bei Bettinas Geburtstag gewesen? Wie unvorsichtig von mir! Ich sehe meine Mutter betreten an.

»Ich geb's zu, ich hab mich mit einem Jungen getroffen, er heißt Igor, und ich bin wirklich in ihn verliebt!«

Da wird das Gesicht meiner Mutter plötzlich weich, sie nimmt mich in die Arme und drückt mich an sich. »Meine große hübsche Tochter!« sagt sie.

Frühlingssalat

Rosemarie Minzlin zupft ein paar Blätter aus, legt etwas Laub zur Seite, dann beugt sie sich über die Blüten des Immergrüns. Sie hält ihr Gesicht nah an den Blütenkelch und inhaliert den Duft. In diesen Momenten hat sie das Gefühl, Gerd sehr nahe zu sein. Sie gießt noch den Rhododendron und stellt den Topf Heidekraut, den sie gerade auf der Hermannstraße gekauft hat, auf das Grab. Sie schiebt ihn einige Male hin und her, bis sie den richtigen Platz gefunden hat, holt ihre Schippe und hebt ein Loch aus, in das sie den Topf stellt. Dann setzt sie sich auf die Bank vor Gerds Grab und schließt die Augen. Nach einer halben Stunde nimmt sie ein Buch und ein Stück Kirschkuchen aus ihrer karierten Einkaufstasche. Sie liest ein bißchen und ißt dabei. Es ist doch viel schöner, bei Gerd den Tag zu verbringen, als alleine in ihrer Wohnung zu sitzen, zu lesen und zu essen.

Schließlich wirft sie einen Blick auf die Uhr, sie muß noch bei Karstadt Einkäufe erledigen. Aber vorher will sie ihre Gartenutensilien zu Hause ablegen. Als sie von der Hermann- in die Thomasstraße einbiegt, trifft sie Frau Pfaff, ihre Apothekerin, die gerade Besuch von ihrer Enkelin hat, einem kleinen Mädchen, das eine große Plastiklibelle mit der Aufschrift »Nasotan verde – gegen Heuschnupfen« auf dem Arm hält und die ganze Zeit »Ich will nicht hier rumstehn!« ruft und Frau Pfaff einen der neonfarbenen Flügel in die Kniekehlen rammt.

Zu Hause ißt Rosemarie ein Spiegelei und trinkt ein Glas Tomatensaft dazu. Immer, wenn sie etwas ißt oder trinkt, überlegt sie sich vorher genau, welche Farbe die Lebensmittel besitzen und welche Grundfarbe das für eine Mahlzeit ergibt. Jetzt wäre es ein tiefes Orange, und das gefällt ihr gut. Sie versucht stets die Grundfarbe zu finden, die ihrer individuellen Stimmung gerade am besten entspricht. Sie führt eine Art Tagebuch ihrer Farbpräferenzen beim Essen, in welchem sie so sinnvolle Fakten notiert wie ihre Vorliebe für weiße Speisen an Dienstagen, ihren Hang zum Roten an Donnerstagen oder ihre kurze, aber sehr konsequent verfolgte Rosa-Phase um ihren siebzigsten Geburtstag.

Momente der Einsicht in die Unsinnigkeit dieser Buchführung beflügeln Rosemarie richtig, sie akribisch fortzuführen, da, wie sie findet, erst ein gewisser Grad an Nutzlosigkeit einer Aktivität ein ausreichendes Maß geistiger Freiheit gestatte. Dann kann sie nämlich in eine Art Schwelgen verfallen, ein »Glühen nach allen Seiten«, wie sie es nennt, das – im Grunde ziellos und richtungslos – für Rosemarie alle wirklich ehrenwerten Handlungen kennzeichnet. So zumindest begründet sie Freunden gegenüber diese penible »Tagebuchführung«.

Sonst interessiert sich niemand für ihre Gedanken, drum liest sie Gerd oft aus ihrem Spiralheft vor, wenn sie Kuchen essend auf ihrer Bank sitzt.

Rosemarie geht in ihr Schlafzimmer und stellt sich an das kleine Fenster. Von hier aus kann sie den jungen Soziologie-Studenten und seine Freundin sehen, die vor kurzem hier eingezogen sind, nachdem der alte Böttcher sich zu Tode gesoffen hat. Sie stehen gerade in der Küche und machen einen Obstsalat. Ein weiterer junger Mann rührt irgend etwas in einer Schüssel an und scheint etwas zu erzählen. Rosemarie beobachtet die beiden gerne, wie sie sich beinahe zufällig berühren, sich im Vorbeigehen einen Kuß geben, während sie Poster aufhängen, kochen oder Bücher sortieren. Ihre Körper scheinen in einem ständigen Kontakt miteinander zu sein, auch wenn sie sich nicht anfassen; sogar wenn einer von ihnen alleine ist, hängt an ihrem oder seinem Körper etwas von der schwerelosen Benommenheit, die noch aus der nahen Begegnung mit dem anderen resultiert. Leichtfüßig sieht Rosemarie sie manchmal zu den Mülltonnen laufen und, als ob die Gesetze der Schwerkraft für sie nicht gelten würden, zurück in den vierten Stock eilen. Und sie fühlt sich an die vielen Treppen erinnert, die damals zu Gerds Dachgeschoßwohnung geführt haben.

Rosemarie ist sehr froh, daß die beiden in ihr Haus gezogen sind, denn immer weniger junge Leute kommen in diese Gegend, und es gibt hier auch wirklich nichts außer Billigmärkten, Friedhöfen und Pitbulls. Sie macht regelmäßig bei Gewinnspielen mit, und wenn sie mal eine Motorradreise zu zweit über die Anden oder eine Woche Tauchen in Tasmanien gewinnen würde, würde sie die den beiden da oben schenken. Ihre Freundinnen machen sich lustig über all die bunten Postkarten, die Rosemarie ausfüllt, um eine Mikrowelle, einen Tischstaubsauger, ein Nageletui oder eben eine Motorradreise zu gewinnen, aber daran stört sie sich nicht. Lieber an Gewinnspielen teilnehmen, als einen Waschzwang haben wie Gertrud oder einen Tick wegen »Elektrosmog« wie Sieglinde, die sogar ihr Küchenradio verbannt hat. Mit jedem Spiel, das sie mitmacht, erhöht sich die Chance, daß die beiden da oben mit wehenden Haaren über die Anden fahren werden.

Sie zieht ihren für heute etwas zu warmen Pullover aus und wirft einen Blick in den Kleiderschrank. Dann fischt sie eine taillierte Seidenbluse heraus, deren strahlendes Gelb sie ein wenig verwirrt. Gelb an einem Donnerstag? Sie überlegt, ob sie die Bluse wieder ausziehen soll oder ob sie nicht versuchen sollte, sich im Laufe des Tages an die Farbe zu gewöhnen. Schließlich behält sie sie an, stopft noch ein weiteres Buch in ihre Einkaufstasche und geht langsam die Treppen hinunter.

Sie fährt wie immer zwei Stationen mit der U-Bahn, die sehr überfüllt ist. Vor dem U-Bahnhof Hermannplatz liegen

Penner mit glasigen Augen, einer verschüttet Bier auf ihre Schuhe. Am Hermannplatz drängen sich Schmuckverkäufer, Zigarettenhändler, ein Kind mit einem Pappschild um den Hals bettelt sie an. Rosemarie steuert schnurstracks auf Karstadt zu. Glänzende Vitrinen mit schlanken Puppen, die schon wieder Bademoden tragen, sich an Surfbretter lehnen und Kühltaschen anlächeln.

Wenn Rosemarie durch die Glastüren läuft, der Lärm von draußen augenblicklich durch sanfte Musik ersetzt wird und der kalte Windhauch der Klimaanlage ihr ins Gesicht bläst, ist sie immer noch eine Sekunde irritiert über den Kontrast zum Hermannplatz. Doch weder draußen auf dem chaotischen Billig-Markt, wo man angerempelt wird und Angst um seine Handtasche haben muß, noch im riesigen Karstadt, in dem sie sich jedesmal verläuft, fühlt Rosemarie sich wohl. In Charlottenburg mit seinen vielen kleinen Läden, Buchhandlungen und Galerien hat sie gerne gewohnt. Einundvierzig Jahre hat sie dort mit Gerd einen Antiquitätenladen geführt.

Sie fährt mit der Rolltreppe in den zweiten Stock, wo die Gartenbau- und Heimwerkerartikel sind, und kauft nach ewigem Herumsuchen eine große Schere. Dann nimmt sie die Rolltreppe zur Lebensmittelabteilung. Schon von der Rolltreppe aus läuft ihr beim Anblick der Salattheke das Wasser im Munde zusammen.

Sie greift sich eine große Plastikschale und nimmt mit dem silbernen Aufgeber einige Gurkenscheiben. Vor ihr steht ein junger Mann und lädt sich Schafskäsewürfel in die Schale. Er scheint ihr Warten bemerkt zu haben, denn er blickt sich um und legt ihr den Aufgeber vorsichtig in die Hand. Sie bedankt sich. Dann tut sie sich Oliven, geraspelte Karotten, etwas Feldsalat als Komplementärfarbe, Fenchel und Weizenkeime auf. Wie gut, daß sie sich nie wegen ihrer Figur Sorgen zu machen braucht, sie kann essen, wozu sie Lust hat. Gerd war immer so stolz auf sie, daß sie sich nicht wie andere Frauen in ihrem Alter zu einer wandelnden Sahnetorte gemausert hat. Manche Leute mutieren zu lebendigen Abbildern ihrer Lieblingsspeisen, hat Gerd behauptet.

Der junge Mann ist stets eine Schüssel vor ihr und reicht ihr jedesmal den Aufgeber. Die Tomaten lädt er ihr gleich auf. Immer, wenn sie mit einer Portion fertig ist, sieht sie ihn von der Seite an: Er ist groß, ziemlich hager, seine Hände fallen ihr auf. Sie sind schmal, knochig, etwas Festes und Vorsichtiges zugleich geht von ihnen aus. Das moosgrüne Samtjackett und die schwarzen Leinenhosen hängen weit an seinem mageren Körper. Er trägt eine schlichte Uhr mit römischen Ziffern, nicht so eine häßliche Digitaluhr wie ihr Enkel. Eigentlich sieht er nicht aus wie ein typischer Neuköllner Nachbar, überlegt Rosemarie und läßt ihren Blick in seinen Einkaufswagen gleiten: Ganze Charaktere eröffnen sich ihr durch ein gründliches Studium der Ernährungsvorlieben. Dort liegen verschiedene Käsesorten, Dillkäse zum Beispiel, ein Glas Preiselbeeren, Pflaumenmarmelade, Sesamknäckebrot, eine Aubergine, Blumenkohl, zwei Zitronen, Klopapier, das interessiert Rosemarie weniger, ferner ein Netz Zwiebeln, eine Flasche Rhabarbersaft, ein Glas Erdnußbutter (unpassenderweise, wie sie findet) und zwei Becher Kefir. Ein introvertierter Mensch, der mit Zähigkeit die Dinge verfolgt, die ihn wirklich interessieren, murmelt Rosemarie in sich hinein.

Jetzt schaut sie sich den Mann zu dem Einkaufswagen noch einmal an, der sich gerade für Essig und Öl als Salatdressing entschieden hat. Er hat ein schmales Gesicht mit einer großen Nase und einem markanten Kinn, feine Lippen, keine angewachsenen Ohrläppchen, wie schön, und wird wohl Mitte, Ende Dreißig sein. Irgendwie wirkt er sehr ernst. Melancholisch, aber nicht unglücklich, überlegt sie.

Sie läßt eine Schüssel aus und geht zu den roten Beten, deren tiefes Rot sie heute besonders anspricht. Der junge Mann und sie stehen nebeneinander, und er fragt sie, ob er ihr die Kannen mit den Salatdressings reichen darf. Die Art, wie er das Wort an sie richtet, ist selbstsicherer, als sie erwartet hat. Sie ist einen Augenblick irritiert, lächelt kurz und sagt: »Essig und Öl, bitte, vielen, vielen Dank.«

Rosemarie sieht den hellen Strahl von der Kanne auf ihren Salat fließen, ein ruhiger, gleichmäßiger Fluß, den sie gebannt anschaut. Sie fragt sich, warum es so ein Genuß ist, bestimmte alltägliche Bewegungsabläufe, in größerer Ruhe als üblicherweise ausgeführt, zu betrachten – zum Beispiel wenn der Teespiegel in einer Tasse langsam steigt. Ihre Gedanken schweifen zu Gerd, wie sie miteinander geschlafen haben. Am besten hat es ihr immer gefallen, wenn sie nicht unruhig und übererregt waren, sondern wenn ihre Körper sich langsam miteinander bewegt haben.

»Danke.«

Sie nickt dem Mann zu, der ebenfalls nickt und ein Lächeln andeutet. Rosemarie schließt den Plastikdeckel und legt die Salatschale in ihren Einkaufswagen. Als sie wieder aufsieht, ist der junge Mann schon am Ende des Teigwarengangs. Sie hört noch das Quietschen der Wagenräder auf den weißen Kacheln. Es ist ein helles, ziehendes Geräusch, ein Mißklang, der in ihr ein unbestimmtes Gefühl von Verlassenheit weckt. Sie sieht den Mann in den nächsten Gang einbiegen, zu den Milchprodukten (da war er doch schon gewesen), sieht seinen schmalen, aufrecht getragenen Kopf im gleichmäßigen Tempo über die obersten Regalbretter gleiten. Etwas Souveränes geht von ihm aus, das ihr Gefühl von Verlassenheit ebenso plötzlich mit einem Gefühl von Geborgenheit überlagert. Einen Moment lang schießt ihr durch den Kopf, daß sie von nun an weniger Angst vor Einbrechern zu haben braucht. Sie grinst über sich selbst.

Rosemarie bleibt noch nachdenklich stehen, dann überkommt sie ein Gefühl von Scham. Wie kam sie eigentlich dazu, diesen sehr viel jüngeren Mann so ungebührlich lange anzuschauen? Daß sie gerne Menschen beobachtet, Einkaufs- und Kleiderstudien macht, weiß sie. Sie hat als Antiquitätenhändlerin mit sehr vielen unterschiedlichen Leuten zu tun gehabt, aber seit es den Laden nicht mehr gibt, seit Gerds Tod und dem Umzug aus dem ihr vertrauten Charlottenburg, hat sie nur sehr wenige enge persönliche Kontakte gehabt. Gerd ist eben nicht mehr in dieser Welt mit ihr, und sie ist auch wie selbstverständlich in eine andere Welt geglitten: eine Welt aus Rhododendron und aus Rosenschneiden, aus Blumengießen, aus Immergrün. Aus kleinen erdigen Pfaden und endlosen ausgewaschenen Namen. Eine

Welt aus Heidekraut und Büchern, die auf dem Schoß liegen, während man die Augen schließt.

Rosemarie öffnet ihre Augen wieder, schaut sich in den verschiedenen Gängen um. Dann holt sie den zerknitterten Einkaufszettel aus ihrem Portemonnaie und kauft die restlichen Dinge ein. Als sie in der Getränkeabteilung angekommen ist, überlegt sie noch, eine Flasche Rhabarbersaft zu kaufen, zögert aber etwas, da sie ihn nicht nur kaufen will, weil der junge Mann ihn in seinen Einkaufswagen geladen hat, redet sich dann jedoch ein, daß sie den schon immer einmal kosten wollte. Schließlich stellt sie sich mit ihrem Wagen an das Ende der langen Schlange vor Kasse sieben. Sie beobachtet die Leute, die vor ihr stehen, zum Beispiel die große Frau mit den sehr langen Beinen in orangefarbenen Hot pants, die aussieht, als wenn sie nur wenige Stunden im Jahr ihre Heimsonnenbank verläßt – um bei Karstadt karotinhaltige Nahrungsmittel zu kaufen. Oder den plumpen, schnauzbärtigen Mann in einem schwarzen Muscle-Shirt, der über und über tätowiert ist. An seinem breiten Hals liest Rosemarie »Blow me Eat me Feed me« – als Spruchband von zwei zähnefletschenden Löwen gehalten.

Eine schlanke, sehnige Hand fährt an ihrer Schulter vorbei, tastet nach verschiedenen Zigarettenmarken, wählt eine R1, und wieder streicht der Jackettärmel über ihre Schulter. Sie braucht sich gar nicht erst umzusehen, denn sie weiß, wer hinter ihr steht. Langsam dreht sie sich um. Der junge Mann schaut sie einen Moment an. Etwas Intensives geht von ihm aus; sie weiß gar nicht, wo sie so viel Energie in seinem mageren, jungenhaften Körper orten soll. Sie hat sich ganz zu ihm umgewandt, kann ihren Blick nicht mehr von ihm wenden, diesen ruhigen, in sich gekehrten Augen, die doch aufmerksam Anteil an ihrer Umwelt nehmen. Er gehört auch zu den Menschen, die nicht wissen, wie sie ihre große Nase eigentlich tragen sollen, geht Rosemarie durch den Kopf.

Sie sieht, wie sein Blick über ihr Gesicht, ihren Hals gleitet, kurz über ihre gelbe Seidenbluse. Ein Gefühl von warmer Melancholie beschleicht Rosemarie. Seine Augen sind so angenehm temperiert für sie. Sie spürt ein leichtes, nicht unangenehmes Frösteln an ihrem Körper.

Jetzt fährt die Hand noch mal zu den Zigaretten, will eine zweite Schachtel nehmen. Und Rosemaries Hand gleitet auch zu der R1, ihre Handrücken berühren sich kurz, und Rosemarie legt zu ihrem eigenen Erstaunen ein Zigarettenpäckchen in ihren Einkaufswagen.

Der dicke Arm der Kassiererin reißt Rosemarie herum, und eine laute Stimme dringt an ihr Ohr: »Sie sind dran, packen Sie mal Ihren Kram aufs Band!«

Rosemarie dreht sich erschrocken um und sieht, wie die Kassiererin schon in ihren Wagen faßt und die Salatschale auf das Band knallt. Der junge Mann ist auch zusammengezuckt, seine schmalen Hände sind wie Vögel aufgeflogen von ihrem ruhigen Platz auf der Stange seines Einkaufswagens.

»Dreißich Mark fuffzich!« brüllt ihr die Kassiererin zu. Mechanisch öffnet Rosemarie ihr kleines Lederportemonnaie mit dem Tintenfleck und legt einen Zwanzig-, einen Zehnmarkschein und fünf Groschen auf das Kassenbrett. Mit einer einzigen Handbewegung fegt die Kassiererin ihre Lebensmittel in eine Ecke der Warenablage und schiebt den Trennriegel um. Sie wirft Rosemarie noch einen ungeduldigen Blick zu, die die Milchflasche, den Quark, die Salzstangen, die Pfirsiche und die Pflaumen, die Linsen, den Honig, den Rhabarbersaft und die Zigaretten einpackt. Den Salat legt sie vorsichtig obenauf. Zögernd, mit etwas steifen Beinen, als hätte sie lange gesessen, stakst Rosemarie dem Ausgang zu. Für eine Sekunde überlegt sie, ob sie auf den Mann warten soll, bekommt dann aber Angst, sich lächerlich zu machen. Als sie zu ihm herüberschaut, sieht sie nur seinen Kopf mit den dunklen Haaren gebeugt über seinen Einkaufswagen, den er zum Ärger der Kassiererin mit würdevoller Ruhe auslädt. Plötzlich erscheint er ihr wieder sehr fremd, ein Kunde bei Karstadt, der gerade Zwiebeln und ein Glas Marmelade auf das Fließband stellt. Einen Moment ist sie irritiert über ihr eben noch dagewesenes intensives Gefühl. Ziellos schweifen ihre Augen entlang an den hohen Regalen mit den glänzenden Honig- und Marmeladengläsern mit goldenen Deckeln, dem blau-weißen Schild »Milchprodukte«, den vielen Gefriertruhen und den langen silbernen Reihen von ineinandergeschobenen Einkaufswagen, als suche sie hier irgendwo einen geheimen Pfad zurück zu diesem Gefühl.

Noch etwas verloren steht Rosemarie auf der Rolltreppe und geht zum Ausgang. Die Tür läßt sich wie immer schwer öffnen, schon hört sie einen akkordeonspielenden Penner. Sie zieht an der Tür.

Eine schmale, sehnige Hand drückt auf den Holzgriff an der Glastür, moosgrüne Samtfelsen ragen über ihre Schulter. Ein dunkles Hosenbein berührt ihre Hüfte, über ihren Ärmel streicht ein Handrücken.

»Auf Wiedersehen Frau ... Minzlin! Wohnen Sie nicht mehr in Charlottenburg? ... Ich habe gesehen, Ihren Laden gibt es nicht mehr? Wie schade ... mein Küchenbuffet habe ich damals bei Ihnen gekauft ... und Emily Dickinson habe ich auch gerne gelesen ... ich wünsche Ihnen noch einen schönen Tag ... bis zum nächsten Mal!«

Rosemarie sieht die schwarzgrüne Gestalt durch die Menge am Hermannplatz gleiten, der schmale Kopf im gleichmäßigen Tempo über den brüllenden Marktfrauen, Schmuck- und Zigarettenhändlern, über weißen und schwarzen Kopftüchern und zwei, drei rosa und grünen Haarbüscheln.

Dann sitzt sie wieder in der U 8. Langsam beginnen sich ihre Gedanken etwas zu ordnen: Das große, mintfarbene Küchenbuffet, der junge Mann, der meinte, wenn man es abbeizen würde, sähe es sehr schön aus. Das anschließende Gespräch über Dickinson, von der eine Gedichtedition auf ihrem Tisch gelegen hat. Die schmalen, knochigen Hände, die über die Intarsien strichen. Der ernste, prüfende Blick. Sehnige Hände befühlen die Türklappen auch von innen, geben sich Mühe mit allem, das sie berühren und erforschen.

»Leinestraße!«

Rosemarie fährt hoch. Eigentlich wollte sie ja noch beim Thomas-Friedhof vorbeigehen und die Rose mit der neuen Gartenschere stutzen. Jetzt hat sie keine Lust, noch mal zurückzufahren. Dann eben morgen. Ob Gerd ihr das übelnehmen wird?

Zu Hause ißt sie ihren Salat, langsam. Sie teilt die Salatblätter ein in melancholische und ängstliche, schüchterne und extrovertierte, fransige und wolkige und so weiter. Die Gurkenscheiben zergehen fest und weich zugleich auf ihrer Zunge, und die in Öl getränkten Maiskörner zerplatzen an ihrem Gaumen.

Solange sie diesen Salat ißt, braucht sie sich nicht mehr vor dem Sterben zu fürchten, vor Einbrechern schon gar nicht. Die Tomaten, die er ihr aufgetan hat, schmecken herrlich. Sie kann sich gar nicht satt sehen an ihrem intensiven Rot. Diesem Donnerstagsrot. Ihre Lippen fahren über die glatte Haut der Oliven, die Karottenstreifen sind wie Haarsträhnen, die über ihre Wangen gleiten.

Sie zieht langsam alles aus, bis auf ihre gelbe Bluse, legt sich auf ihre große Mohairdecke und streichelt sich mit Herrn Anubis' Händen. Anubis deshalb, weil er so ein Zwischenweltler ist, zwischen dem Immergrün auf Gerds Grab und den köstlichen Tomaten hier, zwischen Karstadts glänzenden Kacheln und dem kaugummiübersäten Pflaster auf dem Hermannplatz. Er hat ihr die Glastür mit dem abgestoßenen Holzgriff aufgemacht, und seine Stimme war ätherisch wie Rauch und dinglich wie Rinde zugleich. Wie Birkenrinde vielleicht.

Herr Anubis ... ein bißchen Pathos. Ein bißchen Wüstensand in Neukölln. Ein bißchen Kitsch in den Kniekehlen, wenn man die Treppen im Hinterhaus hinaufsteigt.

Walkman

Ziellos, in dieser besonderen Stimmung, die nur der Gedanke auslöst, unverplante Zeit vor sich zu haben, geht Rainer die Hermannstraße entlang. Seine letzten Jobs als Taxifahrer und Kinokartenabreißer hat er vor ein paar Wochen geschmissen. Er kommt an einem Döner-Laden, einer Baustelle, »Conny's Container«, »Petras Zoohandlung«, »Alibabas Imbiß« und dem Thomas-Friedhof vorbei. Andächtig guckt er die Fliegen an, die über das süße Gebäck in dem Döner-Laden krabbeln. Auf dem Thomas-Friedhof zückt er einen Einkaufszettel, um sich irgendwelche Namen, die ihm gerade ins Auge fallen, aufzuschreiben: Gerhard Minzlin zum Beispiel oder, wen man sich wohl darunter vorstellen kann: Isolde Senkbeil. Dann läuft er an den hohen, halbverfallenen Familiengräbern vorbei. Rechts von ihm erstreckt sich die Friedhofsmauer. Hin und wieder fehlt ein Stein in der Mauer, und er kann auf Höfe, auf überquellende Mülltonnen und verrostete Fahrradständer schauen. In einem Hinterhof sitzt ein Kind und guckt regungslos in den Himmel, seine Hände hängen schlaff an dem dicklichen Körper herab. Rainer klopft an die Mauer, steckt den Kopf durch das Loch und legt einen Finger auf seine linke Wange, die bunte Rose auf seiner Haut. Der Junge sieht zu ihm herüber, fängt an zu grinsen, der rundliche Körper wackelt hin und her, dann krempelt er das Sweatshirt hoch, und Rainer sieht ein großes Totenkopf-Tattoo auf seinem Arm. Der Junge grinst weiter, schlägt sich auf die Schenkel.

Rainer schiebt sich an der Friedhofsmauer entlang, ihm gefällt das schleifende Geräusch, das seine Jacke von sich gibt. Plötzlich entdeckt er auf dem bröckelnden Putz eine kleine Schrift. Er tritt näher und liest: »Rotes Haar ward dir gegeben«. Den Satz schreibt er sich sofort auf einen anderen Einkaufszettel. Einen zerknüllten Kassenbon von »Conny's Container«, wo er eine Glühbirne für nur 40 Pfennig erstanden hat. Er liest die Zeile noch einmal, die wie ein Schlager klingt und doch auf einer Friedhofsmauer steht. Dann verläßt er den Thomas-Friedhof durch das gußeiserne Tor. Beim Laufen geht es ihm immer gut, seit drei Monaten, seit Julia, läuft er ununterbrochen herum, hängt auf Schrottplätzen, Spielplätzen, Baustellen, Friedhöfen und Partys ab, sammelt Dinge und wirft sie weg, läßt sich treiben. Durch sein Leben, durch Neukölln. Ihn amüsiert die Hektik, mit der die Leute morgens über die Hermannstraße rasen. Und abends nach Hause eilen. Manchmal macht er nachts öffentliche Uhren kaputt. Das geht ruck, zuck. Seit Julia hat er keine Lust mehr auf Pläne, Festlegungen, zumindest solche, deren Gelingen in der Hand eines anderen liegt.

Vorne an der Silbersteinstraße befindet sich eine Baustelle, Rainer läuft geradewegs darauf zu. Die beiden Männer mit den gelben Helmen sind mindestens fünfzehn Meter entfernt, der eine rührt Zement, der andere meckert herum, es sieht nach einer eingespielten Arbeitsteilung aus, so daß Rainer unbekümmert unter die rot-weiße Absperrung kriecht und sich den Walkman nimmt, der dort auf einem Schemel liegt. Schnell kraucht er zurück, und schon steht er vor einem italienischen Eisstand. Doch mit dem Aussuchen läßt er sich Zeit. Es gibt einfach so viele verlockende Sorten. Schließlich entscheidet er sich für eine Kugel Eierlikör, für zwei reicht die Kohle nicht mehr. Dann stellt er den Walkman an, den er inzwischen an seiner Gürtelschnalle befestigt hat: O Mann, es sind barocke Choräle. So was hört ein Bauarbeiter? Einen größeren Kontrast zur Hektik und zum Lärm an der Ecke Hermann/Silberstein kann er sich kaum vorstellen. In der Schule konnte Rainer so 'n Zeug nicht leiden, aber in dieser Situation und vielleicht auch nur in dieser, findet er es klasse.

Auf der Kreuzung steht ein herumwinkender Polizist; die Ampel ist ausgefallen. Rainer läuft direkt hinter ihn und stellt seine Cassette ganz laut. Bullenwannen, eine hinkende Frau mit Damenbart und einem Pappschild in der Hand »Bitte um Spende«, zwei Turbanmänner mit Handys, ein Dreadlock-Philosophiestudententyp mit Joint, eine Oma in einem flaschengrünen Kostüm, dazu weiße Gesundheitsschuhe, marschieren an ihm vorbei, und er hört diese Gesänge. Hosianna, Kyrie eleison, er kennt das von früher, aber in Kirchen hat es ihm nie gefallen.

Plötzlich liegt eine Hand auf seiner Schulter. Er blickt in das rote Gesicht des Polizisten, kann ihn aber nicht verstehen. Der Polizist scheint richtig wütend zu sein, Rainer hat aber gar keine Lust wegzugehen und dreht seine Cassette noch lauter. Der Polizist packt ihn an der Schulter und schüttelt ihn. Polizisten mögen ihn nicht, allein schon wegen der Rose auf seiner Backe. Er schreit jetzt, und Rainer versteht dumpf: »Sie wollen sich wohl über mich lustig machen? Sie haben hier auf der Kreuzung nichts zu suchen, Sie Idiot, Sie waren wohl schon mal im Knast, oda?« Der Bulle starrt auf seine Backe. Ein sehr freundlicher Zeitgenosse. Rainer stellt seinen Walkman aus und sagt: »Die Rose hat mir eine Frau geschenkt, Sie Brüllaffe!«

Er zieht es dann doch vor, abzuhauen. Als er über eine Bordsteinkante läuft, sieht er ein zusammengeknülltes Papier auf der Straße. Der Windstoß eines vorbeiratternden Lastwagens fegt es ein paar Meter weiter fort, und es bleibt unter einem traumblauen Ford liegen. Unwillkürlich schaut er auf das Nummernschild und liest: B-KF 6213. Und notiert es sich gleich auf seinem Kassenbon von »Conny's Container«. Wahrscheinlich wird er das später gar nicht mehr lesen können, denn die Buchstaben und Zahlen werden gerade vom letzten Rest Eierliköreis betropft, aber das macht nichts. Endlich hebt er das zusammengeknüllte Papier auf. Es ist eine zerrissene Zeitungsseite, ein nur halb lesbarer Artikel über Fußball. Fußball interessiert ihn nicht besonders, aber er liest, was er lesen kann. Dann dreht er die Seite um, ein Artikel über einen Spionagefall in Hessen. Er schließt ein Auge und versucht mit dem anderen, möglichst ohne zu überlegen, einen Satz herauszupicken. Er liest: »Er folgte dem Dalmatinerhund.«

Rainer hat einige Stunden gebraucht, um einen Dalmatiner zu finden. Aber, auf einem Spielplatz in Süd-Neukölln, wo er einigen Müttern damit Unbehagen bereitete, mit ihren Kindern zu wippen, preschte tatsächlich so ein Dalmatiner durch die Sandkästen. Sein Besitzer, ein Rentner in fleckigem Anzug, mit einer Schirmmütze, auf der »Alaskan Scooter« steht, nennt ihn: »King«, »King, weg vom Mülleimer, komm komm, King ...«

Rainer läuft ihnen hinterher, durch halb Buckow, an einer leerstehenden Fabrik, an einem Schrottplatz vorbei. Plötzlich merkt er, daß ein anderer, kleinerer Hund *ihm* folgt. Ein kleiner magerer Hund mit schmutzigem, langem Haar, fast so lang wie seines. Rainer nennt ihn »Yesterday«.

Jetzt gehen der Schirmmützenopa und der Dalmatiner auf einen braungelben Sechziger-Jahre-Wohnblock zu. Der Alte dreht sich zu Rainer um und schreit mit einer überraschend hohen Stimme, die quietscht wie ein Schloß, das lange nicht mehr benutzt wurde: »Wenn du Scheißpenner nicht endlich abhaust, haste gleich 'n Veilchen statt 'ner Rose im Gesicht! Ihr Blödiane, macht die Straßen unsicher und habt alle 'ne Macke!«

Rainer sieht gelassen zu, wie die beiden in dem Haus verschwinden. Er will sich hier auf die Stufen setzen und warten. Auf etwas oder auf gar nichts. Während er sich eine Zigarette ansteckt, denkt er an das Muster der schwarzen Flecken auf Kings Fell. Dann starrt er auf die Muster der Rauchschwaden, die er gerade ausgeblasen hat.

Er kratzt sich am Bein und scharrt mit den Schuhen im Sand. Da taucht vor ihm eine Münze auf. Es ist ein 10 Cents Stück. »Juliana Koningin der Nederlanden« steht darauf. Und das Prägejahr der Münze: 1970. Yesterday kläfft zweimal laut. Es gab mal eine Julia in seinem Leben, 1970 geboren, im Januar. Unnahbar, wie Rosen unter Schnee, schien sie Rainer, nie albern, nie aufgekratzt, eigentlich immer nur weggetreten, in ihren fast durchsichtigen Plastikkleidern auf schwindelerregend hohen Pfennigabsätzen und mit leise rasselndem Schmuck an ihrem schmalen Körper. Dazu hatte sie eine Annie-Lenox-Frisur, ganz eightiesmäßig, millimeterkurze weißblonde Haare. Eines Nachts ist sie verschwunden, hat Rainer »Tschüß« gesagt, so, als ob sie eben Zigaretten holen ginge, und ist nie wiedergekommen.

Wegen dieser dummen Münze sieht er sie jetzt wieder in aller Deutlichkeit vor sich. Dann, er weiß nicht, wieviel Zeit vergangen ist, steht er auf, um sich den Wohnblock näher anzusehen. Auf die Türen im Erdgeschoß sind krakelige Strichmännchen mit bunter Kreide gemalt. Sie haben riesige Köpfe mit Flügeln statt Ohren und halten sich an den Händen. Darüber steht, er meint erst einen verwischten Vornamen zu lesen, einfach nur: »You and Me.« Hinter einem Fenster im ersten Stock sieht er ein bis zur Decke reichendes dunkles Holzregal, auf dem sich allerhand Fläschchen und Dosen und ein Totenkopf befinden. Auf den Schädel ist mit großen roten Buchstaben »INRI« geschrieben, nein, »INGRID«, er hat sich verguckt. Im Gebüsch hinter dem Haus findet er zwei blutverschmierte Taschentücher, ein Comic-Heft mit durchgestrichenem Preis, eine leere Kugelschreibermine. Etwas tiefer im Gebüsch liegt ein Einkaufszettel, auf dem die Worte »Reiseführer« und »Kompaß« unterstrichen sind. Links davon eine Taschenlampe ohne Batterie, ein Stück Plexiglas, ein Kondom, ein Baby-Lätzchen, ein schwarzes Brillenetui, eine verfaulte Birne und darunter ein Zettel, auf dem steht: »Hier liegt für immer unser Prinz begraben.« Rainer scharrt in der frischen Erde und findet ein Hundehalsband und eine kleine Decke. Dann hält er inne und lehnt sich an die Hauswand. Plötzlich schreibt er mit seinem Kuli auf den Beton: »Dein Schlüsselbein Julia – R.« Das hat er schon einmal geschrieben, auf ihre Tür, nachdem sie verschwunden ist. Nur das. Pars pro toto. Er hätte auch schreiben können: »Julia Alles Julia«, aber es gefiel ihm besser so. Er läuft zurück zur Treppe, kickt eine Schraube auf die Straße und muß spontan an das englische Wort »screw« und »to screw« denken. Es ist Abend geworden, von der lauen Mittagsluft ist nichts mehr zu spüren. Kein Geräusch von nirgendwoher, wo sind denn all die Leute, die in diesem Komplex wohnen? Nur der schiefe Singsang eines Mädchens aus dem zweiten oder dritten Stock. Rainer streichelt Yesterday über sein dreckiges Fell; das erste Lebewesen seit Monaten, dem er den Rücken krault, fällt ihm auf. Dann döst er einen Moment vor Erschöpfung weg.

Im Halbschlaf meint er, ein Geräusch quietschender Autoreifen zu hören. Aus einem Leichenwagen steigen ein großer Mann und eine Frau, die leichtfüßig auf meterhohen Pfennigabsätzen, in enger Plastikhose auf der Straße herumtanzt und mit ihren langen, schwarzen Haaren Buchstaben in die Luft schreibt. Er versucht zu lesen, es gelingt ihm aber nicht, denn ihre Haare fangen immer schon einen neuen Buchstaben an, wenn er den alten noch nicht richtig entziffert hat. Er sucht eine Quittung, irgend etwas, um sich die Buchstaben zu notieren, und verpaßt die nächsten. Auch der große Mann sieht sie an und kritzelt etwas auf einen Zettel. Die Frau geht, ohne ihn zu beachten, auf eines der gegenüberliegenden Häuser zu, öffnet die Tür und verschwindet. Der Mann folgt ihr langsam, schwerfällig. In seinen Bewegungen steckt etwas Angestrengtes. Man sieht, wie er sich zusammennimmt, um nur ganz sacht an der Tür, die sie vor ihm geschlossen hat, anzuklopfen. In diesem Moment gleitet Rainers Blick noch einmal zu dem Auto, und er entdeckt ein Köfferchen im hinteren Teil, auf dem in gelber Farbe geschrieben steht: »Light«. Aber es ist viel zu dunkel, um wirklich etwas erkennen zu können. Der Mann klopft noch einmal. Er legt sein Ohr an die Tür. So verharrt er einige Minuten. Dann öffnet sich die Tür. Aber da ist plötzlich eine andere Frau, oder ist es dieselbe?, die eine schwarze Perücke in der Hand hält. Sie lächelt, setzt die Perücke auf und singt, ein schiefer Singsang: »Once again for you«. Mit einer langen Haarsträhne schreibt sie geschwungene Buchstaben auf das Gesicht des Mannes. Und Rainer liest: »Julias Container«, »Julias Zoo«, »Julias Imbiß«, »Julias Boutique«, »Julias Silberstein«. Jetzt lacht sie leise, fährt sich über die Hüften, und die Tür fällt mit einem schmatzenden Geräusch ins Schloß. Hosianna! Der Mann stolpert zurück zu seinem Leichenwagen, ihr »Ich-gehe-nur-mal-kurz-Zigaretten-holen«-Lächeln wie ein Schleier um seinen Kopf gewickelt.

Rainer ist wach geworden. Verwirrt steht er auf, Yesterday winselt. Sie laufen an dem braungelben Wohnblock, der Rainer jetzt endlos erscheint, entlang. Schließlich steckt er sich die kleinen Ohrstöpsel in die Ohren. Das Latein der Gesänge klingt eigenartig hart; er versucht, sich diese Sprache, mit der er nur botanische Namen, grauhäutige Priester und Krankheiten verbindet, im täglichen Leben vorzustellen. Liebesschwüre, Streitereien, Alpträume auf latein. Diese Musik ist wirklich das Beste, was er seit Endemic Void und Technarchy gehört hat. Besser gelaunt, geht er zu dem gegenüberliegenden Wohnkomplex. Dort ritzt er mit seinem Hausschlüssel an die Wand: »Julia, ruf mich doch an, 6 21 35 94 Dein R.«

Dann wirft Rainer noch einen alten Schuh für Yesterday durch die Gegend und tobt mit ihm herum. Er hat nicht die geringste Ahnung, wo er überhaupt ist, und läuft drauflos. Nach zwei Stunden kommt er zu Hause an, in seinem winzigen Zimmer in der Thomasstraße, wo außer riesigen Trödelhaufen und Platten kaum noch Platz für ein Bett ist. Yesterday ist ihm die ganze Zeit gefolgt, Rainer gibt ihm ein paar Prinzenrollenkekse und etwas zu trinken, dann fällt er erschöpft ins Bett.

Ach ja, das ist jetzt alles ein halbes Jahr her. Eine Julia hat Rainer tatsächlich angerufen. Eine Annie-Lenox-Frisur hatte sie nicht und auch keine Plastikkleider, aber dafür große blaue Augen zu schwarzen langen Haaren und eine sehr angenehme Stimme. Drei Monate haben sie zusammen verbracht, sind gemeinsam durch die Straßen gelaufen, haben sich auf dem Thomas-Friedhof über komische Namen amüsiert. Isolde Senkbeil. Hannah Kluckhuhn. Albert Ernie. Manchmal schliefen sie im Thomas-Park miteinander. Er erinnert sich noch an ihr stimmloses schnelles Stöhnen und den Schweiß ihrer Handinnenflächen, wenn sie an seinem Körper entlangglitten. Sie aßen wenig in diesen drei Monaten, hauptsächlich Falafel. Falafel und Börek. Manchmal klauten sie ein türkisches Brot, ein bißchen Geld. Morgens stürzten sie raus auf die Straße, ließen sich treiben, fanden sich in türkischen Geschäften mit lebensgroßen Porzellantigern wieder, in einem leeren Hotel, das wohl einst Gäste nach Neukölln gelockt hatte, im Keller einer Schule, auf dem Dach einer alten Fabrikhalle, ineinander verknäult in einem nicht richtig abgeschlossenen Wochenendhäuschen in Buckow. Manchmal passierte auch gar nichts Aufregendes, und sie saßen den ganzen Tag Falafel essend im Thomas-Park herum. Einmal liefen sie bis nach Wannsee.

Und Rainer dachte immer, wenn er eine neue Freundin hätte, würde er wieder seßhaft, würde zu Hause CDs hören und Kerzen anzünden, die er auf Flaschenhälse gesteckt hat, aber statt dessen ist er mit ihr mehr rumgelaufen als je zuvor alleine. Er schob ihr seinen rechten Ohrstöpsel ins Ohr, und dann hörten sie alles mögliche, sogar Benjamin-Blümchen-Cassetten, die in einem Vorgarten in Mariendorf herumlagen. Nur die Cassette mit den barocken Chorälen behielt er für sich.

Eines Abends sagte Julia: »Ich geh mal rüber zu dem Eisenwarenfritzen, ich will mir Schrauben an die Seiten von meinen Stiefeln kleben …« Sie hörte zu dieser Zeit viel Industrial und fand es schick, sich aus Schrauben und Ketten Schmuck und andere Accessoires zu basteln. Und daher dachte Rainer sich nichts dabei. Sie legte sich ihren Lieblingspulli um die

Schultern, schnappte sich ihren Cassettenrecorder, auch das war nichts Ungewöhnliches, denn wenn sie kürzere Spaziergänge machte, nahm sie den manchmal mit. Seitdem hat Rainer sie nie wiedergesehen.

Erst war er total am Ende, ein bißchen ist er es immer noch, aber er hat viel Ablenkung, kommt jeden Tag viel rum. Er konnte der Polizei einen wichtigen Hinweis zu einem Mord auf der Silbersteinstraße liefern und hat sich so zweitausend Mark verdient. Und ansonsten? Auf der Trash-Meile gibt's ein paar neue Läden, den »Billigpreis«, warum der ausgerechnet neben »Conny's Container« und schräg gegenüber von »Rudis Reste Rampe« aufgemacht hat, ist ihm nicht so klar, dann gibt's eine neue Optik, die sich blöderweise »Optick« nennt. Und daneben einen neuen Plattenladen, wo Rainer den Verkäufer damit zur Weißglut bringt, daß er nie etwas kauft, aber vorher stundenlang alle möglichen Sachen anhört. Aber was ihm am meisten Spaß macht, ist, im lautesten Krach, um fünf Uhr nachmittags auf der Trash-Meile – zwanzig wild gestikulierende türkische Frauen, fünf euphorische Fußballfans, ein herumbrüllender Psychopath, zehn quengelnde Kleinkinder –, seinen Walkman aufzusetzen und seine Baustellenmusik anzumachen, die barocken Choräle. Und dann kommt es ihm vor, daß das eigentlich das ist, was er unentwegt auf den Straßen, im Getümmel, unterwegs sucht: die Ruhe mitten im Getöse, wenn er hinter dem winkenden Polizisten steht, die Sekunde, bevor er ihn gesehen hat und er der ruhige Punkt in all dem Krach ist, er die Ruhe selbst. Amen.

Sonnenblumenblusen

Rosemarie Minzlin stapft über den Thomas-Friedhof. Es ist ein warmer Septembertag, und sie krempelt einen Ärmel ihrer hellblauen Bluse mit dem Sonnenblumenmuster hoch, die sie bei H & M ganz billig aufgetan hat. Sie läuft den Mittelweg, der von hohen Ahornbäumen umgeben ist, entlang, guter Laune. Bis sie an Gerds Grab kommt: schon wieder liegen da lauter Bier- und Coladosen, eine zerbrochene Cassettenhülle, jede Menge Pizzakrumen. Das geht schon seit Wochen so. Auch auf ein paar anderen Gräbern neben der Wiese liegt jetzt immer Müll herum. Rosemarie bückt sich, sammelt die Sachen auf und trägt sie zum Müllkübel. Irgendwelche Leute scheinen ausgerechnet die Wiese hinter Gerds Grab auserkoren zu haben, um sich hier nachts herumzutreiben. Erbost liest Rosemarie noch die Zigarettenstummel auf. Dann endlich setzt sie sich auf ihre Bank, schenkt Gerds Namen das übliche liebevolle Lächeln und packt ihr Buch aus.

Nach zwei Stunden stiefelt sie rüber zum Araber auf der Hermannstraße. Ein Mann, dessen Bauchrolle aus seinem schmutziggelben T-Shirt herausquillt, steht vor ihr und redet laut in Arabisch auf seine winzige, noch dickere Frau mit schwarzem Kopftuch ein, die fortwährend nickt und ihre kurzen Arme mehrere Male mit schlaffen Bewegungen hebt und wieder fallen läßt. Ganz vorne stehen »die Glitzernden«, so nennt Rosemarie das Paar, das im selben Haus wie sie wohnt; ein Junge mit schwarzen, ein Mädchen mit langen roten Haaren, die immer in sehr seltsamen schillernden Kostümen, meist im Partner-Look, herumlaufen. Hier auf der Hermannstraße kennt sie beinahe jeder. Ein, zwei Mal hat Rosemarie sich bei ihnen wegen lauter Musik beklagen müssen, doch jedesmal waren sie so höflich und charmant, einmal gaben sie ihr gleich ein Stück Sachertorte mit als Entschuldigung, daß Rosemarie sie längst ins Herz geschlossen hat und die gelegentlich dröhnenden Bässe geflissentlich ignoriert. Ein anderes Mal hat sich die Müllabfuhr ihretwegen zwei Wochen lang geweigert, die Mülltonnen zu leeren, da die beiden den Hof meterhoch mit Gerümpel, es sah wie eine komplette Siebziger-Jahre-Wohnzimmergarnitur aus, vollgestellt hatten. Nachher haben sie sich jedoch liebenswürdigst entschuldigt und so unschuldig dabei gewirkt, daß sie auf der Mieterversammlung eher die Stars als die Übeltäter gewesen sind. Wenn man ihnen allerdings auf der Straße begegnet, haben sie die Angewohnheit, einen entweder gar nicht zu sehen oder einem im letzten Moment ein flüchtiges Lächeln zuzuwerfen. Sie sind vergeßlich: Wenn Rosemarie sie bei Aldi oder im Pennymarkt an der Kasse trifft, läuft immer einer von ihnen zurück und holt noch ein paar Sachen. Einmal haben sie ein Glas Honig auf dem Band liegengelassen, und Rosemarie eilte ihnen hinterher. Manchmal hat Rosemarie sich gefragt, ob die beiden wohl noch Großmütter haben. Aber sie hat nie jemanden, der auch nur entfernt nach einem Großelternteil ausgesehen hat, in den ersten Stock gehen sehen.

Auch die anderen Mieter behandeln die beiden auf eine etwas verunsicherte und doch respektvolle Art. Niemand weiß so recht, ob man es mit zwei gewöhnlichen Verrückten – sagte Frau Pfaff nicht letztens »Berlin ist offener Vollzug«? – zu tun hat oder mit zwei bemerkenswerten Künstlern. Es gibt jedoch für die Bewohner der Thomasstraße weder für die eine noch für die andere Annahme handfeste Beweise. Sie zahlen ihre Miete pünktlich und bereiten niemandem Probleme, sind immer freundlich, abgesehen von gelegentlicher Ruhestörung oder der Hofgeschichte, aber das ist alles nichts wirklich Ungewöhnliches. Ob sie einem geregelten Job nachgehen, weiß keiner so recht, aber sie lungern auch nicht mit Bierdosen im Hauseingang herum, wie Herr Töpfer oder Herr und Frau Krug aus den Parterre-Wohnungen. Aber ob sie Künstler sind, weiß auch niemand. Vielleicht entwerfen sie Mode, vermutet Frau Kaspar aus dem Hinterhaus. Berühmt zu sein, scheinen sie jedenfalls nicht, doch wartet Rosemarie manchmal darauf, daß irgendein Journalist sich in ihr düsteres Haus hinter dem Thomas-Friedhof verirrt, und dann kommt es heraus: sie haben gerade einen Film gedreht oder sind Fotografen, Modedesigner oder Innenarchitekten. In Wirklichkeit scheinen sie nicht viele Leute zu kennen und wirken selten gehetzt, gestreßt; nicht so, als würden sie von einem Termin zum nächsten eilen. Meist sieht man nur das orangerote Licht ihrer Wohnung und manchmal ihre Köpfe scheu am Fenster, doch dann ziehen sie sich wieder ins Wohnungsinnere zurück. Rosemarie ist allerdings ziemlich kurzsichtig.

Die beiden stehen jetzt an der Kasse und kaufen Eis. Dann, mit einem Solero-Eis in den Händen und einem Leuchten in den Augen, verlassen sie den Laden. Diesmal haben sie Rosemarie überhaupt nicht gesehen. Rosemarie schaut ihnen nach: Sie tragen heute weinrote Flokati-Hosen mit rosafarbenen Boa-Borten und rosafarbene Blusen mit weinroten Bommelfransen. Dazu zitronengelbe Lackstiefel und Halstücher. Nun laufen sie an der grauen Friedhofsmauer entlang; Leute bleiben stehen, drehen sich um, Mütter nehmen ihre Kinder bei der Hand. Rosemarie lächelt in sich hinein, als sie sieht, wie die beiden die Straße überschreiten und den Verkehr zum Stocken bringen. Sie sind auf eine so sanfte Weise unmöglich.

Dann geht sie beschwingt zurück zum Friedhof. Sie läßt jetzt die Gießkanne am Brunnen vollaufen, die Vergißmeinnicht brauchen immer viel Wasser. Als sie sich über die Blumen beugt, hört sie hinter sich federnde Schritte. Schnell dreht sie sich um. Ein Mädchen mit kurzen roten Haaren setzt sich auf ihre Bank, blättert in ihrem Buch.

»Deins?«

»Ja, das ist mein Buch!« sagt Rosemarie in vorwurfsvollem Tonfall.

»Okay, sorry, wirkt wie 'n unlesbares Ding, anyway.«

»Bist du öfter hier?« fragt Rosemarie das Mädchen, das vielleicht vierzehn, fünfzehn Jahre alt ist, argwöhnisch.

Das Mädchen streckt sich auf der Bank aus, es trägt einen grüngelben Trainingsanzug, klobige Turnschuhe und an der linken Hand einen Ring, der wie ein Auge aussieht.

»Ja, ich wohne gleich da in der Thomasstraße, bin oft hier … zum Zeitvertreib, auf der Hermannstraße laufen so viele gestörte Leute rum und vor allem üble Männer, das hier ist so 'ne Art Ruhestätte …«, jetzt muß das Mädchen lachen, »ich meine Erholungsort oder wie soll ich sagen … für mich.«

»Aber so erholsam ist das für andere nicht, hier Coladosen und alte Pizzen aufzulesen.«

»Äh, sorry, aber die Mülls sind immer voll mit Blumenzeugs und so … Ist das Ihr Grab hier, ja?«

»Na, noch bin ich da nicht drin, aber wenn ich mir weiter hier den Rücken so verbiegen muß, bestimmt bald«, Rosemarie faßt das Mädchen ins Auge, »aber«, fährt sie fort, »es ist, wenn du so willst, mein Grab, denn mein Mann liegt dort begraben.«

»Okay, okay, nächstes Mal gehen wir ein Grab weiter, und

nun regen Sie sich mal ab«, sagt das Mädchen und will aufstehen. Da fragt Rosemarie:

»Sag mal, ist denn für junge Leute wie dich die einzige Alternative zur Hermannstraße der Friedhof hier?«

»Weiß nicht ...«, das Mädchen zuckt die Schultern. Einen Moment schweigen beide. Als Rosemarie einen Schritt näher an die Bank herantritt, sieht sie, daß das Mädchen unter seiner grüngelben Trainingsjacke die gleiche sonnenblumengemusterte Bluse trägt wie sie selbst. Unwillkürlich fährt sie zusammen. Das Mädchen scheint es auch gerade bemerkt zu haben und grinst spöttisch: »Sie auch bei H & M im Schlußverkauf, oder?«

»Ja ... ja, die haben ja immer ganz nette Sachen so ...«, meint Rosemarie etwas unsicher. Sie weiß nicht, ob sie diese Situation lustig oder peinlich finden soll.

»Aber deine Bluse sieht viel kleiner aus als meine ...«, fügt sie noch hinzu, vielleicht um etwas Abstand herzustellen.

»Nee, one size fits all, ich wasche meine Klamotten immer erst mal bei 90 Grad, damit sie mir passen«, behauptet das Mädchen.

»Ach so ...«, Rosemarie fällt nichts weiter dazu ein. Dann fragt sie etwas unvermittelt: »Wie heißt du?«

»Ich? Laura, und du?«

»Rosemarie, aber mein Mann hat mich immer Rosa genannt ...«

»Das ist der, ne?« fragt Laura und zeigt auf das Grab.

Rosemarie muß sich ein Lachen verkneifen und sagt: »Ja, das *ist* er.«

»Du bist aber auch lieber hier als da draußen ...«

Rosemarie überlegt einen Moment.

»Ja, das stimmt. Ich komme jeden Tag, bringe mir meist 'ne Thermoskanne und Kuchen mit und ein Buch und mache es mir, wenn es nicht zu kalt ist, hier gemütlich.«

»Ja, so was, naja, ähnliches machen wir nachts auch immer ... ist auch eine echt nette Ecke hier ... mit dieser Baumgruppe, die alles 'n bißchen abschirmt«, murmelt Laura. Von der Straße klingt ein lautes Scheppern. »Bestimmt wieder so 'n Hirnie, der ohne Führerschein rumeiert.« Laura verdreht die Augen. Rosemarie nickt zustimmend, zerpflückt ein

Blatt auf ihrem Schoß. »Wenn du Appetit auf so etwas hast, ich habe Pflaumenkuchen dabei ...« Freitags ist Pflaumenkuchentag, vom Donnerstagsrot werden die Farben zum Wochenende hin immer dunkler, Montag geht's dann wieder mit Reis und Toastbrot los, aber das bindet sie dem fremden Mädchen natürlich nicht auf die Nase.

»Oh, toll, gerne«, Laura nickt.

Rosemarie fegt die Reste des zerpflückten Blatts von ihrem Schoß und schneidet das Kuchenstück mit einem Taschenmesser in zwei Hälften.

»Und wo gehst du sonst noch so hin, außer hier zum Friedhof?« fragt sie Laura.

»Ach, was kann man hier schon groß machen, hier haste doch echt die Arschkarte gezogen. Ab und zu ins Rollberg- oder ins Passagen-Kino, manchmal nach der Schule mit paar Leuten auf dem Spielplatz in der Emser abhängen und abends halt oft hier ... Ich hab 'ne Cousine, Ada heißt die, also in echt Adele, aber das findet sie Scheiße, also die ist fünf Jahre älter als ich und wohnt im P-Berg. Manchmal besuche ich sie, und dann machen wir immer spannende Sachen, schminken uns gegenseitig, fahren mit unsern Skates im leeren Friesen-Bad, das ist so ein kaputtes Schwimmbad in Friedrichshain, oder ...«, Laura kichert und blickt kurz zu Rosemarie, als wolle sie sich noch mal vergewissern, ob ihr zu trauen sei, »schrauben coole Ossi-Verkehrszeichen ab.«

»Und ... äh, was macht deine Cousine sonst so ... wenn ich fragen kann?«

»Ach, das ist lustig, bis vor zwei Jahren war die die absolut brave Streberin, völlig unhip angezogen und supergut in der Schule. Aber seit sie im P-Berg wohnt, ist sie ziemlich anders drauf. Hängt immer mit so 'm Schwulentrupp ab und ... ach, da will ich auch mal hinziehen, hier gibt's überhaupt keine niedlichen Typen ... nur Pitbull-Idioten ...«, Laura bricht ab, dann sagt sie mehr zu sich selbst als zu Rosemarie:

»Meine Cousine Ada ... die darf schon in Clubs gehen, die ›Hexenkessel‹ oder ›Schizzo-Tempel‹ heißen ...«

»P-Berg, ist das der Prenzlauer Berg?« fragt Rosemarie.

»Yes. Meine Cousine hat's echt gut, jeden Tag Klassenfahrtsstimmung da im Osten, und ich verschimmele hier, dabei bin ich doch schon fast fünfzehn!«

»Findest du das so wichtig, wie alt man ist, um irgendeine Erfahrung zu machen?«

»Na logen. Ich meine, ich will mal hundert werden, oder älter, und alles mögliche in meinem Leben gemacht haben. Ich will mal ein Jahr ... oder naja, ein halbes ... als Nonne leben und danach als Nutte, und ich fänd's spannend, in Afrika zu leben, aber am allerliebsten würde ich in andere Zeiten reinschauen ... so beam beam und du bist in der Steinzeit, im Mittelalter, in Tibet, auf dem Nordpol ...«

Rosemarie verkneift sich ein Lachen. Ein bißchen fühlt sie sich auch geschmeichelt, daß das Mädchen so offen mit ihr redet und sie nicht wie eine ehrfurcht- und abstandgebietende alte Dame behandelt.

»Ich weiß nicht, glaubst du wirklich, daß man alles mal gemacht haben muß? Es klingt so, als würdest du ununterbrochen Aufregung suchen«, Rosemarie schiebt einen Kieselstein mit ihrer Schuhspitze umher, befürchtet, Laura mit dieser Bemerkung zu verärgern, aber Laura schaut sie weiterhin abwartend an, und Rosemarie fährt fort, »die Dinge bekommen doch erst eine Bedeutung für einen, wenn man sich auch Zeit läßt, sie zu verarbeiten, und es auch Phasen gibt, in denen man äußerlich nicht viel tut, aber innerlich doch mit vielen Dingen beschäftigt ist. Es gibt da eine Schriftstellerin, Emily Dickinson ... die hat phantastische Gedichte geschrieben und hat zu ihren Lebzeiten fast nie ihr Haus verlassen ... das Haus, in dem sie geboren wurde.«

Jetzt unterbricht Laura Rosemarie doch. »Jaja. Meine Mutter sagt so was Ähnliches. Sie sagt, sie ist zwar froh, daß mein Bruder und ich nicht so geldfixiert sind, wie viele Teenies noch vor ein paar Jahren, also ich meine, für uns ist das selbstverständlich, ein Zwanzig-Mark-Fahrrad zu kaufen, zu burgern und bei H & M zu shoppen, aber sie meint, wir seien dagegen ›Erlebnisvielfräße‹. Das hat sie gesagt.«

»Naja, jeden zweiten Abend auf einem Friedhof zu verbringen, das ist doch eher erlebnisasketisch, oder? Vorher hast du von Zeitreisen gesprochen und vielen anderen Ideen ...«

»Ach, sag das nicht, daß auf Friedhöfen nix passiert ...«, Laura schaut verträumt in die Luft. Dann meint sie: »Weißt du, es ist nicht so, daß ich durch die Gegend renne, immer action suche, sondern es passiert einfach, das ist vielleicht mein Motto: abhängen und offen sein. Und ich liebe extreme Orte, 'ne normale Bar oder 'ne Disco ist doch langweilig.«

»Was gibt es denn Besseres, als in einer Bar einen interessanten Mann kennenzulernen?« Rosemarie ist von ihrer eigenen Direktheit überrascht. Aber Laura wirkt nicht irritiert.

»Da bin ich anderer Meinung«, gibt sie zurück, »meine Cousine Ada zum Beispiel, die geht mit komischen Typen in halb leerstehende Häuser, da ist eins bei ihr in der Sonnenburger Straße, wo im Treppenhaus ein Bild auf die Wand gemalt ist, ich hab es gesehen, ein Mann mit rotem Umhang und so einem Blick, der einen überallhin verfolgt. Unter diesem Bild ... naja ... machen sie ... äh küssen sie sich, ... und ein Stockwerk tiefer hört man jemanden herumschlurfen.«

»Hm, ich weiß nicht. Ehrlich gesagt, finde ich, es gibt nichts Schöneres als guten Wein, ein gemütliches Bett und so weiter.«

»Ich glaub ja auch nicht, daß Ada das schön findet, sondern ... spannend, grotesk, extrem. Das ist es.«

»Aber es klingt auch ein bißchen unheimlich, wenn sich dann so ein Penner dazugesellen möchte.«

»Ach, Ada kann sich schon wehren, die hat keine Angst, nee. Manchmal, scheint mir, sucht sie sie gerade. Letztens hat sie mir erzählt, wie sie nachts mit offener Handtasche rumgelaufen ist, weil sie mal wissen wollte, wie es ist, überfallen zu werden, aber niemand hat sie überfallen.«

»Ich bin mal überfallen worden, so schön war das nicht!«

»Ehrlich? Also ich meine, du bist schon mal überfallen worden? Hier in Neukölln, was?«

»Ja, natürlich, ich lief abends über den Spielplatz an der Emser Straße, zur Abkürzung. Ich war vorher in diesem kleinen Nachbarschaftsladen in der Herfurthstraße. Da kam mir ein Typ mit Hund entgegen, verstellte mir den Weg, ein großer kräftiger Typ war das, nicht so ein Pfläumling, und sagte ›los, du alte Tucke, gib die Tasche rüber, sonst wird es unangenehm‹, und ging dicht an mich heran. Er hatte eine Bierfahne, das weiß ich noch. Ich habe immer gedacht, wenn mir mal so was passiert, bin ich mutiger, aber dann habe ich ihm ganz schnell mein Portemonnaie in die Hand gedrückt.«

»Klingt ziemlich unangenehm, hattest du viel Geld dabei?«

»Ach was, zwanzig Mark, aber ich hatte ein paar Fotos von Gerd und unserer Tochter und ein paar kleine Nordseemuscheln, es tat mir sehr leid darum.«

»Verständlich ...«, Laura nickt betreten.

Eine Weile schweigen sie und gucken auf die Grabstätte vor ihnen.

»Und fürchtest du dich davor ... zu sterben?« fragt Laura jetzt leise.

»Manchmal schon, mir gefällt der Gedanke nicht, auf so einem städtischen Friedhof in Reih und Glied liegen zu müssen, wahrscheinlich neben lauter Leuten, die man zu Lebzeiten furchtbar gefunden hätte.«

»Das ist ja nach'm Tod, aber der Gedanke zu sterben, an sich?«

Laura rückt näher an Rosemarie heran.

»Ich weiß nicht, ich glaube, man findet es nur dann deprimierend zu sterben, wenn man das Leben unbedingt als Entwicklung, als Fortschritt begreifen will. Dann scheint es natürlich desaströs, daß die Krönung von allem die Auslöschung von allem ist, was man sich mühselig aufgebaut hat ... die eigene Identität, Beziehungen, Interessen, Ansichten, erlerntes Wissen, auch materielle Dinge und so weiter. Also klar, wenn ich so denke, finde ich es ... fatal ... aber wenn ich einfach vor mich hin krame, mich im Augenblick wohlfühle und nicht denke, daß das, was ich heute tue, von dem, was ich morgen tue, überboten werden muß, dann fürchte ich mich weniger davor.«

»Aha«, Laura guckt einen Mann in Lederjacke an, der am Brunnen steht. Rosemarie sieht sie einen Moment von der Seite an. Das war wohl ein bißchen zu hoch, mein Monolog, denkt sie.

»Der Tod als Kardinalfeind des kapitalistischen Systems ...

nicht schlecht ...«, murmelt Laura, und Rosemarie setzt sich gerade hin. »Das haben meine Eltern gesagt, nach einer Sendung über die Todesstrafe«, fügt Laura hinzu und macht eine abfällige Handbewegung.

»Das letzte Hemd hat keine Taschen, hat mein Vater immer gesagt«, erwidert Rosemarie.

»Ach, dies hier auch schon nicht ... unsere Bluse.« Laura grinst und zieht den Reißverschluß ihrer Trainingsjacke herunter. Rosemarie lacht ein bißchen und schiebt sich ein Stück Pflaumenkuchen in den Mund. In dem weit entfernten Torbogen des Friedhofseingangs kann man Leute vorbeihasten sehen. Von der Hermannstraße hört man Hupen, Stimmen, Hundegebell. Alles klingt ein wenig gedämpft.

»14,95 Mark«, sagt Rosemarie und streicht über die große Sonnenblume auf ihrer linken Brust. Dann kratzt sie mit der Plastikgabel, die sie sich beim Araber immer zum Kuchenessen mitnimmt, den letzten Pflaumenrest vom Pappteller. Sie muß daran denken, wie Gerd und sie einen Sommer lang in Norwegen campen waren und jeden Tag im kniehohen Gras gelegen und sich geliebt haben. Nachher haben sie Pflaumenkuchen gegessen. Sie wurden des Pflaumenkuchens nicht überdrüssig, sondern süchtig nach ihm. Rosemarie schaut hoch in die Baumkronen über ihr. Freitage sind immer labile Tage. Wie die Farbe Violett, nichts Halbes und nichts Ganzes, fühlt sie sich heute etwas neben sich stehend; mit dem Körper hier, den Gedanken woanders.

»Das ist ’ne etwas indiskrete Frage ... kannst du dir vorstellen, noch mal zu heiraten?« Laura sieht Rosemarie neugierig an. Rosemarie wirkt noch recht munter, nicht so, als würde sie morgen neben Gerd liegen.

»Vielleicht«, Rosemarie lächelt Laura vage an, »nur leider lerne ich sehr selten passende Männer kennen, entweder sie sind verheiratet oder psychopathisch ... das klingt jetzt so, als würde sich das ausschließen«, Rosemarie muß plötzlich lachen.

»Und hättest du dann kein schlechtes Gewissen gegenüber dem da?« fragt Laura und zeigt auf Gerds Grab. Sie muß an ihre Großmutter denken, die sich, seit der Großvater tot ist, völlig in sich zurückgezogen hat.

»Ach, das heißt ja nicht, daß ich Gerd nicht mehr liebe ... ich glaube, wenn Gerd jetzt alleine wäre, würde er auch versuchen, noch mal eine Frau zu finden, nur wie gesagt, leider, obwohl ich versuche, unter Leute zu gehen ...«, Rosemarie ist jetzt über ihren entschiedenen Tonfall erstaunt.

»Mir geht's eigentlich sehr ähnlich«, unterbricht Laura, »ich meine, du möchtest noch mal jemanden finden, und ich habe noch keinen Freund gehabt ... ich meine, so richtig, das ganze Programm.«

»Ich finde das nicht so ungewöhnlich, in deinem Alter noch keinen Freund gehabt zu haben.«

»Na und? Alle meine Freundinnen, alle, die nicht total stulle aussehen, haben schon mal!« erwidert Laura in einem klagenden Tonfall.

»Du wirst hundert und hast noch fünfundachtzig Jahre für alles mögliche Zeit!«

Laura grinst jetzt, »das klingt gut ...«

Dann beugt sie sich nach vorne. Schon von weitem hat sie lautes Hundegebell gehört, sie sieht hinter dem zotteligen Hund einen Mann den Ahornweg langlaufen. Sie kennt ihn vom Sehen. Er ist groß, kräftig und, das ist das Irritierende, er hat sich die schulterlangen Haare abrasiert. Die markanten Gesichtszüge treten so viel deutlicher hervor. Auf seiner linken Wange die kleine tätowierte Rose, eine richtige Poesiealbumrose. Jetzt bleibt er stehen, blickt in ihre Richtung. Von rechts stakst mit schnellen Schritten ein elegant angezogenes Ehepaar vorbei, sie in fliederfarbenem Kostüm, er in grauem Anzug.

»Hier lungern auch nur noch Arbeitslose rum, furchtbar ist das«, keift die Frau. Ihrem Mann scheint das unangenehm zu sein, vielleicht hat er Angst vor dem tätowierten Glatzkopf, der sich umdreht und plötzlich laut »Yesterday« ruft.

»Der ist doch krank«, flüstert er zu seiner Frau. Hand in Hand eilen sie dem großen Tor zu.

Rosemarie hat das Gefühl, den Typ zu kennen. Sie weiß sicher, daß sie ihm schon einmal begegnet ist. Der Typ schenkt ihr keinerlei Beachtung, wurschtelt an einem Walkman herum. Sein Hund kommt herangesprungen, reibt sein Fell an Rosemaries Füßen.

»Komm, Yesterday, komm her!«

Yesterday achtet nicht auf sein Herrchen und legt seine Pfoten auf Rosemaries Knie. Rosemarie kann Hunde nicht leiden und gibt dem Köter mit ihrem Buch einen Klaps. Winselnd läßt er von ihr ab. Der Typ tritt näher heran, einen Moment bekommt Rosemarie Angst, er würde jetzt herumpöbeln, aber er grinst nur und spricht Laura an: »Dich hab ich ja schon oft hier gesehen, Kifferpartys ...«

Laura sieht zu dem Typ hoch, lächelt schüchtern: »Pizzaparties ...«

»Ach, so nennt man das. Das ist mein Hund, Yesterday, ist mir zugelaufen.«

»Ganz schön dreckig ist der!«

»Ich hab keine Dusche, aber ich hab letztens versucht, ihn mit ins Schwimmbad zu nehmen. Weil er so klein ist, hat die Frau an der Kasse ihn nicht gesehen. In der Umkleidekabine hab ich den Leuten, die rumnölten, zu verstehen gegeben, daß sie die Klappe halten sollen, aber im Schwimmbad kam gleich so ein bescheuerter Bademeister an. Bademeister, Busfahrer, Fahrschullehrer, Hauswarte, das ist ein Menschenschlag.«

»Du hast echt versucht, deinen Köter mit in ein öffentliches Schwimmbad zu nehmen? Ich stelle mir gerade so ein 25-Meter-Becken voller Hunde aus dieser Nachbarschaft vor!« Sie lacht laut, Rosemarie runzelt die Stirn. Muß das Mädchen sich jetzt mit diesem unangenehmen Typen unterhalten? Sie überlegt noch immer, woher sie ihn kennt. Er hat sich zu ihnen mit auf die Bank gesetzt, Yesterday hockt auf seinem Schoß.

»Und was machst du sonst so außer hier abhängen?« fragt er Laura.

»Ach, nicht viel ... darf ich dir erst mal Rosa vorstellen ... das ist Rosa!«

Der Typ reicht Rosemarie seine große Hand. Einen Moment herrscht Schweigen, die Frauen erwarten, daß er jetzt seinen Namen nennt, aber er sagt nichts.

»Ich bin Laura!« sagt Laura. Der Typ nickt ihr zu und schweigt.

»Und wer bist du?« fragt Laura. Der Typ lächelt und antwortet nicht. Yesterday kläfft kurz. Jetzt durchzuckt es Rosemarie. Das ist der Typ, natürlich, derselbe Hund!, der sie damals ausgeraubt hat. Sie fängt an zu zittern. Ist er es wirklich? Der Typ damals hatte keine Tätowierung im Gesicht, die Rose, das wäre ihr doch bestimmt aufgefallen! An die Glatze kann sie sich nicht genau erinnern, aber Haarschnitte kann man schnell verändern. Nein, er ist es doch nicht. Er sieht dem Typ von damals nur sehr ähnlich. Die Nase. Das Kinn. Die dichten Augenbrauen. Rosemarie ist ziemlich verwirrt, doch auch erleichtert. Sie reibt die feuchten Handflächen aneinander, zupft an ihrer Bluse. Sonnenblumen. So wenig Sonne hier. H & M erkennt jede Marktlücke, jede Abwesenheit im Himmel wie auf Erden. Ein alter Türke mit Stock läuft neben einem kleinen Jungen mit Gießkanne an ihnen vorbei.

Der Typ erzählt Laura jetzt, wie er versucht hat, mit dem Fahrrad via Autobahn an die Ostsee zu kommen. Am Ende sind Yesterday und er zu Fuß gegangen. Aber dann haben sie drei tolle Tage dort verbracht. Laura schaut ihn ein bißchen bewundernd an, aber auch so, als wisse sie noch nicht recht, was sie von ihm halten soll. Schließlich sagt sie: »Hast du dir die Rose selber geschenkt?«

»Was? Ach die ...«, der Typ faßt sich an die Wange. »Nee, die hat Yesterday mir geschenkt, und noch warte ich darauf, daß sie verwelkt.«

»Haha ... wäre das nicht praktisch, wenn alle Tattoos verwelken würden?« Laura kichert herum. Der Typ streichelt abwechselnd seinen Hund und seine Wange. Dann hält er inne und sieht Laura an, als erwarte er die nächste Frage. Prompt fragt sie: »Wie heißt du denn eigentlich?«

»Ach, ist das wichtig?. Nenn mich wie meinen Hund, nenn mich wie meine nicht vorhandene Katze, nenn mich wie dein Meerschweinchen«, er grinst, »sag mal, deine Oma da, nicht, daß die sich mit uns langweilt, warum bist du überhaupt heute hier, ich meine, es ist taghell.«

»Ausnahmsweise kann man ja auch mal nachmittags hergehen, Kaffee und Kuchen und Klönen!«

»Die drei berühmten Ks, Klönen! Das ist ein komisches Wort ...«, meint der Typ und guckt in die Luft. »Ich heiße übrigens Rainer ... spannenderweise.«

»Aha, ahalefa, das ist die Hühnersprache, kennst du die?«

»Ach, Worte interessieren mich nicht mehr.« Der Typ beugt sich zu seinem Hund hinunter und faßt in sein Fell. Laura blickt auf seine großen Hände, die Bierflasche in seiner Jackentasche.

»Bist du viel alleine?« fragt sie ihn jetzt.

»Nö.«

»Nö?«

»Nö, Yesterday ist immer bei mir ... und ich hab meine Musik!« Der Typ deutet auf den Walkman, der an seinen breiten Ledergürtel geschnallt ist.

»Was hörst du denn so?« fragt Laura.

»Zur Zeit ›Endemic Void‹ oder ›Technarchy‹. Alles, was laut genug ist, jedes Geräusch von draußen auszudröhnen. Und du?«

Laura überlegt einen Moment, dann murmelt sie: »Ach, laß uns jetzt nicht so 'n schwachsinniges Musik-Gespräch führen, okay?«

»Du hast zuerst gefragt.«

Laura runzelt die Stirn und ärgert sich, daß ihr keine schlagfertige Antwort eingefallen ist. Dann sagt sie: »Wie findest du eigentlich unsere Blusen?«

»Cool, angesagt, Sonnenblumen sind klasse. Wenn ich Geld hätte, würde ich mir jeden Tag 'ne Sonnenblume in meine Bude holen!«

Laura lächelt und beschließt, auch mal effektvoll zu schweigen. Schließlich ist er es, der weiterredet: »Und ihr ... ihr geht zusammen zum Einkaufen, ja? Oma und Enkelin, ist ja niedlich. Meine Großmutter war auch hier auf dem Friedhof, Tag und Nacht, meine ich, aber ich konnte das Familiengrab nicht mehr bezahlen, und meine Eltern verblöden in Bayern und kümmern sich sowieso nicht darum, und jetzt gibt's das Grab nicht mehr ... war ein schönes Grab.«

Erst nach einer Weile redet er weiter: »Ich denke ab und zu an meine Großmutter, vielleicht hätte ich doch lieber das Geld dafür ausgeben sollen anstatt dafür«, sagt er und zeigt auf die Bierdose in seiner Jackentasche.

»Kommst du deshalb so oft hierher?« fragt Laura jetzt.

»Nö, ach was, ich spazier hier halt immer so rum. Yesterday braucht viel Auslauf, und ich hab viel Zeit. Aber meine Großmutter, die hier nicht mehr liegt, die war der einzige Mensch, den ich kenne, der …« Er fixiert Laura mit seinem intensiven Blick. »Der einzige Mensch, den ich kenne, der einen Plan hatte, einen Plan, verstehst du, einen Lebensplan meine ich. Astrologin war meine Oma; sie starb in dem Monat, den sie vorher ausgerechnet hat. Sie hat mir ihre Bücher gegeben, kurz vorm Ende, und gesagt, ich soll die studieren und mein Potential nutzen, mein kreatives Potential soll ich nutzen, aber ich hab die Bücher nicht kapiert, und jetzt liegen sie unter meinem Fensterbrett und schimmeln weg von der Feuchtigkeit, und meine Großmutter ist auf dem Pluto oder so.«

Der Typ scharrt mit seinen Stiefeln auf dem Boden herum, Yesterday ist hinter einen Busch gelaufen, und er guckt sich nach ihm um.

»Das klingt ja alles nicht schön«, meint Laura jetzt. »Kannst du nicht, wenn das Grab schon weg ist, ihren Namen irgendwo anders hinschreiben, auf irgend 'ne Mauer, einen Stein, bei uns im Hof ist 'ne riesige langweilige Brandmauer zum Beispiel, und dann da an sie denken?«

Der Typ wirft einen Blick auf die graue Häuserfront der Thomasstraße, die hinter den Familiengräbern aufragt. Yesterday kommt kläffend herangesprungen, zerrt an seinen Hosenbeinen.

»Okay, vielleicht sieht man sich ja doch noch mal«, der Typ beugt sich zu Laura, es sieht aus, als wolle er sie umarmen, aber dann tritt er einen Schritt zurück. Laura steht auf und gibt ihm einen Kuß.

»Viel Spaß … bei allem.«

»Hier für dich«, er legt ein kleines Papier in ihre Hand, dann dreht er sich um. Laura und Rosemarie sehen ihm nach, wie er, gefolgt von seinem kleinen Hund, den breiten Ahornweg entlangschlendert. Als er durch das Tor geht, ohne sich umzudrehen, faltet Laura das kleine Papier auseinander. Es ist ein Abziehbild, das Bild einer Rose.

»Das ist die gleiche Rose wie auf seiner Wange«, sagt Laura.

»Dann war seine Tätowierung vielleicht auch gar nicht echt.«

»Wie niedlich, ein Mann mit einem Gesicht wie ein Kamikaze-Flieger, der sich Kaugummi-Tattoos aufklebt.«

Rosemarie schweigt. Wenn er doch der Mann auf dem Spielplatz war, der sie überfallen hat? Sie schüttelt sich und blickt auf Gerds Grab. Wenn Gerd wüßte, wie oft sie an ihn denkt. Damals mußte sie nie nach zwanzig Uhr alleine herumlaufen, Gerd hat sie immer begleitet.

Laura zupft an ihrer Bluse. »Was meinst du, Rosa, wo wird er jetzt hingehen? Wie alt ist er gewesen, so alt wie meine Cousine oder noch älter? Wo der wohl wohnt, ... das hätte ich gerne gesehen, wie der versucht hat, den Hund ins Schwimmbad zu nehmen.«

Rosemarie hat keine Lust, darauf einzugehen, zum Glück kommt gerade der kleine grünbekleidete Türke an und sagt: »Tuut mirr sehr leid, die Daamen, wir schliieeßen.«

Es ist neunzehn Uhr und es dämmert schon. Die »Trashmeile«, wie die Hermannstraße auch genannt wird, leuchtet in einem Meer von abgewrackten Reklameschildern. Eine Kolonne von Polizeiwagen rast an Laura und Rosemarie vorbei, eine Gruppe schimpfender Leute tritt aus dem U-Bahnhof.

»Scheiße, immer diese Egoisten, die sich zur Berufsverkehrzeit vor die U-Bahn schmeißen müssen, Taaxiii!« schreit ein Mann und stolpert über die Straße. Beinahe hätte ihn ein Bus überfahren. Rosemarie und Laura bleiben einen Moment stehen. Dann drehen sie sich gleichzeitig um. »Die Glitzernden«, ruft Rosemarie. Ein Mann und eine Frau in hautengen schwarzen Satinanzügen mit blauen schillernden Gürteln, Ärmelaufschlägen und Borten an den Hosenbeinen, mit silbern geschminkten Lippen und je einer Pfauenfeder in ihrem hochgesteckten Haar gleiten an ihnen vorbei, die Treppen des U-Bahnhofs Leinestraße hinab. Sie sehen die blutgetränkte Bahre, die gerade von drei fluchenden Männern hochgetragen wird, nicht.

Die Neptunier

Jason hatte schon oft in dem türkis-weißen Haus in der Leibnizstraße gestanden und sich im Flurspiegel betrachtet. Er konnte sich stundenlang in diesem Spiegel ansehen, in dem sein Gesicht von den Lilienornamenten auf der gegenüberliegenden Wand umrahmt war. Leute, die zur Treppe liefen, Schritte, die sich langsam näherten, störten ihn nicht. Nur einmal hatte der Zahnarzt aus dem zweiten Stock gesagt: »Was lümmeln Sie hier eigentlich rum?« Daraufhin hat Jason, der gerade braungebrannt von den Bahamas wiedergekommen war, dem Zahnarzt ein freundliches, harmloses Entschuldigungslächeln geschenkt: »Verzeihen Sie, ich bin hier mit einer Frau verabredet und möchte vorher noch einen Blick in den Spiegel werfen.« Da grinste der Zahnarzt, ein kerniger Mittvierziger, den man sich als Safari-Teilnehmer in einem Jeep mit allerlei überflüssigem technischen Brimborium vorstellen kann, verständnisvoll-lüstern und zeigte seine weißen, natürlich perfekten Zähne. »Verstehe, verstehe ... na denn frohes Schaffen ...«

Jason liebte Häuser, die mit Stuck verziert waren, Jugendstil-Balkons und vor allem aufwendige, große Spiegel im Eingangsbereich besaßen. Noch schöner waren natürlich Häuser mit Fahrstühlen, roten oder cremefarbenen Läufern oder Marmortreppen. Er tat nichts in diesen Häusern, außer sich im Spiegel anzugucken, auf dem Sims eines Treppenhausfensters sitzend ein Fischbrötchen oder Pommes zu essen oder ein Nickerchen auf den Stufen vor dem Dachboden zu halten, wo nie jemand vorbeikommt. Manchmal schrieb Jason seinen Namen, den, den er sich gerade für diese Woche ausgedacht hatte, an die Fahrstuhltüren oder ganz klein auf die Spiegel.

Seit er mit sechzehn von seinen Eltern in Buckow abgehauen war, hat er herumgejobbt, als Eisverkäufer, als DJ, als Hunde-Ausführer, als Testperson für Schlafmittel, als Zauberer im Kindertheater, im Secondhand-Laden und in letzter Zeit als Pornodarsteller. Die Wohnung in der Thomasstraße war die schnellste und billigste Lösung, um irgendwo unterzukommen. Nach dem langweiligen Renovieren fuhr er jeden oder jeden zweiten Tag mit der U 7 nach Charlottenburg und begab sich in eines der schönen Häuser. Urlaub eben.

Als er an einem späten Nachmittag mit einer Tüte Schokoladenrosinen auf dem roten Läufer in einem Treppenhaus saß, hörte er Schreie aus einer Wohnung. Zehn Minuten später trat eine Frau in einem silbernen Satin-Hosenanzug aus der Tür. Die Haare hingen ihr wirr ins Gesicht. Sie ließ die Tür einen Spaltbreit offen. Leise schlüpfte Jason durch die Tür. Die Wohnung schien sehr groß zu sein. Aus einem der hinteren Räume, er mußte zuerst durch ein Berliner Zimmer gehen, an das sich ein weiterer Flur anschloß, drang etwas Licht. Die Tür war angelehnt. Obwohl Jason Situationen wie diese liebte und provozierte, wurde er nervös. Wenigstens hatte sein derzeitiger Job auch mit Indiskretionen zu tun. Einen Moment lang mußte er an das triste Zimmer auf den Bahamas denken, in dem er jeden Tag bei tollstem Sonnenschein einige Stunden ausharren mußte. Die vielen leeren Ananassaft-Flaschen, die er immer noch schnell unter das Bett geschoben hatte; die vielen Frauen und die blöden Kameramänner. Jason legte sein linkes Ohr an die hohe Flügeltür und hörte leises Gemurmel.

»Gib mir mal die Flasche rüber.«

»Jaha, au … das war mein Bein, ich rolle sie dir über die Kissen.«

»Irina … was hast du denn da gemacht … ein blauer Fleck … du weißt, der wird jetzt erst grün, dann braun, dann gelb.«

Jetzt hörte Jason noch eine weitere Stimme: »Ist das stickig hier, wollen wir mal ein Fenster aufmachen? Ole, mach du das mal, ich liege hier gerade so bequem.«

Jason vernahm leise Schritte, als liefe jemand über sehr weichen Teppich, dann klapperte ein Fenster. Eine Frauenstimme fragte: »Wer kommt denn heute noch alles?«

Mehrere Leute redeten durcheinander: »Cora meinte, noch ’n paar Leute, die wir nicht kennen«, »auf jeden Fall Teresa und May«, »Jerry, so ein durchgeknallter Tänzer«, »ach, der blonde Schönling, der ist sehr niedlich«.

Jason öffnete die Tür. »Hi«, sagte er betont lässig.

»Hi«, wurde er freundlich begrüßt.

»Wer bist'n du …?« fragte ihn eine nackte schwarzhaarige Frau mit vielen kleinen Perlen in den Haaren.

»Benjamin«, sagte Jason leichthin und zog sich aus. Jetzt entdeckte er den grinsenden Zahnarzt aus dem zweiten Stock, der sich gerade von einer blassen Frau mit millimeterkurzen Haaren und einem tätowierten Dollarzeichen auf dem Nacken den Rücken massieren ließ.

Ein Typ, der nur mit einer Krawatte bekleidet war, reichte ihm eine Schale mit Pistazien, und Jason, der es sich längst auf dem weißen Fell bequem gemacht hatte, aß ein paar. Die Frau, die er vorhin aus der Wohnung hatte gehen sehen, schlüpfte ins Zimmer und zog sich gemächlich aus, bis auf ein paar bis über die Knie reichende glänzende blaue Strümpfe. Sie legte sich auf ein sandfarbenes Fell am Boden, ließ sich von dem Zahnarzt ein Glas Prosecco einschenken. Obwohl er angefangen hatte, mit ihren Brustwarzen zu spielen, beachtete sie ihn nicht weiter. Sie stand auf, schob der blassen Frau ein paar Chips in den Mund und tänzelte zielstrebig auf Jason zu.

»Hi! Ich bin Elida.«

»Ich bin … Benny.« Sie küßte ihn und schob seine Hand auf den Rand ihrer blauen Strümpfe. Seine Hände glitten eine Weile hin und her auf diesen Rändern, bevor sie über ihre Hüften, Schamhaare, den Bauch entlang, die Brüste, über ihren ganzen Körper wanderten.

Jason stand mit einem Kohleneimer im Keller der Thomasstraße. Da war eine Ratte! Er hörte das Poltern im Brennholz und zuckte zusammen. Er bückte sich wieder und legte Briketts in den Eimer. Dabei stellte er sich sein Publikum vor – das machte er manchmal –, all die Leute, die ihn auf Video und in Zeitschriften sahen. Schade, daß man in seiner Branche keine Leserbriefe bekam oder kleine Geschenke, Teddybären und so. Wie ein Boygroupstar. Pragmatische Dinge wie Geld lagen ihm überhaupt nicht. Hatte er Geld, gab er es gleich am nächsten Tag für Dinge wie ein gelbes Plastikkinderxylophon, einen Mondglobus, einen ausgestopften Papagei, das zwanzigste Paar Schuhe aus. Aber mehr Publikum, mehr Geld käme trotzdem gut. Dann könnte er eines Tages in einem dieser herrlichen Häuser wohnen, den ganzen Tag duschen, Musik hören und tanzen, ab und zu auf den Balkon treten und sich in der Sonne aalen. Wenn er alt wäre, könnte er ja immer noch Volkshochschulkurse über alte Tempel oder Kunst des Expressionismus oder Impressionismus oder was auch immer besuchen.

Oben, in seiner Wohnung, würde ihn gleich großes Chaos erwarten. Er hatte schon ein paar Tage renoviert, was bedeutete, daß er mit meterweise Lametta und Federboas behangen in der U 8 gesessen und erst mal nur das Bad hergerichtet hatte. Herumliegenden Müll hatte er kurzerhand aus dem Fenster geworfen. Dann hatte er sein erstes Bad und den ersten Fick in der neuen Wohnung genossen, die beiden Indikatoren für Wohlbefinden, und die Wohnung in der Thomasstraße hatte den Test bestanden.

Jason ging mit dem Kohleneimer vom Keller in den Hof. Über ihm donnerte ein Flugzeug, er bekam Fernweh von diesem Geräusch. Aber nicht nach den Bahamas, sondern nach irgend etwas, das er noch nicht kennengelernt hatte. Wenn die Flugzeuge über Neukölln nach Tempelhof fliegen, bleiben manche Leute immer noch auf der Straße stehen und schauen einen Moment selbstvergessen in den Himmel. Jason mußte jetzt an die riesige Wohnung denken, auf deren Bett er mit der Frau mit den blauen Strümpfen gelegen hatte. Die Frau mit den langen roten Haaren, die ihm leise ins Ohr geflüstert, mit einem Finger Buchstaben auf den Rücken geschrieben, ihre Brustwarzen an seinem Schwanz gerieben hatte. Elida. Ob sie sich noch an ihn erinnerte? Ob sie wohl in dem Haus wohnte oder auch wie er »Gast«, wenn er sich so bezeichnen konnte, gewesen war? Wie sie mit ihm geschlafen hatte, einfach gelassen, weder vulgär wie viele intellektuelle Frauen, die zeigen müssen, wie »wild« sie auch sein können, was oft peinliche Züge annimmt, noch nervend verklemmt. Keine Kleinmädchenschiene, kein Mutterkomplex: einfach cool. Jason blickte über die Mülltonnen, die Brandmauer, den Himmel. Last but not least der Himmel. Hoffentlich war sie nicht doch eine verkappte Ehrgeizige, die sich nach einem Juristen-Freund oder einem schicken Künstler sehnte. Ich kann mich ja als Selbst-Dekorateur bezeichnen, als Doktor Pornograph, als Dipl. por., Jason lächelte in sich hinein. Er stieg in den ersten Stock hoch und sah sich in seinem »Palast« um. Groß und billig halt. Okaye Gegend hier, niemand nimmt auf irgendwas Rücksicht, jeder wurschtelt so vor sich hin. Null Hauptstadtstreß. Er hörte ein Weilchen Musik, tanzte vor sich hin, aß einen Karamelpudding, bastelte an einem ferngesteuerten Plastikfisch für die Badewanne, nähte an einer Samthose. Dann legte er sich auf das Sofa und weinte. Er tat das manchmal, stundenlang. Er wußte nie warum, nur, daß es ihm anschließend besserging. Danach hörte er weiter Maria Callas, bastelte den ferngesteuerten Plastikfisch zu Ende, nähte an einem Satinhemd.

Das schwarze Unterkleid mit der silbernen Borte hatte es mir angetan. Acht Mark, das ging gerade noch. Ich mußte lauter Groschen zusammensuchen. Benny stand schon in der Tür, den roten Pelzmantel über den Arm gehängt. Ich hatte ihn sofort erkannt, obwohl er mit dem Rücken zu mir stand, als er in die Kleidertruhe guckte, und ich ihn damals nur nackt gesehen hatte. Ich war total überrascht, ihn bei einem Trödler auf der Silbersteinstraße wiederzusehen. Die ganzen letzten Wochen hatte ich in Charlottenburgs Cafés, Boutiquen und Galerien nach ihm Ausschau gehalten, bin immer eine Stunde mit der U-Bahn rausgetuckert. Cora, die mich damals eingeladen hat, hatte Benny noch nie vorher gesehen. Und jetzt stand er ausgerechnet in »Berts Kiste«. Die Silbersteinstraße kreuzt das untere Ende der Trashmeile. Die Trödler hier beherbergen wirklich ausgefallene Kleidungsstücke, Sachen, die H & M bisher nicht entdeckt und vermarktet hat. Nur in Neukölln kann man sich noch richtig einkleiden, in Mitte hängt doch nur der Szenemassenkram. Hierhin verirrt sich kaum jemand. Rentner und türkische Großfamilien kaufen Küchengeschirr, Studenten Comics und Verarschungsgeschenke. Ich wohnte um die Ecke in der Altenbraker, seit zwei Jahren, weil es billig war und ich in meiner Wohnung herumtanzen, Musik hören konnte, ohne daß sich je jemand beklagt hätte.

Bert, falls der Verkäufer von »Berts Kiste« wirklich so hieß, packte mein Kleid an diesem Tag besonders umständlich in die braune Papiertüte. Ich hörte schon das Klingeln der Tür, sah Benny hinaustreten. Da kam dieser große Typ hereingewankt; er hatte eine tätowierte Rose im Gesicht, daran erinnere ich mich noch genau. Er lief einfach geradeaus und schob Benny zurück in das Ladeninnere. Benny stolperte über einen Teppich, lachte ein wenig und – sah mich. Für eine Sekunde sahen wir uns entgeistert an. Diese blauen Augen, die es mir damals schon sofort angetan hatten ... Plötzlich griff er wahllos in das Regal neben sich und gab mir eine Porzellanschildkröte. Er legte Bert ein Fünfzig-Pfennig-Stück auf den Tresen, schaute ihn mit seinen blauen Augen an, trat an mich heran und strich mir zart über den Ärmel. Dann gingen wir beide hinaus. Wir sprachen kein Wort, ich folgte ihm auf die gegenüberliegende Straßenseite, und er kaufte uns Eis.

Als wir an einem in einem Mülleimer wühlenden Penner vorbeiliefen, küßte Benny mich auf die Backe. Plötzlich begannen wir viel zu reden: was wir bei Bert gekauft hatten und daß wir beide hier um die Ecke wohnen und in Wirklichkeit Petra und Klaus heißen, uns aber gerne anders nennen, letzten Monat hieß ich noch Petrarca und Benny William, Clark, Samuel; er wechselt noch öfter als ich. Wir kommen beide aus Berlin; seine Eltern blöde Buckower, meine Eltern alte Lichtenrader. Wir holten uns kurz etwas zu essen beim Araber, zogen eine als Plastikmoschee getarnte Spieluhr auf, die auf dem Tresen stand, und aßen unsere Falafel von einem kleinen Pappteller in Form eines Palmenblattes.

Dann folgte Jason mir einfach in meine Wohnung und wir probierten unsere neuen Kleidungsstücke an. Wir zogen sie uns gegenseitig wieder aus und legten uns in die Badewanne, aßen Pralinen von Aldi, tranken Bananenmilch vom Pennymarkt und ließen es uns gutgehen.

Jason steht am Fenster und blickt über den Friedhof. Da ist es wieder, das Blitzen der Taschenlampe. Jason lächelt. Das ist der kleine Mann, der immer so sehnsüchtig zu ihnen hinschaut. Manchmal ist Jason schon drauf und dran gewesen, ihn zu grüßen oder sich für die Blumen zu bedanken, aber er weiß, daß es zu dem Spiel dazugehört, distanziert zu bleiben. Er erinnert sich jetzt an eine Frau, die darauf bestand zu spielen, daß sie absolut Fremde sind, wenn sie miteinander ins Bett gingen. Er hat sich dann einen Trenchcoat angezogen und einen Hut aufgesetzt und getan, als ob er sie gerade erst auf der Straße gesehen hätte. So trat er ans Bett, und sie sahen sich kühl an, kein Lächeln, keine Sympathiebezeugung war erlaubt. Sie hob ihren Rock, und er öffnete seine Hose, und sie fielen wortlos übereinander her. Ein Spiel halt.

Sich dem Mann da draußen einmal wirklich zu nähern, das würde nicht in dessen Bild von ihm und Elida passen. Trotzdem können Elida und er manchmal dem Gedanken nicht widerstehen, ihm auf den Friedhof zu folgen und ihn auf dem Familiengrab zu verführen. Der Gedanke daran, einmal konkret Macht über ihn auszuüben, hat etwas. Sie waren schon entschlossen, sich den Spaß zu gönnen, da sagte Elida: »Weißt du, Gordon, ich finde diesen Typ echt abstoßend, ich kann den beim besten Willen nicht küssen«, und dann gingen sie zurück in ihre Wohnung und liebten sich ekstatisch vor dem offenen Fenster.

Einmal haben Elida und er, nur so zum Spaß, eine Liste mit all den Dingen angelegt, die sie schon über ihn wissen: Er fährt jeden Morgen um halb neun nach Tempelhof, irgendein blöder Job halt, er trägt entweder einen hellblauen oder einen grauen Anorak, irgendwelche zu kurzen Jeans zu weißen Socken, er hat eine Frau, die gefärbte blonde Locken hat, aber nie rechtzeitig nachfärbt, sie ist etwas pummelig und shopt mit so einem gescheckten Einkaufswagen von Woole auf der Hermann. Kinder haben sie nicht. Wie alt er so ist? Schwer zu sagen, 40 haben sie auf ihren Zettel geschrieben, den sie mit der Weile verbummelt haben, aber alles zwischen 30 und 50 wäre drin. Viel älter als sie jedenfalls. Und er kritzelt manchmal Sachen auf Post-It-Zettel, ganz viele davon kleben innen in seiner komischen schwarzen Umhängetasche. Und er glotzt halt immer. Mannomann, aber bitte, we don't care, sind wir gewöhnt, zur Genüge. Am amüsantesten finden er und Elida es immer, wie Herr

Lämmle (mit dem Namen redet ihn die Minzlin an) sich schnell duckt, wenn einer von ihnen ans Fenster tritt. Oder wie er den Blick auf den Boden senkt, wenn sie sich auf der Straße begegnen. Oder ihnen in seinem blöden braunen Ford hinterherfährt, immer eine Ampel nach ihnen, tunlichst darauf bedacht, nicht zu »auffällig« zu folgen. Sie haben sich natürlich auch einen Namen für ihn ausgedacht: »Herr Klemmle«.

Solche Leute sind es, die sich meine movies angucken, denkt Jason und schüttelt den Kopf. Dann wirft er einen Blick aus dem Fenster.

Schnell duckt sich die kleine gedrungene Gestalt auf der Mauer, sein dämliches Ding, der Feldstecher, gleitet zurück in die Umhängetasche.

»Stuart?«

Jason dreht sich um, Elida deutet auf eine Pappschachtel. Dann blasen sie aus bunten Kondomen Luftballons, die langsam über die Thomasstraße schweben.

Das Wörterbuch und das Krokodil

Das Telefon klingelt unermüdlich, sein Schrillen dringt wie eine Injektionsnadel unter ihre Haut. Elke hält sich die Ohren zu und stürzt in die Küche, wo sie sich einen Kaffee aufgießt. Etwas gestärkt setzt sie sich wieder an den Schreibtisch und versucht, in den unzähligen, wie Ameisenkolonnen über die Seiten ziehenden Buchstaben von Sir James Morrow einen erkennbaren Sinn zu finden. Sie seufzt auf, greift in die Schublade und holt ihre Pralinenschachtel heraus. Nougatpralinen, diese und keine anderen, niemals. Elke läßt eine Praline in den Kaffee sinken, dann trinkt sie dieses Gemisch, das ihr fast schmerzhaft an den Zähnen zieht, genüßlich aus.

Vor ihr liegt noch immer das Oxford Dictionary aufgeschlagen, erwartungsvoll, majestätisch thront es da. Unter dem Wörterbuch liegt Elkes kobaltblaue, gefütterte Samtjacke. Und in dieser Samtjacke, in der Innentasche mit dem roten Futter, Marvin.

Die Jacke hat Jay ihr geschenkt, zu ihrem vierunddreißigsten Geburtstag. Und in die Innentasche hat er dieses kleine Plastikkrokodil gelegt, einfach so. Elke hat es dort erst nach einigen Wochen gefunden, als Jay schon gar nicht mehr in Berlin war. Jetzt, wo sie ihr Aufbaustudium beendet hat und als Übersetzerin arbeitet, befinden sich ihre Samtjacke und Marvin immer auf ihrem Schreibtisch, bilden einen wunderbaren blauen See mit einem freundlichen Krokodil, einem Komplizen in Sachen Wörterbücher.

Marvin: Das hat nichts zu bedeuten, diesen Namen hat sie zufällig einmal auf der Mauer des Thomas-Friedhofs entdeckt, und irgendwie hat er sich ihr eingeprägt, wie er da rot auf der verfallenen Mauer leuchtete.

Jay ist nicht da, aber vielleicht auch nicht ganz fort. Er schreibt nicht mehr. Um zu wissen, ob er noch an ihren Geburtstag denkt, müßte Elke sich volle sieben Monate in Geduld üben. Eine Disziplin, die sie eigentlich viel zu gut beherrscht.

Elke übersetzt weiter. James Morrows Aufsatz über Fruchtfliegen steckt voller Fachbegriffe, die selbst ihr fettes, selbstzufriedenes Oxford Dictionary nicht parat hat. Das Telefon klingelt wieder. Wahrscheinlich dieser Idiot von der Werbeagentur aus Buckow, der die Übersetzung einer sprachlich völlig verstümmelten Broschüre in Auftrag gegeben hat.

Elke hebt den Hörer nicht ab, sie haßt Dinge wie Telefone, die einen unerbittlich in die Gegenwart katapultieren, egal, welchen Gedanken man gerade nachhängt. Sie schiebt Marvin die Telefonschnur in sein weit aufgerissenes rotes Maul voller eckiger und spitzer Zähne; so, da liegt sie richtig. Schon verstummt das Klingeln. Sie tätschelt Marvin kurz über seine flache Stirn und löffelt den dickflüssigen Nougatsatz aus ihrer Kaffeetasse aus.

Früher hat sie Nougatpralinen zu bestimmten schönen Anlässen gegessen, jedesmal eine Art Ritual daraus gemacht, so wie andere Leute bei Kerzenschein miteinander schlafen oder eine bestimmte Platte auflegen. Jetzt trinkt Elke pro Tag sieben oder mehr dieser Tassen mit Nougat-Kaffee, früh am Morgen, auch noch spätnachts, manchmal drei Pralinen pro Tasse, ohne Rhythmus, wie eine außer Kontrolle geratene überdrehte Maschine. Sie weiß, daß der Job ihr zum Hals raushängt und nichts gemein hat mit ihren romantischen Übersetzungen von Beatles-Texten als Teenager und langen englischen Liebesbriefen in ihrer Uni-Zeit oder den spielerisch-surrealistischen Geschichten, die sie Jay geschrieben hat. Manchmal, wenn sie in ihrem Korbsessel sitzt und ihr Leben überdenkt, fragt Elke sich, wie es möglich sein kann, daß dieses Wörterbuch, dieses kleine, kompakte Ding (es ist nur ein Sechstel so groß wie sie selbst und wiegt dabei nicht einmal ein Achtzehntel ihres Körpergewichts, hat sie grob überschlagen) in der Lage sein kann, all ihre Aufmerksamkeit und Energie für sich in Anspruch zu nehmen. Mit seinem unschuldigen, wiesengrünen Umschlag und seinem zarten, hauchdünnen Papier, das einem dennoch die Finger zerschneiden kann. Und seinem Leinenrücken, der von Anfang bis Ende ihr Leben beschlagnahmt hat: All die Worte, die sie in Liebesnächten und anschließenden Schmollwochen gebraucht hat, ohne die sie Jay nie verstanden hätte, das ganze Spektrum ihrer Gefühle hält dieses Biest sorgsam aufgelistet als Rohmaterial bereit. Wie viele Gedanken sie schon mit seiner Hilfe formuliert hat. Und einige Mißverständnisse, die manchmal wochenlange Schreibpausen bei Jay ausgelöst haben, kommen auch auf das Konto dieses Wörterbuchs. Es erscheint ihr manchmal wie ein alter, verwöhnter Monarch, der launisch von seinem Plüschkissenlager her über das Schicksal anderer Leute bestimmt.

Elke rückt ihre Samtjacke wieder zurecht, die Ärmel sehen wie mäandrierende Flüsse aus, der Kragen wie eine Woge, die Marvin trägt. Marvin. Sie hat sich oft gefragt, was Jay sich wohl dabei gedacht hat, als er ihr dieses Krokodil in die rote Jackentasche gesteckt hat. Ob er eines Morgens aufwachte und wußte: »Das ist das i-Tüpfelchen für mein Geschenk – ich werde Elke ein Plastikkrokodil kaufen!« und zielstrebig in ein Spielwarengeschäft gestürmt ist, oder ob er zufällig bei Karstadt am Hermannplatz auf dem Weg zur Rolltreppe irgendwo an einem Regal mit Plastiktieren vorbeigekommen ist und gedankenlos eines zu herabgesetztem Preis mitgenommen hat? Sie hat ihn ja nicht mehr fragen können, denn den Monat nach ihrem Geburtstag, den sie noch zusammen verbracht haben, schlummerte Marvin unentdeckt in ihrer Innentasche.

Doch nun ist Marvin da, sehr real, unübersehbar, bekommt täglich sein Futter, auch frisches Wasser und lenkt sie mit seinen schwarzen, lebendigen Augen und seinen prachtvollen Zähnen ab von ihren langweiligen Übersetzungen und dem dickbäuchigen Monarchen, ohne den nichts läuft. Das Füttern hat sie erst als ihren kleinen Spaß betrachtet, inzwischen jedoch betreibt sie es mit einer beängstigenden Gewissenhaftigkeit: Jeden Morgen stellt sie Marvin ein Gemisch aus Sonnenblumenkernen, Rosinen und Schokoladenstreuseln in einer kleinen, extra für diesen Zweck gekauften Schale hin. Irgendwann kneift sie dann einmal fest die Augen zu und ißt die Schale schnell leer, mit dem gleichen beschämten Gefühl, das sie als Kind gehabt hat, wenn sie ihren Eltern etwas vorspielte. Zweimal in der Woche putzt sie Marvin unter dem warmen Strahl ihrer Dusche mit ihrem Lieblingsduschgel. Danach trocknet sie ihn mit einem kleinen Frotteehandtuch ab, überall, auch zwischen den gespreizten Zehen. Dann leistet er ihr wieder bei allen möglichen Aktivitäten Gesellschaft, schaut aus seiner blutroten Innentasche heraus, wenn sie auf der Hermannstraße einkaufen geht, zum Copy Shop, zur Post, oder nach Kreuzberg ins Kino oder ins Theater.

Elke trägt immer die auffällige kobaltblaue Jacke. Ein paar Bekannte haben schon Bemerkungen dazu gemacht, aber Elke ignoriert das. Sie wissen ja nicht, was Marvin da für eine besondere Höhle dicht an ihrem Herzen hat, sie denken nur, Elke wolle mit ihrer schillernden Samtjacke krampfhaft auffallen – eine Eigenschaft, die sie wohl von Jay übernommen habe. Wenn Elke eine Eigenschaft von Jay übernommen hat, dann die, daß sie sich weitaus weniger Gedanken darüber macht, was andere Leute von ihr denken als früher. Sie läßt auch niemanden mehr in ihre Wohnung herein. Ein Vorteil ihrer neuen Zurückgezogenheit ist, daß das Telefon seltener klingelt. Ein anderer Vorteil ist, daß sie keine schlauen Reden mehr von Leuten über sich ergehen lassen muß, die schon immer wußten, daß das mit Jay auf die Dauer schiefgehen wird, daß eine Fernbeziehung nichts geben kann, daß Jay ein Egoist und unzuverlässig ist und in London bestimmt nicht so enthaltsam lebt wie sie hier (woher wollen die das eigentlich wissen?) und und und.

Es ist angenehm ruhig in ihrer Wohnung heute abend, keine Prolls brüllen auf der Thomasstraße herum, keine Männer verwechseln ihre Klingel mit der vom Bordell im ersten Stock, es ist fast so ruhig wie damals in Zimbabwe, wo jedes Wort laut und gewaltig und bedeutsam gewesen war. Elke geht in ihr Schlafzimmer und schließt ihre dreifachen Thermopane-Fenster. Die hat sie beim Senat beantragt wegen Wohnsitz in Flughafennähe. Der Tempelhofer Flughafen beschallt alle Thomasstraßler rund um die Uhr. Elke ist beim Senat so entschlossen hysterisch aufgetreten, daß sie als einzige in der Thomas diese Fenster bewilligt bekommen hat. Doch die Flugzeuge lösen eher sehnsüchtiges Fernweh bei Elke aus, viel schlimmer findet sie die Geräusche von der Straße, von anderen Menschen, die Stimmen und die Autos und besonders die klingelnden Telefone aus anderen Wohnungen.

Elke springt auf, es ist schon zehn, Marvin hat heute abend noch nichts zu trinken bekommen. Sie schüttelt den Kopf über ihre Vergeßlichkeit und füllt Marvins Wassernapf auf. Dann stupst sie seine Schnauze in das lauwarme Wasser – so ungefähr die Temperatur des Kariba-Sees in Zimbabwe, wo sie einmal ganz viele Marvins gesehen hat.

Liebevoll streichelt sie Marvins hellen Bauch, der ihr weich und glatt wie die Haut von Jay vorkommt. Marvin öffnet sein Maul etwas weiter als sonst, er gähnt, ist müde, möchte schlafen. Elke transportiert den Kariba-See auf einem Silbertablett in ihr Schlafzimmer. Der Kariba-See fließt auf ihrem Kopfkissen um ihr Haar, strahlendblaues Wasser aus Samt, und Marvin rutscht auf ihre Brust, seinen Lieblingsschlafplatz. Die Fenster sind geschlossen, die Vorhänge zugezogen, nur das Wasser der Quellbäche rauscht in ihren Ohren.

King George der Erste wiegt sein Haupt und verweigert ihr die Antwort. Er will sich eben nicht über etwas so Profanes wie das Geschlechtsleben der Fruchtfliegen äußern. Elke knallt den Deckel zu und sieht hilfesuchend zu Marvin hinüber. Marvin schaut sie an mit seinem furiosen Gesicht, voller Energie, furchtlos, zuversichtlich. Es ist, als hätte Jay in seiner Gedankenlosigkeit oder mit seinem überlegten Griff eine Kreatur ausgewählt, die sehr viel mit ihm gemeinsam hat. Marvin ist selbstsicher, unerschrocken, unverwüstlich und – ja, auch das sind Krokodile – phantasievoll, eigenbrötlerisch, egoistisch. Sie leben nicht in dem Land, in dem man selbst lebt, und ihre Flaschenpost ist oft unentzifferbar. Sie halten nichts von »kopflastigem Krams«, reißen einem jedes Buch aus der Hand, um ihren fremdartigen, festen Körper an einen zu pressen. Sie liegen tagelang, sich räkelnd und Chips fressend, in der Sonne, unansprechbar, wie in Trance, entfalten dann aber von einer Sekunde auf die nächste rasante Energien und verschlingen einen mit Haut und Haaren. Sie sind atemberaubend, anstrengend; man meint, wenn sie weg sind, würde man sich endlich von ihnen erholen können, aber das einzige, was man dann tut, ist, sie so schrecklich zu vermissen, daß man sich in die Finger beißt, um den Schmerz zu verdrängen.

Das Telefon klingelt, das ist bestimmt der nervige PR-Mann dieser Buckower Analphabeten. Elke hält sich die Ohren zu und geht in die Küche, um Kaffee zu kochen. Sie läßt ein, zwei, drei Nougatpralinen dieser besonderen englischen Marke in ihre Tasse fallen; langsam, schluckweise, mit geschlossenen Augen, läßt sie den süßlichen Trank auf ihrer Zunge zergehen. Es ist dunkel in ihrer Wohnung, heute hat sie ihre Vorhänge überhaupt nicht aufgezogen, sie wird sie einfach gar nicht mehr aufziehen. Ihre Nachbarn, das ganze Viertel, die ganze Stadt kotzt sie an. Laut und doof, alle, alles. Marvin frißt sein Frühstück, frisch gebadet ist er, seine maßlosen Energien stauen sich in den angewinkelten Beinen. Er sieht zu Elke, er springt auf das Wörterbuch, er grinst und spuckt auf Elkes Papier.

Elke zerknüllt den Bogen und wirft ihn in den Papierkorb. Dann kramt sie in den Schubladen ihres riesigen Schreibtischs und findet etwas Packpapier, eine Filzrolle, Buntstifte. Sie will jetzt für Marvin eine Hütte basteln, ein kleines Quartier neben seinem See.

Es klingelt an der Wohnungstür. Erschrocken fährt Elke zusammen. Dann dämmert ihr, daß irgendwann in diesen Tagen dieser häßliche, dümmliche Schriftsteller, der meint, seine lyrischen Ergüsse seien es wert, auch noch ins Englische übertragen zu werden, vorbeikommen wollte. Elke küßt Marvin zärtlich auf die Schnauze, zieht die Samtjacke an, knöpft sie rasch zu und stellt den Kragen hoch, bevor sie zur Tür geht. Sie wird Herrn Lämmle im Flur abfertigen.

Herr Lämmle hat es eilig, er drückt ihr den zweiten Teil seiner »Lyriksplitter« in die Hand und drängt auf einen möglichst frühen Termin. Elke schließt das Stangenschloß wieder ab und geht langsam zurück in ihr Arbeitszimmer. Da liegt er, der plumpe Kaiser, »ich weiß etwas, was du nicht weißt«, scheint er ständig zu spotten, und hat wieder einmal gewonnen.

»Ich würd nie 'ne Arbeit machen, zu der ich keine Lust hab«, hat Jay einmal gesagt und als Taxifahrer, Reisegruppenleiter, Band-Promoter, Straßenclown, Hilfskoch, Adresseneintipper und als Aktmodell Geld verdient. Nichts davon hielt er länger als ein paar Monate aus. Er meinte, er hätte jeden Job nur solange durchgezogen, wie es ihm Spaß gemacht habe, danach hätte er sich etwas anderes gesucht. Wahrscheinlich lebt Jay gar nicht mehr in London, wer weiß, wo er steckt, und über meine Briefe beölen sich ein paar dickbäuchige Postbeamte mit Schwielen an den Händen, überlegt Elke. Mißmutig holt sie das zerknüllte Papier aus dem Papierkorb und glättet es. Wenn sie heute noch den letzten Absatz schafft, kann sie morgen Morrows zweite Abhandlung in Angriff nehmen: die über Stubenfliegen.

Elke zieht ihre Jacke wieder aus und formt Marvin einen schönen See. Sie legt ihren Kopf an das Ufer des Sees und guckt Marvin an. Marvin stürzt sich in die Fluten, taucht auf und verschwindet, macht sich rar, macht sich interessant, lugt durch ein Knopfloch, zwinkert ihr zu, sagt »ich denke an dich« mit den Augen und schwimmt ans andere Ufer.

Elke hatte auf die braunen Glieder und die blonden, zerstrubbelten Haare gesehen, die langsam an Entfernung gewannen und zu einer kleinen, unspezifischen Figur im Wasser gerieten. Sie trocknete sich mit Jays Hemd ab. Chaotische Abreise, vergessene Malaria-Prophylaxe hin oder her, sie waren wirklich nach Zimbabwe gekommen und zelteten seit drei Tagen am Ufer des einfach wunderschönen Kariba-Sees, dessen Wasser so klar war, daß Elke gar nicht verstehen konnte, warum Jay jetzt schon nicht mehr als ein kleiner schwarzer Punkt war. Jay entwickelte in diesem Klima ganz andere Wesenszüge, oder solche traten nach außen, die sonst eher verborgen lagen. Er kochte jeden Abend für sie auf seinem Camping-Kocher und fragte jeden Morgen, was sie nachts geträumt habe. Er nannte ihren Körper einen Kontinent und beschrieb seine Landstriche. Er schlief mit ihr am Ufer, im Zelt, in den Farnwiesen, den Buschgrashügeln, andauernd, in einer Weise, wie sie es noch bei keinem Mann vorher erlebt hatte. Berauscht und verwundert über sich selbst, hatte sie das Gefühl, Jay entgegenzutreiben wie ein Floß auf dem Kariba, das unmöglich gegen die Wasserströmung schwimmen kann.

Marvin beißt ihr in die Lippen, zupft an ihren Augenbrauen mit seinen Zähnen, schiebt seine Zunge in ihr Ohr. Dann rutscht er an ihrem Körper herab, leckt an ihren Kniekehlen, gleitet in Serpentinen den Oberschenkel hoch; eine ansteckende Unruhe ergreift seinen sehnigen, strammen Körper. Elke knipst das Licht aus und schaut hoch zu den phosphoreszierenden Sternen, die sie an ihre Schlafzimmerdecke geklebt hat. Bald, in einer halben Stunde, werden sie erlöschen. Doch solange wird sie sich noch dem Sog dieser weißen Inseln überlassen.

Elke hatte Jays Hand genommen und sie vorsichtig auf ihre Brust gelegt, dann starrte sie wieder in den Himmel, der so klar war, daß man die Milchstraße erkennen konnte. Sie hatte seit Wochen gänzlich zeit- und strukturlos gelebt. Sie schminkte sich nicht mehr, hatte gleich am ersten Tag ihre Uhr verloren, war keine Minute alleine gewesen, schwitzte den ganzen Tag. Der Gedanke, hier nur auf einer von vielen möglichen Welten zu leben, einer von vielen Inseln am Himmel, erschien ihr nicht mehr fremd. Der Gedanke, in einer Woche wieder in Berlin zu sein, kam ihr absurd vor.

Diesiges Wetter, Kopfweh, ihr Geburtstag, die Samtjacke: Kobaltblau. Jays Lieblingsfarbe. »Warum magst du diese Farbe so sehr?« hatte Elke ihn gefragt und etwas Sekt nachgeschenkt.

»Weiß ich nicht ... das sind Fragen ...« Jay trank einen Schluck, sagte dann aber doch noch etwas: »Vielleicht, weil es die unwirklichste Farbe ist, die ich mir vorstellen kann.«

»Unwirklich ... wie meinst du das?«

»Unwirklich eben ... wie soll ich das erklären!« Jay war oft selbst ziemlich begriffsstutzig, aber wenn man ihn einmal nicht gleich verstand, reagierte er sofort verärgert. Er ließ seine Hände noch einmal über den weichen Stoff des Geschenks gleiten und murmelte mehr zu sich selbst als zu ihr:

»Kobaltblau ... so sind die Dinge, nach denen ich mich am meisten sehne ... die mich locken und nicht in Ruhe lassen ... das ist nicht dieses Tiefblau, so wie deine Tischdecke hier, das beruhigt mich ... aber meistens kommt man nie richtig hin zu diesen Dingen und verliert sich auf dem Weg nur selber.«

Jay sah zum Fenster hinaus auf die verzerrten Reklameschilder in den Pfützen der Hermannstraße.

»Damit kann ich etwas anfangen«, hatte Elke erfreut gesagt.

»Hauptsache, du kannst mit einer Sache etwas anfangen«, mußte Jay noch ironisch bemerken.

Elke krallt ihre Hände ineinander und konzentriert sich ganz auf ihre Phosphorsterne. In wenigen Minuten werden sie erlöschen, wenn sie die Bettlampe nicht noch mal anknipst, und das will sie auf keinen Fall. Einen Moment lang muß sie an die »Astronauten« denken, dieses komische Paar aus dem Nachbarhaus. Als Elke sie das erste Mal gesehen hat, trugen sie silberne Hosenanzüge und spitze Metallkäppchen mit einem Lamettaschleier vor ihren Gesichtern. Seitdem nennt Elke sie die »Astronauten«. Einmal, als sie die Thomasstraße langgeht, sieht sie, wie die beiden sich vor dem Fenster mit hellblauer Farbe bemalen. Sie haben ebenmäßige, schöne Körper, und man wird, wenn man seit

Monaten alleine ist, sehr neidisch beim Beobachten. Gardinen gibt es nicht in ihrer Wohnung, nur Lametta, viel Lametta. Elke schließt die Augen, die matten Lichthöfe der Sterne breiten sich unter ihren Lidern zu einem riesigen Samtteppich aus, auf dem sie am Himmel treibt. Marvin zupft manchmal an einer Seite mit der Schnauze und steuert so den Teppich. Sie fliegen immer höher, und Elke verspürt solch eine Sehnsucht, sich langsam mit Haut und Haaren im Licht dieser Höfe aufzulösen, leicht und schmerzlos in einer Gaswolke um einen klaren, hellen Stern zu treiben, daß sie gar nicht merkt, wie sie sich in die Finger beißt.

Es ist sechs Uhr morgens. Ein weißer, kräftiger Lichtstrahl fällt durch den Spalt zwischen den Vorhängen auf ihr Kopfkissen. Elke ist sofort hellwach. Sie steht auf, duscht, macht einen Kaffee. Heute wird sie James Morrow fertig übersetzen, dann schafft sie den Termin mit Herrn Lämmle und hat für die Theaterwochen, auf die sie sich seit langem gefreut hat, etwas Luft. Sie verstellt die Rückenlehne an ihrem Schreibtischstuhl, damit sie gerader sitzen kann, und übersetzt konzentriert den nächsten Abschnitt. Sie hat das Gefühl, seit Wochen nicht mehr so gut wie heute gearbeitet zu haben; ein schwacher Anflug von Freude steigt in ihr auf, als sie die Seite umblättert. Jetzt kommt ein Begriff, der viele Bedeutungsebenen hat, und sie greift nach ihrem Wörterbuch. Rasch notiert sie sich etwas, dann schweifen ihre Augen über die Seite: »afield«, »afire«, »afloat«, »aflutter«, alles wunderschöne Worte. Vielleicht wäre eines davon ja das richtige als Name für die bläulichen Höfe phosphoreszierender Plastiksterne. Ein Begriff, der einfach in jeder Sprache fehlt. Elke lächelt in sich hinein und beginnt mit James Morrows nächstem ausführlichem Exkurs. Still und ohne Aufbegehren schließt sie sich den schwarzen Ameisenkolonnen der Buchstaben an.

Am späten Nachmittag geht sie in die Küche, um sich einen Nougat-Kaffee zu machen, schlurft zurück an den Tisch. Sie arbeitet weitere zwei Stunden. Schließlich lehnt sie sich zurück. Links hinten auf dem Schreibtisch, beinahe wäre er hinuntergefallen, liegt Marvin. Sie sieht das Plastikkrokodil eine Weile lang stumm an. Diese unentwegt geöffneten Augen. Sie dreht es auf den Bauch:

Made in Germany, not for children under three years. Dann beginnt sie zu weinen.

Vor ihr liegt das Wörterbuch, sein Deckel hebt und senkt sich, leise, lauter wird das Atmen aus seinen hauchdünnen Seiten.

Der Plattenkäufer

Das schöne Mädchen mit den dichten nach oben gebogenen Wimpern krabbelte auf allen vieren über den violetten Flokatiteppich. Der vielleicht zwanzigjährige Junge blickte sie bewundernd an. Sie ignorierte ihn und drehte ihre Runden, schnüffelte am Boden, streckte hin und wieder die Zunge heraus und aß eine der bunten Pillen. Schließlich rollte sie sich nur noch über den Boden, kicherte und biß dem Jungen in die Hand. Der war froh über eine Berührung mit ihren strahlendweißen Zähnen. Sie kniete sich vor den Plattenspieler, ihre langen roten Haare waren sehr zerzaust, lila Flokatifransen hingen darin. Mühselig setzte sie die Nadel auf: »Saturday Night Fever«, die Platte, die gerade in allen Charts ganz oben stand. »More than a woman«, sang sie laut. »Stayin' Alive« summte der Junge leise mit. Er hatte noch nie eine solche Frau gesehen. Sie benahm sich, als ob sie alleine im Zimmer wäre, schaute mit ihren großen Augen an die Decke, während sie tanzte. Plötzlich brach sie kichernd zusammen, las ihre Ohrringe auf, knabberte an einer herumliegenden Kerze. Der Junge, nennen wir ihn Lionel, der aus sehr konservativem Hause kam und eine Lehre als Klempner angefangen hatte, hatte sich in sie verliebt, als er sie beim Krokodile-Füttern im Aquarium beobachtete. Jede Woche kam er und sah zu, wie sie lässig die Fleischbrocken von der kleinen Holzbrücke warf. Ansonsten war sie Mannequin, wie das damals noch hieß, verdiente sich als Aushilfskrokodilfütterin ein paar Mark dazu. Jetzt traute Lionel sich, eine Hand nach ihren langen Haaren auszustrecken, und sie schob seine Hand nicht weg. »If I can't have you«, sangen die Bee Gees und Yvonne Elliman immer wieder, die Platte hatte einen Sprung. Da sprang sie auf –

»Findet ihr das einen geschickten Übergang?« fragt Herr Lämmle in die Runde und liest langsam weiter:

– und gab dem Plattenspieler einen Tritt. Schließlich, gen Mitternacht, legte sie »Nightflight to Venus« auf. »Hey hey hey Rasputin, Russian's greatest love machine ... Rasputin, he was big and strong, and his eyes were flaming gold«, sangen Boney M. In diesem Moment öffnete sich die Tür, und ein großer, dunkelhaariger Mann mit feurigem Blick und Spitzbart betrat das Zimmer. Das Mädchen und der Mann sahen sich an. Lionel fühlte sich plötzlich noch überflüssiger als vorher. Er hatte die Platte gerade dem Mädchen gekauft. Es war ihre dritte LP. Ihr erstes Date alleine in ihrer Wohnung. Der Mann und das Mädchen küßten sich, sie nannte ihn Rasputin und er sie Honey Boney, und dann legten sie sich gemeinsam in das hohe lila Gras des Teppichs. Als Rasputin seine Hand in Honeys Hose schob, sang sie »Rivers of Babylon«. Und Rasputin zückte einen Säbel und hielt ihn bedrohlich in Lionels Richtung. Lionel packte seine sieben Sachen und schlich sich davon. »Never change lovers in the middle of the night«, trällerte das Quartett in den Astronautenanzügen auf der LP, als er die Tür hinter sich schloß. Seitdem ist Lionel nicht mehr zu den Krokodilfütterungen gegangen.

»Und?« Der kleine Mann mit den gelblichen, nach hinten gekämmten Haaren sieht sich unsicher in der Runde um. Die aufgetußte Frau mit der langen blonden Mähne saugt an dem Mundstück ihrer Zigarette, der Germanistik-Student kritzelt in einen Notizblock, die früh pensionierte Lehrerin guckt in die Luft.

»Tja, wollen wir Herrn Lämmles Text nicht noch ein bißchen diskutieren?« fragt der Leiter des Schreibworkshops jetzt. Alle schweigen. Schließlich murmelt Gisela: »Ach, Schatz, daß du immer so alberne Sachen schreiben mußt ...«

Kobaltblau Reprise

Es ist nicht wahr, was Gisela über mich sagt. Infantil und verträumt sei ich, sagt sie. Laut, vor der Autorengruppe. Aber da kann ich mich gar nicht drin wiederfinden; ich reiße mich doch total zusammen und bin ein ziemlich nüchterner Typ. Ich weiß, in der »Petra«, die bei Gisela oft auf dem Schoß liegt (in den »Buddenbrooks« liest's sich ein bißchen anders, kommt aber doch aufs gleiche raus), steht, daß die Selbsteinschätzung und das, was andere über einen denken, oft weit auseinander gehen. Stimmt. Wer weiß, was Elida und Valentin so über sich denken. Aber eigentlich ist das total unwichtig. Ich weiß ja, was ich über sie denke. Was ich für sie empfinde. Das genügt.

Gestern habe ich sie wieder gesehen. Endlich. Diesmal nicht vom Friedhof aus, nein, ich bin ihnen gefolgt, im Auto, bis zum Großen Griesensee. Abenteuer.

Es war zwei Uhr nachmittags, als ich, wie fast jeden Samstag, Gisela war zum Kaffee mit Rebekka verabredet, auf meiner Mauer saß. Sie traten aus der Tür. In Weiß. Weiße Fellhosen, weiße Stiefel mit dickem Korkabsatz, weiße Rüschenhemden mit Glockenärmeln, weiße Boas um den Hals, weiße, lange, angeklebte Wimpern, cremefarbene Flokatikäppchen auf ihren leuchtenden Haaren. Sie liefen auf die andere Straßenseite zu einem Sechziger-Jahre-Mercedes. Nach einer Minute hatten sie die Kiste auf, ich habe ja schon erwähnt, daß sie so was können. Ich hatte Mühe hinterherzukommen, sprang in meinen Ford Granada, aber sie hielten gleich an der Ecke Thomas-/Hermannstraße, am Kiosk. Kauften Lila Pause und zwei Dosen Fanta-Grapefruit. Wie immer achteten sie nicht im geringsten auf die Leute, die sie anstarrten, als sie zurück zu »ihrem« Auto liefen. Sie fuhren die Silbersteinstraße entlang, zur Autobahn, plötzlich ging es nach Erkner und Fürstenwalde. Dann auf einmal wieder nach Süden, in Richtung Storkow. Das Ganze schien mir ziemlich ziellos. Ich achtete darauf, ihnen nicht zu dicht zu folgen – der nostalgische Mercedes war zum Glück nicht so schnell mit einem anderen Auto zu verwechseln, und Elidas schöner Nacken ist sowieso einmalig. Die Straßen wurden immer schmaler, ich hatte kaum noch Benzin und keine Ahnung, wo es langgehen sollte. Eine Weile dachte ich, als wir durch den Storkower Forst kurvten, sie suchten ein Plätzchen, um irgendwo einen Spaziergang zu machen. Aber das war viel zu funktional gedacht. Wir fuhren aus dem Wald wieder heraus, ohne daß Elida und Valentin einmal das Tempo verringert hätten. Dann ging es nach Märkisch Buchholz. Ich wußte nicht mehr, wo wir waren, es klang wenigstens noch nach Mark Brandenburg.

Wir fuhren in Richtung eines für diese Gegend ziemlich hohen Berges, dem Krausnicker Berg, wie ich später auf einer Landkarte rekonstruierte. Der Weg war sehr holprig, unsere Autos gerieten auf halber Höhe in eine ziemliche Seitenlage, was mir Angst machte. Der Himmel war hinter den dichten Baumkronen kaum zu erkennen, der Weg sehr steil, und ich bekam das Gefühl einer Höllenfahrt. Ich schlingerte etwas, hatte Elida und Valentin aus den Augen verloren. Endlich war ich oben angekommen, doch da sah ich sie schon auf der anderen Seite des Berges in Serpentinen hinuntergurken. Erlaubten sie sich einen Scherz mit mir, oder wußten sie einfach nicht, wohin sie wollten? Ich gab rasch Gas, um sie nicht zu verlieren. Es ging über verschiedene Landstraßen zurück nach Berlin. Bald waren wir wieder auf der A 100, auf der Dudenstraße. Da war dichter Verkehr, ich hatte Mühe dranzubleiben. Plötzlich scherten sie aus der Reihe, hielten auf dem Randstreifen und stiegen aus. Sie setzten sich auf die Kühlerhaube, aßen ihre Lila Pause und tranken Fanta-Grapefruit. Mit Blick auf häßliche Betonpfeiler. Eben waren sie noch durch den Storkower Forst gerast. Wäre das nicht ein gemütlicherer Ort gewesen ...? Ich mußte aber in der Reihe bleiben, fuhr dann in eine Seitenstraße, wartete. Nach zwanzig Minuten sah ich sie an mir vorbeifahren. Rote Haare, schwarze Haare. Diesmal Valentin am Steuer, Elida hielt Cassetten in der Hand. Die haben sie bestimmt auch noch mitgehen lassen. Ich schlängelte mich wieder ein, sie bogen ab in die Silbersteinstraße. Valentin fuhr jetzt langsamer, ich war relativ dicht an sie herangekommen. Jetzt sah ich, wie er einen langen Blick in den

Rückspiegel warf. Er sah mich an, mit seinen Aquarium-Augen, aber er sah mich nicht wirklich an, er schaute durch mich hindurch und sah mich doch an, wie man einen vertrauten, allzu vertrauten Gegenstand, eine Schuhbürste, eine Einkaufstasche, ein Möbelstück, anschaut. Dann gab er Gas und sauste über die rote Ampel, ich mußte halten und verlor sie.

Danach habe ich sie eine Woche lang nicht mehr gesehen. Ich fuhr oft nachts in meinem Auto herum, fuhr die chaotische Strecke, auf der ich ihnen gefolgt war, noch einmal ab, stellte mir vor, sie würden mich durch die Dunkelheit leiten, sah vor meinem inneren Auge wieder Elidas hellen Nacken, das rote hochgesteckte Haar, die smaragdgrüne Schildkröten-Spange. Aber vor mir war nichts, außer Lastwagen oder Autos mit grölenden Jugendlichen, die die Silberstein nachts als Rennmeile benutzen. Am letzten Abend war ich sehr müde – viel Streß auf Arbeit gehabt und Streit mit Gisela, die meint, ich sei zu selten zu Hause, fast wär ich eingenickt auf der A 100, da tauchten plötzlich ein Mann und eine Frau in heller, fast durchsichtiger Kleidung vor mir auf, Hand in Hand. Ich trat auf die Bremse, ich schlingerte, und sie liefen geradewegs ins Auto hinein. Ihre Körper schleuderten von meiner Kühlerhaube, aber sah ich sie nicht im Rückspiegel weiterlaufen, als hätte die Stoßstange eines Spielzeugautos sie berührt? Müde stapfte ich die vielen Treppen in den vierten Stock hoch, las dabei Unrat von den Stufen auf, rückte unsere Fußmatte zurecht.

Vor mir liegt der Ziestsee, bleigrau, namenlos auf fast jedem Stadtplan, klebrige Blasen an seinem Ufer. Sand, Steine, Schutt. Doch eben habe ich sie hier gesehen, barfuß liefen sie über den Sand! Da sind noch ihre Fußabdrücke, schon vom Wind geglättet, und da, meine Reifenspuren, fett und tief. Sie haben mich wohl wieder an einen Ort gelockt, an dem ich nur meine eigenen Zeichen finde. Und doch hörte ich noch, wie Elida »Jonathan« sagte, als sie im Wald verschwanden. Ich knie am Ufer des Sees, betrachte mein Gesicht im Dunkeln. Zu viele komische Gedanken plötzlich.

Ich wünschte, ich könnte jemand ganz anderes sein. Mir ein neues hautenges Kostüm anziehen. Vielleicht bin ich die entscheidenden hundert Jahre zu früh geboren. Ich will nicht mehr der sein, der für Gisela Ohrenstäbchen kauft oder Schuhcreme für sich selbst. Oder Salzstangen für uns beide. Ich möchte nicht mehr Klärwerksleiter sein, ich will in die Spielzeugbranche gehen, das ist es, was ich eigentlich schon immer wollte, Dinge herstellen, die man zerfetzen kann, die geradezu danach lechzen, zerstört zu werden, Dinge, die überwunden werden müssen.

Der See vor mir ist ruhig und würde mich verschlucken, ohne einen Laut von sich zu geben. Ich denke an Jonathans und Elidas Hände, wie sie aussahen, wenn sie in ihrem Badezimmer unter dem Wasserstrahl glänzten. Manchmal tanzten sie dazu, und das Licht spiegelte sich auf ihnen, sie machten Zeichen in der Luft, für die Luft, für niemanden, für sich selbst, nicht für mich. Für meine Träume. Ich möchte ein Zeichen sein, eine Zahl, leicht und anmutig, über dem Wasser schwebend, ein Finger aus Luft vor meiner Kühlerhaube. Ihre Hände auf den unzähligen Federboas, Flokatikissen, Samtdecken in meinem Fernglas. Ich möchte eines von ihren Zeichen sein, zitternd in der Luft, eine Marionette; ich will ihrem Kopf entspringen, eine ihrer flüchtigen Phantasien sein. Ich will nicht schwer werden und sterben, meinen Kopf in diesen See tunken, ich will leicht werden und leben. Wie ein Duft oder ein Hauch. Nicht mehr Kartoffeln und Steak und Paechbrot essen, sondern von Joghurt und Liebe allein leben wie sie. Nicht mehr auf Toilette oder zu meiner Frau ins Bett oder an den Kühlschrank gehen müssen. Kein Herzrasen, Kribbeln in den Fingerspitzen, schmerzende Unterschenkel, zitternde Knie, schwerer Kopf mehr. Ich glaube, ich will ihn ganz oder gar nicht, meinen Körper. Diese Halberregungen, Halbbetäubungen sind es, die ich nicht ertragen kann. Vielleicht sollte ich mir ein Tattoo machen lassen, wie man das im Moment oft sieht, oder mich an dezenter, in der Öffentlichkeit nicht sichtbarer Stelle piercen lassen. Oder Wildwasser-Kajak-Fahren. Klettern. Surfen? Am liebsten doch Spielzeugautos bauen. Autos, die an Wänden und Türen zerschellen, unter

Schuhen und Stuhlbeinen knirschen. Autos, die man zertrümmern kann, weil sie nix kosten. Autos wie Mücken oder Würmer.

Ich betrachte mein Gesicht im Wasser, es langweilt mich, hat mich schon immer gelangweilt, kein Gesichtszug trägt die Anlage zur Schönheit. Jetzt höre ich von rechts, von ganz weit her, einige Geräuschfetzen. Musik, dumpfe Bässe, Stille. Dann wieder Musik, dumpfe Bässe. Ich stehe auf, lege meinen Kopf zur Seite. Irgend etwas Lockendes geht von diesen rohen, dumpfen Klängen aus. Ich laufe durch das Ufergestrüpp, wild entschlossen, diesen Ort aufzufinden, ich stolpere über Wurzeln und Colaflaschen, Scherben und Steine. Die Musik wird lauter, ein dröhnendes Stampfen. Ich falle hin, versuche mich an einem Baum festzuhalten, meine Hände rutschen schmerzhaft an der Rinde ab. Ich laufe weiter, die Uferböschung ist schmal und meine Schuhe geraten in knöcheltiefes Wasser. Ich stiefele weiter. Jetzt vibriert der Boden unter mir, und ich erkenne durch die Bäume Silhouetten von Menschen, orangefarbene Beine, silberne Arme, Brüste, Schirmmützen, junge Leute in Trainingshosen, schweren bunten Gummischuhen, groß und schlank, alle. Gleich bin ich da.

Da sehe ich sie plötzlich, am Rand der Gruppe, da tanzen sie, Arme, fliegende Gliedmaßen, geschlossene Augen. Elida und Jonathan. Ihre Füße berühren kaum den Boden. Erschrocken bleibe ich hinter einem Baum stehen. Ein Plakat, auf dem »Sunset-Goa« steht, flattert zwischen zwei angestrahlten, buntbemalten Pfosten.

G-o-a, noch nie gehört. Hat das noch was mit Diana Ross und Boney M. zu tun, oder wohin haben die beiden mich diesmal entführt? Ich höre die Musik, sehe die Gesichter zwischen den Zweigen, hinter den Stämmen, das dumpfe Vibrieren des Bodens. Elida und Jonathan tanzen unermüdlich, abseits von den anderen, zwischendurch fassen sie in die Blätter der tieferhängenden Zweige, halten sie vors Gesicht, spielen Verstecken, tanzen weiter.

Auch diese Art von Ekstase scheinen ihre Körper, ohne Schaden zu nehmen, zu überstehen, denke ich und schaue ihnen zu. Chamäleonhaft wechseln sie die Sphären, als hätten sie nie einen Kern, nie eine Zugehörigkeit, eine Heimat, eine Müdigkeit, eine Schwäche gehabt. Etwas furchteinflößend Unverwundbares geht von ihnen aus, und ich wünschte, ich hätte die Kraft, sie zu packen und in den feuchten Uferschlamm zu drücken, ihre Haare zu zerraufen, ihre glänzenden Klamotten zu zerreißen, aber ich weiß, sie würden nicht aufhören zu glänzen, selbst ihre weißen Knochen nicht.

Ich starre in das Wasser vor meinen Füßen. Das trübe, graue, das Berliner Wasser. Ich muß an Regen in meinem Hinterhof denken. An die Fetzen Himmel über den Brandmauern vor meinem Fenster. An die Stimme meiner Frau, laut und heiser in unserer Wohnung. Ich blicke in mein Spiegelbild im Wasser. Ich bin der Anti-Narziß. Fasziniert von meiner Häßlichkeit. Ich werde meinen Blick nicht mehr von mir wenden. Wie wachsam meine kleinen Augen mich mustern. Ich werde nie Fellatio in einer Badewanne machen, mir Mousse au Chocolate von meinem Schwanz lutschen lassen, eine Frau mit langen roten Haaren verrückt nach mir machen. Tanzen. Im Wald, unter Hunderten schöner Körper, »Sunset-Goa«-Musik in meinen Adern.

Ich beuge mich nach vorne, tauche das Kinn, meine Lippen mit den geröteten eingerissenen Mundwinkeln in das Wasser. Jetzt meine Nase, Stirn, das fettige Haar. Ich bin ganz bei mir selbst, zu keiner Verwandlung fähig. Immer nur ganz und gar ich selbst.

Ich pruste, schnappe nach Luft, so einfach ist das nicht. Bin wohl auch dazu zu schwerfällig. Plötzlich knirscht es hinter mir im Sand. Ich drehe mich nicht um, ich schaue auf das Wasser. Rote Haare, schwarze Haare. Schwarzes T-Shirt, rotes T-Shirt. Silberne Kettchen. Sie sehen mich an, regungslos, dann lächeln sie über die kleinen Wellen, die an das Ufer schwappen, hin zu mir. Ein bißchen spöttisch vielleicht, aber doch ein Lächeln. Dann knirscht es wieder im Sand, und sie sind verschwunden.

Ich höre das Knistern von Zweigen und kleinem Getier, das Rauschen der Baumkronen. Meinen Herzschlag, laut, von überallher.

Und doch wieder aufstehen, die nassen Handinnenflächen an der Hose abwischen und ins Auto steigen. Zurück, auf den braunen Teppich.

Drei Tage lang glücklich gewesen.

Vor einer Woche. Nein. Doch.

Vor einer Woche sind sie beide bei einem Autounfall ums Leben gekommen. Vielleicht hat Elida Jonathan, also Danny, gerade einen geblasen, und dann war es mit seiner Aufmerksamkeit nicht mehr so weit her. Sie haben ja nie im geringsten von irgend etwas außerhalb ihrer Welt Notiz genommen, nie. Hätten sie mehr auf andere Autos, auf andere Menschen, auf *mich* geachtet, wäre das nie passiert.

Passiert ist es an einem Dienstag, einem ganz gewöhnlichen 19. September. Eine ungerade Zahl und schlechtes Wetter. Ich habe alle Zeitungen gekauft an diesem Tag, fünf Meldungen gefunden. Irgendwo in Tempelhof waren sie unterwegs, ich glaube, sie wollten da was über die »Zweite Hand« abholen. Einen Tag vorher habe ich sie noch in ihrer Badewanne gesehen, in der sie Lebensmittelfarben aufgelöst hatten, rosa, grüne, lila Schaumberge, es sah sehr schön aus. Auf der A 100 sind sie ins Schleudern geraten und gegen eine Mauer gerast. Das Auto, einen alten Buick, hatten sie erst ein paar Tage. Bestimmt auch geklaut – aber daraus will ich ihnen jetzt keinen Vorwurf mehr machen. Ich mag nicht daran denken, wie sie ausgesehen haben zum Schluß, ob ihre Sachen blutdurchtränkt waren, ob sie zusammen gestorben sind, sofort, nach dem Aufprall, oder ob einer noch leidend neben dem anderen gelegen hat. Ich … ich will mir das einfach nicht überlegen. Sie sind gemeinsam und sofort gestorben. Elida und Danny. So und nicht anders ist es gewesen.

Sie wurden, es kamen nur wenige Leute, wen kannten sie denn schon, auf dem Thomas-Friedhof beerdigt. Jeden Tag lege ich frische Blumen auf ihr Grab. Rosa oder orange Rosen. Rote nicht, das wäre distanzlos.

Eigentlich verbringe ich genausoviel Zeit wie vorher auf dem Friedhof, aber es geht mir jetzt, nach den ersten Wochen Abschiednehmen und mich Umstellen, tatsächlich besser als vorher. Endlich kann ich ihnen wirklich huldigen, meine Liebe in herrlichen Blumenarrangements und anderen aufwendigen Grabgestaltungen zum Ausdruck bringen. Ich kann jetzt zu ihnen kommen, so oft und wann ich will, ihnen Geschichten aus meinem Leben erzählen, und die beiden können sich nicht dagegen wehren. Wenn ich nicht zu ihnen komme und mich um sie kümmere, verrottet ihr Fleckchen hier total. Jetzt brauchen sie mich. Früher dagegen war ich doch zu absoluter Passivität verdammt. In einer Weise, die mir jetzt, ehrlich gesagt, beinahe pathologisch vorkommt. Von meinem Platz immer nur zu beobachten, was sie mit ihren glatten Körpern in ihrer märchenhaften Wohnung (mein Schloß Charlottenburg von Neukölln!) in ihrer unendlichen Phantasie, die ich gerne geteilt hätte, alles getan haben.

Die unzähligen Zigarettenstummel hier oben legen Zeugnis ab von dieser Zeit, als ich noch in meinem Startloch saß.

Der Umzug

»Eine megamäßig geile Party heeeuuute nacht im Boudoir-Club, zwei Freikarten zu gewinnen für denjenigen, der unsere Frage ...« Ich kann den Mist nicht mehr hören und stelle das Radio aus. Diese Hektikerstimme macht mich noch nervöser. Morgen ist mein Umzug. »Bei jedem Umzug geht irgend etwas kaputt, das ist ein Naturgesetz«, hat meine Mutter früher gesagt. Daß mir ihr blöder Spruch ausgerechnet jetzt einfallen muß, wo ich meine Vasensammlung einpacke! Vorsichtig wickle ich mein Lieblingsstück, das ich bis zuletzt stehengelassen habe, in Zeitungspapier. Hoffentlich klappt morgen alles mit dem Leihwagen. Meine Freunde sollen um zehn Uhr in der Thomasstraße stehen. Die Nachteumel, ich bin mal gespannt. Nachher darf ich den ganzen Krempel alleine tragen.

Überhaupt bin ich gespannt. Ich ziehe sozusagen in die entgegengesetzte Ecke Berlins, von Neukölln nach Prenzlauer Berg, von der Thomas- in die Sonnenburger Straße. Schon der Name hat mir gefallen. Sonnenburger. Klingt doch romantisch. Ein Grund für meinen Umzug ist, daß ich keine Lust mehr habe, erst nach Kreuzberg, Mitte oder Prenzlauer Berg fahren zu müssen, um eine halbwegs erträgliche Bar betreten zu können. In Neukölln gibt's nur »Dicke Engel« und »Goldene Elche«. Ich habe hier keine hippen Dinge erlebt, keine Partys und Performances; mit Alkis im Treppenhaus gequatscht habe ich. Jetzt klingelt schon wieder das Telefon. Es ist Lorenz.

»Hi, Katharina, leider kann ich dir morgen doch nicht helfen, ich bin heute zu einer Party eingeladen, das packe ich morgen bestimmt nicht ... tut mir echt leid.« Dämlicher Idiot. Wenn ich ihn anrufe, weil ich mit ihm schlafen will, hat er immer Zeit, viel Zeit, aber kaum soll er mir einmal helfen, ist zambo. Dafür werde ich ihn später mit Regale-Andübeln bestrafen. Hoffentlich kommen heute nicht noch mehr solcher Anrufe. Mir tut jetzt schon wieder der Arm weh, wenn ich ans Kisten-Schleppen denke. Meine Nachbarin, so eine lichtscheue Übersetzerin, die eine Miene drauf hat, als sinniere sie jeden Tag über Selbstmord, hat mir gestern tatsächlich geholfen, den vertrockneten Hibiskus in die Mülltonne zu befördern. Sie sollte meine Pflanzen gießen, als ich im Urlaub war, und hat sie ungerührt verdursten lassen. Die Begründung war, bei mir würde dauernd das Telefon klingeln, auch wenn man nur fünf Minuten da sei. Na und? Habe ich sie gebeten abzuheben? Nicht aufregen, weiterpacken. Ich wickle die kleinen Spiegel in Handtücher. Jetzt steht nur noch das Bett, und darüber hängt das gerahmte Poster. Die Mona Lisa. Seit drei Jahren erinnert sie mich daran, hin und wieder romantisch zu sein. Deshalb habe ich sie aufgehängt.

»Weißt du eigentlich, wie klein das Gemälde in Wirklichkeit ist?« hat Stefan, dieser Besserwisser, mich belehrt. Er hat es natürlich im Louvre im Original gesehen. Und mußte auch noch darauf rumreiten, daß das Bild mit Romantik nichts zu tun habe, sondern mit Humanismus. Am Ende hätte ich es beinahe abgehängt, aber dann trennte ich mich schneller von Stefan als von der Mona Lisa.

Ich klettere auf mein Hochbett und hole meine CDs, Platten und Cassetten herunter, nur zwei, drei Lieblingssachen und die Anlage lasse ich oben, damit Felix und ich später noch Musik hören können. Während ich weiterpacke, schießen mir Szenen aus den letzten zwei Jahren, den Neukölln-Jahren, durch den Kopf: Herr Krug, der Hauswart, wie er letztens völlig betrunken im Treppenhaus stand, eine fleischfressende Pflanze in der Hand. Wenn jemand vorbeikam, sagte er: »Faß, Hasso, faß!« Dann rieb er die Pflanze an andererleuts Ärmeln und Bäuchen und kicherte vor sich hin. Und dann die »Paradiesvögel«, dieses seltsame Paar, das immer im Partner-Look herumläuft und ewig an der Aldi-Kasse braucht. Können sich nie zwischen »Imker-« oder »Blütenhonig« entscheiden. Und dieser Spanner. Der vom Dach eines Familiengrabs mit Feldstecher! die Paradiesvögel gegenüber observiert hat – an kältesten Wintertagen, unglaublich.

Soll ich die blöde »Adam and the Ants«-Platte endlich wegschmeißen? Die Cassette mit der Klaviermusik meiner Schwester? Darauf kann ich mir selbst nur mit meinem Standardsatz antworten: ich bin mir nicht sicher. Immerhin ist Unsicherheit schillernd und erotisch. Überraschend. Die Leichtigkeit, mit der man die Straße entlangläuft, ohne zu wissen, ob man heute abend mit einem Job, einem Vertrag, nach Hause kommt, die naßgeschwitzten Kleider der Party, auf die man durch Zufall geriet, und das Leuchten der Sonne am Morgen, an dem man eigentlich längst schlafen wollte. Da ist jedes Spiegelbild neu, jeder Tag die eigene Identität ein paar Zentimeter verrückt. Und am Abend ist sie nicht wieder zurechtgeschoben, sondern noch etwas weiter verrückt.

»Katharina!« ruft jemand vor meiner Tür. Es klingt wie die Stimme eines Jungen.

Ich frage von innen: »Wer ist da?«

»Herr Niemand«, sagt die Stimme. Ich bleibe einen Moment schweigend hinter meiner Tür stehen. Der andere sagt auch nichts mehr. Es scheint jetzt einen Schweig-Wettkampf mit diesem ominösen anderen zu geben. Ich will gerade zurück in mein Zimmer gehen, da sagt die Stimme: »Katharina, ich liebe dich.«

Ich zucke zusammen. Wer ist das bloß?

Kaum hörbar ist die Stimme jetzt, ein Hauch an meiner Tür: »Wir ... wir haben uns einmal im Sommer im Thomas-Park unterhalten ... du bist mir nicht mehr aus dem Kopf gegangen ... du hattest ein Buch zum Italienischlernen dabei und Eis-Tee ... ich hab dir viel erzählt ... wieso es mit meiner letzten Freundin in die Brüche gegangen ist und von meiner kranken Mutter ... wir haben zwei Stunden geredet, und seitdem habe ich dich immer gesucht.«

Ich denke nach, ob und wann ich mit jemandem über diese Dinge geredet habe. Schließlich frage ich, da mir eine Idee kommt: »Bist du der Typ, der die beiden Nogger-Eis spendiert hat?«

»Ja, genau! Du erinnerst dich an mich ... ich würde dich gerne zum Essen einladen«, er klopft an meine Tür, eine eindeutige Geste.

»Nein, sorry, keine Zeit«, antworte ich und will mich in mein Zimmer verziehen.

Da sagt die Stimme: »Ich hab an den abgenommenen Bildern gesehen, daß du jetzt ausziehst, ich muß dich unbedingt sehen, gib mir deine neue Nummer, ja? Es wäre schrecklich, wenn ich dich wieder suchen müßte ... willst du wirklich nicht mit mir essen gehen?«

O Gott, denke ich. Was habe ich da angerichtet, bloß nicht wieder ein Psychopath. Entschlossen sage ich, mit einem Blick auf die Umzugskartons, »nein, kannst du dir vorstellen, wenn du schon rausgefunden hast, daß ich in Kürze umziehen werde, daß ich jetzt anderes zu tun habe, als gemütlich essen zu gehen. Im übrigen tut's mir leid, daß unser Parkgespräch solchen Eindruck bei dir hinterlassen hat, tschüß.«

Meine Worte waren wohl deutlich genug, ich höre, wie etwas vor meine Tür gelegt wird und jemand die Treppe hinunterläuft. Ich warte einen Moment, dann öffne ich die Tür. Da liegen unglaublich viele Rosen, daneben ein Kärtchen: »68 Rosen für die 68 Tage, die ich dich gesucht habe.« Mit einem anderen Stift ist dazugekrakelt worden: »Da du ja leider nicht mit mir essen gehen willst, hier schnell meine Telefonnummer.« Eine bemüht deutlich geschriebene Nummer und ein Name: Thorsten. Der Typ tut mir ziemlich leid, andererseits ärgert es mich, daß ich unter Streß packen muß und dann wieder etwas passiert, was mein sensibles Gemüt nicht in einer Sekunde verarbeiten kann.

Ich sortiere die Gewürze in einen Schuhkarton, das Salz fällt mir aus der Hand. Genervt fege ich das weiße Krümelmeer zusammen. Dann will ich noch schnell zum Briefkasten gehen, zwei längst geschriebene Briefe abschicken, die jetzt wieder auf meinem Schreibtisch aufgetaucht sind. Ich ziehe mir die rote H & M-Samtbluse, die gerade zuoberst in einer Kiste liegt, und die schwarze Jeans an und gehe auf die Thomasstraße. Während ich in Richtung Briefkasten schlendere, fange ich an, mich richtig auf den Umzug zu freuen, eine neue Wohnung, neue Nachbarn, eine neue Umgebung. Die Sonnenburger. Endlich was anderes. Und näher bei Felix.

Ich laufe an der Mauer des Thomas-Friedhofs entlang, Richtung Hermannstraße; heute sitzt der kleine Mann nicht mit seinem Feldstecher auf dem Familiengrab. Ob die Paradiesvögel verreist sind? Jetzt kommt ein Mann von der anderen Straßenseite auf mich zu. Ich versuche auszuweichen, doch der Typ steuert mich direkt an. Er trägt einen weißen, schmutzigen Jogginganzug. Er kommt näher. Ich sehe sein fleckiges, aufgedunsenes Gesicht. Rechts neben mir ist nur die Friedhofsmauer. Ich drehe mich um und will weglaufen, da packt er mich an der Schulter, schüttelt mich und brüllt: »DU VOTZE DU VOTZE DU VOTZE DU.« Plötzlich läßt er mich los, geht weiter, als sei nichts geschehen. Ich lehne mich an die Friedhofsmauer und wische mir den Schweiß von der Stirn. Als der Typ nach meiner roten Bluse faßte, dachte ich, der will mich erwürgen. Es ist das dritte Mal in diesem Jahr, daß mich irgendein wildfremder Mensch mit »DU VOTZE« anschreit. In der verqueren Logik mancher Männer ist das wohl als ein Zeichen von Anziehung zu verstehen. Männer, die zwanzig Jahre älter sind als man selbst, einen Bierbauch und ein rotes, dickes Gesicht haben, können offenbar nur DU VOTZE sagen, weil sie es nicht vertragen, daß man für sie unerreichbar ist. Ich denke an eine Freundin, eine wunderschöne Südamerikanerin, die, als sie sich gerade für eine Party aufgebrezelt hatte, auf der Straße von einem völlig fremden Typen, einfach so, eine runtergehauen bekam. Er schritt von dannen, und sie lag mit einem Nasenbeinbruch im Urban-Krankenhaus. Das ist ein Grund, warum ich mich der Kolonne von Leuten, die aus Neukölln wegziehen, anschließe: Weil man hier fürs Frausein ständig Beleidigungen über sich ergehen lassen muß. Die Paradiesvöglerin ist schließlich auch nie ohne Begleitung auf der Straße. Wehrt man sich, hat man eine Bulldogge am Hals oder einen Nasenbeinbruch. Der Typ mit den Rosen von vorhin ist eine Ausnahme, aber wer weiß, vielleicht knallt er morgen einer Frau eine, die entfernt Ähnlichkeiten mit mir hat. Jedenfalls ist die Vorstellung von Männern, die Frauen hinterherpfeifen und irgend etwas wie »Ciao Bella« rufen, total obsolet. Entweder sie fixieren einen mit starrem, unbeweglichem Blick oder sie werden offen aggressiv. Je besser man aussieht, desto aggressiver. Als Teenager habe ich dreiste Anmache erlebt, die zwar dämlich war, aber irgendwie noch etwas mit Sex zu tun hatte. Ich erinnere mich, wie mich ein Typ auf der Straße nach der Uhrzeit fragte und mir in dem Moment, als ich auf die Uhr guckte, an die Brust faßte. Ich rotzte in meine Hand und schmierte den Rotz meiner Nasennebenhöhlenvereiterung an sein Marc-O'-Polo-Sweatshirt. Damit hatte er nicht gerechnet. Jetzt begegne ich oft lediglich stumpfem Haß, der andere will weder erobern noch begrapschen, sondern nur noch zerstören. Deshalb ziehe ich manchmal den Nadelstreifenanzug vom Flohmarkt an, schiebe das hochgesteckte Haar unter eine Kappe und klebe mir einen kleinen braunen Schnauzbart an, der zu meiner Haarfarbe paßt. So läßt man mich in Ruhe.

Ich lasse meine Briefe in den Kasten fallen und gehe einen anderen Weg zurück. Zwischendurch blicke ich mich um, ob der Typ mir gefolgt ist. Im Hausflur riecht es nach Pisse, und Herr Krug, den ich im Hof treffe, sieht mich beschämt an.

Um elf, nach seinem Job im Copy-Shop, kommt Felix zu mir. Er macht es sich trotz der Unordnung auf dem Hochbett gemütlich.

»Und, schon aufgeregt?« Er legt den Arm um mich.

»Geht so, hoffentlich klappt morgen alles mit dem Robben & Wientjes-Auto.«

»Ich habe dir Traubenzucker mitgebracht, energiemäßig«, sagt Felix und legt ein Dextro-Energen-Päckchen auf meine Stereo-Anlage. Wir essen Reste, die ich morgen nicht mitnehmen will, Chips und Vanille-Joghurt, Schokoladeneis und Salzstangen, quasseln über dies und das. Dann haben wir noch Durst und beschließen, zum Spätkauf zu gehen.

Als wir auf der Thomasstraße sind, ist überall Sirenengeheul, warme, rauchige Luft schlägt uns entgegen, und schon sehen wir das brennende Haus auf der Hermannstraße. Der Dachstuhl und der vierte Stock stehen in Flammen, Menschen werfen Gegenstände aus den Fenstern und schreien, die Feuerwehrleute fuhrwerken herum, halten dicke Schläuche in die Flammen und tragen Menschen, die sich wie kleine Kinder oder Affen an sie klammern, auf der riesigen Leiter herunter. Ich bin starr vor Schreck. Einige Sekunden lang setzt mein Denken völlig aus, ein kalter, heißer Schauer läuft mir den Rücken hinunter. Ich blicke auf meine Schuhe, Ruß wirbelt durch die Luft. Leute stehen herum und glotzen – wie wir.

»Meinst du, das war Brandstiftung?« frage ich Felix leise, im gleichen Moment wird mir bewußt, daß er das natürlich ebensowenig wissen kann wie ich. Er zuckt die Achseln. »Keine Ahnung, bei Holzdachstühlen kann so was im Sommer schon mal passieren.«

Jetzt hören wir eine aufgeregte Frau hinter uns: »Das ist immer der gleiche Kerl, aber diesmal hat es ihn erwischt, diesmal hat es ihn erwischt!«

Plötzlich drängeln sich die Leute nach vorne, zwei Feuerwehrmänner kommen mit einem dicken Bündel an, und jetzt erkennen wir auch die verkohlte Leiche eines Mannes. »Das ist er, dieser Verrückte«, sagt die Frau hinter uns. Und ein Mann erzählt plötzlich: »Das ist schon das vierte Haus, der Typ hat Briefe an die Polizei geschrieben, da stand drin ...«, der Mann streicht über seine Neukölln-Country-Club-Koteletten, »daß er nackt durch die Flammen laufen will. Dafür fackelt der ganze Häuser ab, und jetzt isser selber tot ... kann man das verstehen?«

»Der wollte nichts anderes, als nackt durch die Flammen zu laufen?« fragt Felix den bierbäuchigen Proll, aber der redet jetzt auf einen anderen ein. Ich starre auf die schwarze, irgendwie klein aussehende Leiche, kann mir gar nicht vorstellen, daß das mal ein erwachsener Mann gewesen sein soll. Da laufe ich ahnungslos herum, um eine Cola zu kaufen, und stoße auf eine verkohlte Leiche. Ich wende mich ab, Felix sieht auch ziemlich blaß aus. Wir nehmen uns einfach an den Händen und gehen zurück.

Zu Hause verkriechen wir uns auf dem Hochbett, hören uns das beruhigende Gegluckse einer Trance-CD an und essen die letzten Chips. Dann fange ich doch an: »Ich kann das schon verstehen, daß man nackt durch ein Feuer laufen will. Kennst du das von früher, daß man einen Finger durch eine Kerze hin- und herzieht? Man nimmt den Finger natürlich rechtzeitig weg, bevor es anfängt, weh zu tun, aber dieses merkwürdige Gefühl, daß man durch dieses leuchtende Etwas durchgehen kann, als sei es nicht da. Nur dieser Hauch Hitze, den man spürt, sonst nichts.«

»Aber warum macht er das dann nicht alleine irgendwo, ohne andere zu gefährden? Jetzt ist er tot.«

Wir liegen nebeneinander auf den rohen Holzbohlen, die Kissen sind schon alle verpackt, und schauen an die Decke.

»Ist doch eigentümlich, daß unten bei ›Blockbuster‹ die Leute irgendwelche neuen Videos ausleihen«, beginnt Felix, und mir fällt ein, daß das brennende Haus ja sozusagen das Blockbuster-Haus ist, »und oben jemand wie ein Steinzeitmensch nackt durch ein Feuer läuft. Der könnte sonstwas Vergnügliches am Samstagabend machen, aber er rennt nackt durch ein Feuer, riskiert sein Leben und das anderer Leute …« Felix schweigt, und ich denke an die verkohlte Figur, die plötzlich auf der mit Kaugummiflecken übersäten Hermannstraße im Licht der Reklameschilder lag. Was für ein Abschiedsbild aus Neukölln.

Felix und ich liegen still beieinander. Ich betrachte sein schmales Gesicht, die große, spitze Nase, den Mund, die helle Haut und die bläulichen Adern an seinen Schläfen. Ich kenne ihn schon eine Weile, bin mir aber manchmal gar nicht sicher, ob ich etwas von ihm weiß. Es ist dunkel hier, doch das Licht der Straßenlaternen fällt durch die Fenster, riesig sind die weißen Lichtflächen an der Decke, vorbeifahrende Autos bringen sie immer wieder durcheinander. Ich höre Felix' tiefen Atem, das Vorbeirollen der Autos klingt dumpf wie in einem Film. Felix schläft nicht, ich sehe seine weit offenen Augen, die kaum sichtbaren blonden Wimpern. Jetzt bewegt er sich, legt eine Hand auf seinen Bauch, auf die Gürtelschnalle, diese große, silberne Gürtelschnalle in Form eines Sterns. Erst fand ich, der Gürtel passe nicht zu Felix, sei zu männlich, wichtigtuerisch, aber Felix hat ihn mit solch einer Selbstverständlichkeit getragen, daß er schon längst als vollkommen zu ihm gehörig erscheint, und mittlerweile finde ich, er steht ihm. Felix legt seine Hand neben sich, auf die Gürtelschnalle, auf seine Brust. Für eine Sekunde muß ich an die verkohlte Hand denken, die sich auf der Brust des Toten zusammenkrampfte. Ich liege still und starre an die Decke. Das wirre Licht, die Autos, die Laternen fluten durch meinen Kopf. Das Feuer. Der Geschmack von Chips unter meiner Zunge. Meine Hände wandern auf meine Brust. Ich streiche kurz über meine Brüste. Berühre meine Hüften. Ein Lastwagen donnert durch die Thomasstraße. Durch meinen Herzschlag. Ich zittere. Meine Fingerspitzen auf dem rauhen Holz. Mein Rücken, meine Füße, ihre Außenkanten, meine Handrücken; ich drehe meine Hände, meine Füße, vorsichtig mein Gesicht. Ich sehe in Felix' Augen. Grüne Augen, über die Schatten und Licht wandern. Es ist still. Kein Auto. Wir sehen uns an. Kein Hund. Felix' Hände. Gleiten über meinen Bauch. Still. Über meine Brust. Brüste. Schultern. Hals. Licht und Schatten. Wirrnis. Felix' Haare. Felix beißt mich in die Wange. Ein bißchen. Mein Gesicht zwischen Felix' Händen. Die Adern an Felix' Händen. Treten hervor. Felix küßt meine Wangen, meinen Hals, nicht meinen Mund, meine Schultern, meinen Hals, jetzt meinen Mund. Felix küßt fest. Innig. Ich habe vorher nie geglaubt, daß er ein besonders intensiver Mensch ist. Wir stöhnen beim Küssen. Felix zittert und reißt mit den Zähnen die Knöpfe meiner Bluse ab. Jetzt liegt er auf mir, und nun liege ich auf ihm, seine Hände gleiten über meinen Rücken, meinen Hintern, fassen zu, ich packe Felix an den Schultern, trommele gegen seine Brust, lege meine Hand auf seine große, glänzende Gürtelschnalle. Wir halten inne und sehen uns an. Plötzlich muß ich heulen, der verkohlte Mann, Felix, der Umzug, die Sirenen, das Flackern des Feuers, ich habe heute zuviel gesehen … ich wische mir die Tränen ab, will nicht, daß Felix sie sieht, doch Felix vergräbt seinen Kopf in meiner Bluse, küßt meine Brustwarzen und murmelt: »Katharina … ich bin verrückt nach dir … jetzt weißt du's endlich.«

Wir machen uns nicht die Mühe, nach unten in mein Bett zu gehen, wir bleiben auf den Holzbrettern, wir rammen unsere Körper an- und ineinander, unsere nassen Körper reiben, klatschen aufeinander, wir sprechen kein Wort. Wir halten uns fest, lassen uns gegenseitig unsere Kräfte spüren, wir stöhnen, seufzen, atmen, sehen uns an. Am frühen Morgen, der Himmel neblig und undurchsichtig, die Sonne ein weißes Dickicht, schlafen wir ein.

In drei Stunden der Umzug. Das Auto holen. Die Hermannstraße. Die Spiegel, die nicht kaputtgehen dürfen. Der tote Mann. Sein schwarzes, irres Lächeln. Die Sonnenburger.

Die Sonnenburger Straße

Katharina

Wir taten keinen Strich in den ersten Tagen nach dem Umzug. Der Arm tat mir ziemlich weh von der Schlepperei, und ich mußte ihn wieder kurieren. Salben und Wickel, wie üblich, seit ich fünfzehn bin. Felix hat sich die lange Narbe von der Schulter bis zum Ellenbogen angeguckt und gefragt, woher die kommt. Aber ich hatte gar keine Lust, etwas von mir zu erzählen, sondern wollte viel lieber wissen, ob er sich auch vorstellen könnte – vorausgesetzt, es sei garantiert, daß ihm dabei nichts passiert, nackt durch ein Feuer zu laufen. »Nur mit dir«, hat er gesagt, mir dabei in die Augen geguckt wie ein italienischer Schnulzensänger (steh ich ja drauf) und meinen Arm vergessen. Ich frage mich, was das für ein Mann war, vielleicht irgendein stinknormaler Telekom-Mitarbeiter, der den ganzen Tag nur Fetzen vom Leben, aus dem Leben anderer Leute, ihre Stimmen, mitbekommt und dann nachts auf einen Dachboden läuft, Feuer legt, sich die Klamotten auszieht und durch die Flammen rennt. Das geht zwei-, dreimal gut, und beim vierten Mal erstickt er. Felix lachte, »vielleicht mach ich das wirklich noch, damit du auch mal so viel über mich nachdenkst!«

Wir haben tagelang im Bett verbracht, meine Uni-Sachen waren eh in irgendeiner Kiste vergraben, und Felix erzählte mir in seiner überdrehten Art tausend Geschichten, keine Ahnung, was davon stimmte oder nicht, aber das war mir egal. Er schleppte neue CDs an, lief, die schwachsinnigsten Songs grölend, durch meine Wohnung. Es gefiel uns gut so, die weißen Wände, die Kisten, nichts außer meinem Bett und der Vorstellung, wie es hier mal sein könnte. Drinnen die Wohnung noch unfertig und draußen die neue Stadt. Das Brachland mit den illegalen Clubs und dem Bier für drei Mark. Der Osten war mir ja vor der Wende immer sehr suspekt, Geschichtsunterricht in der Schule, hinter dem Vorhang meiner verdrängten Erinnerungen, aber jetzt, die

Sonnenburger, die Schönhauser, die Kastanienallee, eine wunderbare Grauzone, nicht mehr Osten, noch nicht Westen, genau richtig, um sich selber auszutesten. Klingt nach Werbeslogan. Was war das noch mal? Man redet schon so, ohne es überhaupt zu merken.

Felix hatte immer ein enormes Freizeitprogramm, schleppte mich durch tausend Clubs. Er kannte die Montags-, Dienstags- und Donnerstagsbars, und in dem besetzten Haus, wo er die meiste Zeit abhing, war sowieso jeden Tag Party, auf dem Dach, im Hof, im Keller oder auf Pennys riesigem Hochbett. »Cat« nannte Felix mich, das fand er wohl schick. Manchmal war er plötzlich erschöpft, legte seinen Kopf auf meine Brust, schlief am Nachmittag ein. Einmal wachte er nachts auf und murmelte »ich weiß nie, was du denkst«; dann starrte er auf seine Hände, die er im Dunkeln vor seinen Augen hin und her drehte, als seien sie ihm fremd geworden nach der Berührung mit mir.

Doch am nächsten Morgen dachten wir wieder nur an das eine, gleiche und schliefen ekstatisch miteinander, lagen bis drei Uhr im Bett. Danach beschlossen wir, ins Aquarium zu gehen. Den restlichen Nachmittag sahen wir uns schöne und häßliche Fische an, bewunderten eine Krokodilfütterin, wie sie lässig den trägen Tieren die Fleischbrocken vor die Rachen warf, und küßten uns – ja, so war das – vor dem großen Tropenfischbecken. Abends liefen wir über mehrere Hausdächer in der Tucholskystraße, sahen die goldene Kuppel der Synagoge ganz nah und die Hanfplantagen auf den Balkons. Über uns hing ein Zeppelin, unter uns donnerte eine Trip-Hop-Party, blau leuchtete der Hamburger Bahnhof, gelb-rot die vielen schönen Baustellen durch die Nacht. Um uns herum Bewegung, Unruhe. Wir liefen wieder zurück zu den besetzten Häusern, ein paar Leute veranstalteten gerade ein Spaghettiessen auf dem Dach. »Spaßhaus« hatte Penny mit Neonfarben über ein verwittertes Anarchie-Zeichen auf den Schornstein geschrieben. Wir aßen klebrige, ungesalzene Spaghetti und zogen zu lange an dem Joint. Nachher torkelten wir auf das Matratzenlager-Podest von Tobias, der gerade ein halbes Jahr in Jamaika rumsumpfte, vögelten uns die Birnen noch schummeriger. Am nächsten Morgen fuhren wir nach einem großen Frühstück im Hof mit Penny und ein paar anderen zum Trödelmarkt am Humboldthain, kauften Geschirr für die Gemeinschaftsküche. Dann liefen wir rüber zum Schwimmbad, und Felix und ich spielten »Fang die Pommes mit der Zunge«.

Danach habe ich Felix nicht mehr gesehen. Ich wollte ihn nicht mehr treffen. Die Nachrichten auf meinem Anrufbeantworter habe ich gelöscht und nie erwidert. Ob ich unberechenbar bin? Ja, aber nicht aus Böswilligkeit, ich reagiere bloß lange gar nicht und dann ganz schnell. Felix liebt die Party-Cat an seiner Seite, anstatt die Mona Lisa in mir, dachte ich plötzlich.

Ich glaube, es ging Felix eine Weile nicht so gut; aber letztens habe ich gehört, daß er schwul oder bi oder was weiß ich geworden ist und sehr beschäftigt im Prenzlauer Berger Partyleben. Er hat wohl gerade eine Schwäche für kleine glatzköpfige Jungs mit Wulstlippen. Soll mir egal sein. Ich habe ihn letztens bei Netto auf der Schönhauser an der Kasse gesehen, wie er da seinen orangen Rucksack, fünf Päckchen Zigaretten und Bierflaschen auf das Band schmiß und mir ein cooles »Hi, how's life?« zuwarf. Dabei zitterte der Rucksackriemen in seinen Händen. Absurd der Gedanke, wie nahe wir uns noch vor ein paar Monaten waren, was wir alles zusammen gemacht haben. Vielleicht hätte ich doch bei Stefan bleiben sollen, dem einzigen Mann, mit dem ich es etwas länger ausgehalten habe. Aber er war mir einfach zu unsinnlich mit seinem festgelegten Weltbild, seiner Unspontaneität und seinen Belehrungen. Er geriet viel zu selten in Verlegenheit, war viel zu selten sprachlos, überrascht. Er hatte sich im Griff und wollte mich auch »im Griff« haben, und gerade ihn habe ich öfter »betrogen« als jeden anderen. Ich dachte, er würde sich von mir trennen, nachdem er mich in flagranti gesehen hatte, aber er ging nicht. Sein Ehrgeiz hatte sich an mir entzündet. Es war seine erklärte Absicht, mich »in den Griff« zu bekommen. Aber dann habe ich ihn verlassen, und er war weniger traurig als wütend auf mich. Sehr wütend. Der Herr Watzmann. Das gescheiterte Projekt. Fehlinvestition. Vergeudete Zeit.

Ich gehe zu meiner Anlage und mache schön-kitschigen

Soul an. Der Country-Musik aus dem ersten Stock, Lars' Freejazz, Jochens und Michaelas Keith Richards und der Marschmusik von oben muß ich etwas entgegensetzen. »Smooth tonite«, singt Aretha Franklin aus voller Kehle. Kenny Rogers und Keith Richards werden ein bißchen höhergedreht. Und irgendwo stöhnen zwei Menschen sich kaputt. Ich kriege von der Außenwelt immer mehr mit, als mir lieb ist. Eine unfreiwillige Voyeurin, das bin ich.

Letzte Woche mußte ich noch mal in meine alte Wohnung, weil es mit dem Nachsendeantrag nicht geklappt hat und ich auf tausend Briefe wartete. In der U 8 habe ich gleich Frau Minzlin getroffen. Wir haben uns »über Gott und die Welt« unterhalten, wie man so schön sagt, und das stimmte wörtlich. Sie hat eigentlich immer interessante Theorien, zum Beispiel die, daß nur die Dinge, die keinen Sinn ergeben, ihrer Natur nach erotisch sind, denn nichts ist sinnloser als »die Liebesumarmung«, wie sie sich romantisch ausdrückte, die zur Fortpflanzung allein niemals so oft und in solcher Form ausgeführt werden müsse. Sie behauptete sogar, sie mußte dabei gegen ein Megafon am Hermannplatz anschreien, daß jeder Akt an dem Punkt erotisch wird, wo er sinnlos wird, aber da konnte ich ihr nicht so ganz folgen. Bevor ich ihr widersprechen konnte, verschwand sie schon in einem Pulk türkischer Frauen auf dem Bahnhof.

Auf dem Rückweg traf ich diesen komischen Typen mit der Rose im Gesicht, Rainer heißt der, und er erzählte mir, daß Yesterday nachts im Thomas-Park von einem Pitbull zerfleischt worden ist. Er hat jetzt zwar keinen Hund mehr, aber eine neue Freundin. Sie wohnen zusammen in einer Ladenwohnung in der Flughafenstraße und verdingen sich als Astrologen. Und Yesterday hatte nun mal ein Pluto-Mars-Quadrat, da war nichts zu machen. Meine ehemalige Nachbarin, diese gestörte Übersetzerin, habe ich auch wieder gesehen, naja, das ist übertrieben, ich sah sie hinter ihren dreifachen Thermopane-Scheiben, den Vorhang einen Spaltbreit geöffnet. Als sie mich bemerkte, verschwand sie sofort. Hätte ja auch mal winken können. Nein, zuviel verlangt. Ich muß an diesen Spanner denken, der so ähnlich wie »Belämmert« heißt. Wer weiß, ob der Felix und mich in unserer ersten Nacht nicht auch beobachtet hat, möglich wäre das ja, von seinem Plätzchen aus, na schönen Dank!

Mein Zimmer ist herrlich leer, da ich die meisten Sachen noch nicht ausgepackt habe. Von den weißen Wänden, dem schlichten Holzboden, der Kleiderstange und den Bücherhaufen geht etwas Verlockendes aus. Nur das Mona-Lisa-Poster soll hier hängen und meinen Rückzugsort von der Außenwelt still beherrschen. Ich halte das Poster an die Wand, und ich merke, wie ich dem Bild wieder verfalle. Der Sog der Augen, das Jeder-weiß-wie-Lächeln, das Flimmern der Berge und des Himmels, als hätte Leonardo die Fata Morgana einer Landschaft, einer Frau versucht wiederzugeben. Die Ruhe, der blaßblaue Himmel, das Lächeln, das nichts verspricht und alles hält ... was für blöde kitschige Zeilen, wo habe ich die bloß wieder aufgeschnappt? Manchmal weiß ich nicht mehr, ob man überhaupt noch einen eigenen Gedanken haben kann. Ohne nachzudenken, hole ich den Schuhkarton mit den Nägeln und hänge das Poster in die Mitte der Wand.

Danach gehe ich doch noch mal raus, auf die Sonnenburger. Die Sonnenburger ist eine Sackgasse, ich wohne drei Häuser vor der Ruine an der S-Bahn. Gegenüber ist die Bewag, ein riesiges, dunkles Gebäude, in dem ich noch nie einen Menschen gesehen habe, wo aber immerzu, Tag und Nacht, in allen Stockwerken, Licht brennt. Vorne an der Gleimstraße gibt es ein Kino und lauter kleine Kneipen, besonders die Gay-Szene ist hier angesiedelt, »Café Amsterdam«, »Schall und Rauch« und der »Potato Shop«, eine Wohnzimmerbar, die man nicht findet, wenn man nicht weiß, wo sie ist. Es ist noch nicht überlaufen hier, kein Kollwitz-Platz-Touri macht einen halbstündigen Fußmarsch hierher. Ich gehe in Richtung Schönhauser zum Netto-Markt. Netto ist Aldi in Ost. Dort gibt es eingeschweißten Lachs für einen Kaugummi-Preis und Fertigpizzen mit Artischockenherzen, die billiger sind als Milchschnitten. Mit zwei prallen gelb-schwarzen Netto-Taschen komme ich zurück, habe genau dreiundzwanzig Mark ausgegeben. Im Briefkasten liegt eine Karte vom »Milchhof«, wo ein Drei-

Tage-Programm stattfindet, »KUHnst« heißt das. Vor der Ruine sehe ich schon von weitem wieder Ada, Nils und Moritz, meine drei Partykid-Nachbarn von gegenüber, herumhängen und andere Leute ärgern. Sie kleben Club-Flyer auf Fahrräder, und ich weiß, daß manche Flyer sehr schwer abzuknibbeln sind. Ada & Co. habe ich letztens im »Potato Shop« kennengelernt, die drei sind schon verdammt kindisch, aber zu mir waren sie eigentlich sehr nett. Sie sind vielleicht fünf, sechs Jahre jünger als ich, aber schon total anders drauf. Superabgebrüht, supergleichgültig, superbisexuell. Ich meine, ich renne auch mal mit Schnauzbart und Anzug rum, aber ich halte es wenigstens noch für eine Verkleidung. Die Szene, in der Felix jetzt rumzuhängen scheint, versucht da auch mitzuschwimmen, obwohl die Leute in ein paar Jahren dreißig sind.

Ich weiß nicht, was ich will. Nicht verspießen, aber auch nicht zum postpostmodernen Eisblock werden. Ich sollte mal an die Nordsee fahren und 'ne klassische Wattwanderung machen oder mich in Italien an den Strand knallen, mir »Ciao Bella« hinterherrufen lassen und mich ausruhen. Jetzt höre ich von draußen eine Demo. Irgendein Haus wurde wieder in Friedrichshain geräumt, ein paar Maoisten haben sich mit eingeklinkt, und ein Kurdentrupp hat ebenfalls noch was zu melden. Ich stelle die leiernde Soul-Cassette lauter, höre, daß Kenny Rogers auch aufgedreht wird, denke dann aber, daß ich eigentlich runtergehen sollte, von wegen wichtiger Anlaß. Andererseits habe ich gar keine Ahnung, welches Haus und ob überhaupt geräumt wurde und wie die Umstände waren, und ich will auf keinen Fall in so einer Maoisten-Herde mitlatschen. Während ich noch hin und her überlege, ist die kleine Demo schon weitergelaufen, in Richtung Schönhauser. Ich schlendere in die Küche, esse einen »Fruchtwölkchen«-Joghurt und lege mich mit einem Buch aufs Bett. So geht das mit den politischen Ambitionen.

Jemand leuchtet von der Straße mit einer Lampe in mein Zimmer. Ich überlege, ob ich liegenbleiben soll, dann stehe ich doch auf und nähere mich dem Fenster. Unten steht ein Mann, dessen Gesicht ich nicht erkennen kann, mit einem Taucherhelm. Mit der Lampe am Helm strahlt er in mein

Zimmer. Jetzt, als ich mich weiter nach vorne beuge, hebt er eine Hand und winkt. Ich will gerade extrem genervt vom Fenster zurücktreten, da nimmt der Typ den Helm ab, und ich erkenne Felix. Er findet sich bestimmt ungeheuer witzig. Während ich zur Tür gehe, fällt mir wieder ein, wie Felix kurz nach dem Umzug über mein Mona-Lisa-Poster gespottet hat. Wie unoriginell das sei, mich für ein Gemälde, das jeder Urgroßvater toll fände, zu begeistern. Was Langweiligeres gäb's einfach nicht. Ich entgegnete, daß es genauso unoriginell sei, Keith-Haring-Postkarten an die Klotür zu kleben, Jahre nachdem er ein hofierter Künstler geworden war und eine Welle schwiemeliger Kondolenzbriefe durch die Presse gegeistert ist. Ein blödes Gespräch an unserem letzten Morgen.

Jetzt höre ich Felix' knarrende Schritte im Treppenhaus. Noch drei, zwei Stufen, dann steht er vor mir.

»Hi.«

»Hi.«

Wir beäugen uns gegenseitig. Felix hat jetzt millimeterkurze, weißblond gefärbte Haare, den Helm hat er lässig unter einen Arm geklemmt. Ich habe nur einen blauen Rolli und schwarze Jeans an und fühle leichten Stolz, mal einfach normal auszusehen, wohingegen er schon wieder gestylt ist, als würde er bei MTV moderieren. Warum Felix mich wohl besuchen will? So ein machtfixierter Typ, der gekränkt ist und mich deshalb zurückgewinnen will, ist er eigentlich nicht. Wir sagen beide nichts. Wir schweigen so lange, daß der Punkt, an dem es einem peinlich wäre, auch schon wieder überschritten ist. Es wäre sogar viel dämlicher, jetzt irgend etwas wie »Na, was macht das Leben?« oder »Was treibt dich hierher, die Triebe?« zu fragen.

Felix hat schöne Augen, denke ich nach einer Weile. Bewegliche, intelligente Augen, er sieht aber ziemlich übernächtigt aus. Langsam wird mir kalt. Aber er soll nicht fortgehen. Ich drehe mich kurz um, fische eine Jacke von der Kleiderstange. Wir gucken uns weiter an. Ich finde es jetzt richtig spannend, da gähnt Felix plötzlich, kommt drei Schritte auf mich zu und drückt mir einen Flyer in die Hand. Irgendeine von ihm organisierte Party in der »Hohen Tatra«, einem blöden Club auf der Brunnenstraße mit dem Charme eines Schullandheimduschraums. Er setzt seinen Helm wieder auf, winkt und stapft in seinem orangen Overall die Treppen hinunter.

Ada und Alice

Es ist Montag, 13 Uhr, Ada ist gerade aufgestanden, dumpf fallen ihr sechs verpaßte Schulstunden ein. Sie schiebt sich einen Minzbonbon in den Mund und wirft einen Blick in den Spiegel: Ach, die Natur hat es gut mit ihr gemeint, da kann man im Gegenzug ja auch mal die Balkonblumen gießen. Ada stellt den Eimer, den sie über die Pflanzen geschüttet hat, ins Bad, tanzt einen Moment im Flur herum, dann steckt sie eine Packung Minzbonbons in die Tasche und dampft ab. Im Haus vor der S-Bahn legt sie sich in das verfallene Treppenhaus. Am liebsten ist sie im vierten Stock, dort, wo die Treppen ins Nichts führen, denn das Haus selbst hat nur drei Stockwerke, das Treppenhaus aber ragt in den fünften Stock hoch. Die oberen Türen sind zugemauert oder verriegelt, im vierten hat jemand ein Bild auf die Treppenhauswand gemalt, das Bild eines Zaren, so sieht es zumindest aus, ein Mann mit rotem Umhang und dunklen schulterlangen Haaren, der mit durchdringendem Blick auf die zugemauerte Tür neben ihm blickt.

Im Parterre und im ersten Stock ist eine Tischlerei, im zweiten Stock haust ein alter verknitterter Alkoholiker, im dritten Stock hat Ada in all den Wochen nur einmal Licht brennen und eine abgemagerte Katze herumschleichen sehen. Auch vom Nachbarhaus, das gerade modernisiert wird und einem schon von weitem in Weiß-Rosa entgegenleuchtet, gibt es einen Zugang zum Hof. Doch die Leute dieses Hauses gehen meistens nicht wie die aus der Sonnenburger 78 an den Ruinen des weggebombten Vorderhauses vorbei über den mit Schutt beladenen Hof zu ihrer Wohnung, sondern benutzen den Eingang von der Kopenhagener Straße. Nur wenn sie ihren Müll herunterbringen, betreten sie dasselbe Pflaster wie die Leute aus der 78.

Die 78 ist nur ein paar Häuser von Adas Wohnung entfernt, und Ada läuft zielstrebig mindestens zweimal die Woche hierher. Doch die Zielstrebigkeit, mit der sie das Haus aufsucht, steht im Kontrast zu der Ziellosigkeit, mit der sie über den Hof schlendert, in die deckenlosen Parterre-Zimmer des ehemaligen Vorderhauses geht, sich auf eine staubige Couch legt, Minzbonbons lutscht, Selbstgespräche führt, in den Keller läuft, mit ihren Fingern Buchstabenreihen in den Ruß an den Wänden malt, die vielen Treppen des Hinterhauses hinaufstapft, den Zaren anstarrt oder alte Puzzle-Spiele auf dem Dachboden macht. Manchmal geht sie auch hierher, um Sex zu haben, hört den Hall ihres Stöhnens in den hohen, leeren Räumen.

Ada steht im Hof und blickt zu einem von lila Blumen umrankten Fenster im Nachbarhaus, das mit dem frisch gestrichenen Weiß-Rosa ein farbliches Disney-World entstehen läßt. Eine beleibte große Frau mit kurzen dunklen Haaren knetet Teig, im Hintergrund hört man laut eine Radiostimme: »Ein Hornissenschwarm hat einen kleinen Jungen in Oberammergau ...«, die Frau stellt das Radio ab. Dämliche Pute, denkt Ada, hätte es sich um ein kleines Mädchen gehandelt, hätte die da oben bestimmt mitleidsvoll weitergelauscht. Ada hat sich einmal die Türen in diesem Disney-Haus angeguckt, und die von dieser Frau war über und über mit Aufklebern wie »Vergewaltiger, wir kriegen Euch«, »Schießt die Männer auf den Mond!« oder »Frauensolidarität irgendwas« beklebt. Auf einem Aufkleber stand: »Lila Power«, da hat Ada einfach »Lila Pause« draus gemacht. Eigentlich hat Ada keine Meinung zu dem ganzen Thema, es bereitet ihr einfach nur Vergnügen, diese bierernsten Frauen zu provozieren. Was macht mehr Spaß, als andere Leute zu ärgern? Ein anderes Mal hat Ada ein benutztes Kondom auf die Fußmatte von Frau Landt gelegt, dann noch mal ein Foto vom letzten Mister Universe, einem Goldkettchenheini mit Kennedy-Grinsen.

Ada blickt hoch zu dem Fenster im ersten Stock und beobachtet die Frau, die da in Ruhe für sich und ihre Lebensgefährtin Teig knetet und so zufrieden aussieht. Im Hintergrund Holzmöbel, ein Korbstuhl, eine Foto-Collage, bestimmt von einem harmonischen Lesben-Wattwandern an der Nordsee und abends Kartenlegen und sphärisches Geklimper. Sie schnappt sich einen herumliegenden feuchten Tennisball und wirft ihn gegen die Wand, vor und zurück, dann läßt sie den Ball fallen und geht in das Parterre-Vorderhauszimmer, legt sich auf die grün-braune Blumenmuster-Couch und schließt die Augen. Nach kurzer Zeit ist sie eingeschlafen und träumt von grünen und braunen Tennisbällen, von hüpfenden Hoden, von Kuchenkneten, Brüsten und Minzbonbons jenseits des Verfallsdatums.

Ada legt ihre Lippen um Nils' Schwanz und streichelt seine Hoden. Schnell spuckt sie ihren Minzbonbon über den Balkonrand, dann kreist ihre Zunge um seine Eichel. Moritz dringt von hinten in Nils ein, stellt die Musik etwas lauter, als Abwechslung zum üblichen Tekknogerammel heute mal Gert Wildens Easy-Soundtrack zum »Schulmädchenreport«. Schließlich knien sich Ada und Nils nebeneinander auf den Boden, ihre Körper sehen fast gleich aus, ihre schmalen Hüften, ihr haarloser Anus, ihre kindlichen Schultern. Moritz schließt die Augen und weiß nicht mehr, in wen er eigentlich eindringt. Dann liegen sie alle drei auf dem Balkon, essen Popcorn und Käsecracker und lauschen der Musik vom »Schulmädchenreport«.

Am Abend läuft Ada noch einmal in die Sonnenburger 78, vorbei an den deckenlosen Parterrezimmern des Vorderhauses in den Hof. Sie will gucken, ob jemand neuen hübschen Schrott im Hof abgestellt hat, vielleicht ist ja wieder ein schicker Plastikmantel dabei oder ein alter Fernseher im Kugelfisch-Design. Da öffnet sich die kleine weiße Tür des Nachbarhauses. Eine große Frau, die Ada erst beim zweiten Blick erkennt, läuft mit vier verschiedenen Mülltüten auf den Hof. Sie wirft Ada einen kurzen Blick zu, dann sortiert sie den Papiermüll in die blaue, den Plastikmüll in die gelbe, den Öko-Müll in die braune, den übrigen Müll in die grüne Tonne. Einen alten Fischkopf, den sie aus Versehen in die grüne statt in die braune Tonne geworfen hat, holt sie aus der falschen Tonne heraus und legt ihn in die richtige. Ada sieht stumm zu, sieht in das ernste, freundliche Gesicht der Frau, sieht zu, wie sie aus dieser Tätigkeit offensichtlich Befriedigung schöpft. Dann beginnt Ada zu singen, wobei ihre Turnschuhe an den Braunglas-Container schlagen, auf dem sie sitzt. »Maikäfer flieg, dein Vater ist im Krieg, Mutter ist in Pommerland, Pommerland ist abgebrannt, Maikäfer ...«, sie schaut zu der Frau, die sie jetzt verwundert ansieht. Und singt weiter: »Maikäferin flieg ...«, sie bricht ab. Die Frau schaut sie an, und Ada bemerkt, wie ihr Gesichtsausdruck sehr traurig wird. Sie schüttelt den Kopf und sagt: »Gerade von einem jungen Mädchen wie dir würde man mehr Toleranz erwarten«, dann nimmt sie ihre vielen Eimer, schreitet über den Hof und verschwindet in der weißen Tür.

Am nächsten Tag, Ada hat wieder keinen Strich für die Schule gemacht, sieht sie die Frau gleich wieder; in der Straßenbahn auf der Kastanienallee. Ada hat mühsam einen Sitzplatz erkämpft, da stiefelt sie, diesmal in Begleitung ihrer Freundin, an ihr vorbei. Die beiden wollen sich gerade setzen, da pflanzt sich ein junger Typ schnell vor ihnen auf die Bank und legt seine Hand auf den anderen Platz, um diesen für einen Freund freizuhalten. Die Frau ignoriert das und setzt sich. Der Junge schafft es nicht schnell genug, seine Hand wegzuziehen, und – empfängt eine gepfefferte Ohrfeige. »Er hat mir an den Hintern gefaßt!« brüllt sie durch den ganzen Wagen, jetzt ganz und gar nicht mehr milde. »Ach, steck dir doch 'n alten Fischkopp vorne rein«, ranzt Ada und reicht dem Jungen einen Minzdrops rüber.

Ada und Nils schauen in den großen Spiegel vor dem Bett. Ada legt die Hände auf ihre kleinen Brüste und lacht. Nils legt einen von Adas Teddybären auf seinen Schwanz, Ada legt ihren Pinguin auf ihr Geschlecht. Sie sehen sich an und küssen sich. Moritz kitzelt die beiden ein bißchen, füttert sie mit Gummibärchen und Erdbeergeleeherzen, dann legt er die große Schere an. Ritsch, ratsch, fallen Adas kinnlange, orangegefärbte Haare auf den Boden. »So, das reicht«, murmelt Ada und betrachtet zufrieden ihren Bürstenschnitt im

Spiegel. Dann kommt Nils dran, seine Frisur muß nur ein bißchen nachgeschnitten werden. »Sehr schön«, ruft Moritz, »dreht euch bitte mal beide um.« Er betrachtet ihre Köpfe von hinten und schneidet ihre Haare oder was davon übriggeblieben ist, noch zurecht. Nils und Ada entreißen ihm lachend die Schere und stürzen sich auf Adas Stofftiere, schneiden hier und da mal eine Mähne oder einen Schwanz ab, einmal aus Versehen ein Bein.

Und immer Erdbeergeleeherzen zwischendurch.

Ada zieht sich einen Leder-Minirock und ein Color-Block-Top von H & M an und beschließt, tatsächlich ein bißchen an ihrem Referat weiterzumachen. Das Thema »Massenmörder in den U.S.A.« paßte nicht so ganz in den Rahmenplan, aber sie konnte Frau Tauber breitschlagen. Sie hat vom Deutsch-Leistungskurs auf Politische Weltkunde gewechselt, um nicht mehr diese alten Schinken lesen zu müssen. Aber leider muß man in PW auch einiges lesen, hat sie mißmutig feststellen müssen und schon wieder überlegt, ob sie sich auf Bio umtragen soll.

Sie blättert im Anhang, wo einige Gesichter prominenter Massenmörder zu sehen sind. Vorsichtig trennt sie die Fotoseiten aus dem Bibliotheksbuch heraus und sinniert, an welcher Stelle sie ihre Wohnung mit ein paar hübschen Mördern dekorieren soll. Na gut, dann eben drei über dem Herd und ein paar über die Badewanne. Die restlichen will sie Moritz und Nils in den Briefkasten stecken, sie hat vorher auf eine Seite geschrieben: »Bundestagsabgeordnete, falls ihr die brauchen könnt.« Dann findet sie die Idee doch langweilig und wirft die Männer in den Müll; den Öko-, nicht den Papier-Müll.

Am Nachmittag kommen Tom und Pony vorbei. Pony ist ein Mädchen mit roten Haaren und Sommersprossen, die Tom und Ada letztens beim Döner auf der Danziger Straße kennengelernt haben. Jetzt sitzen sie in Adas mit allen möglichen Dingen, nur nicht mit Küchenutensilien vollgestopfter Küche und trinken zu dritt mit Strohhalmen einen Milch-Shake. Tom zieht den Plastikhasen auf Adas Tisch auf, der loshoppelt und in eine alte Pizza springt. Ada steht auf und führt Tom und Pony eine Bluse vor, die sie gerade in der Größe Extra-Small gekauft hat, obwohl ihr das eigentlich zu eng ist, aber den Gedanken, nicht mehr das anziehen zu können, was ihr vor sieben Jahren, mit zwölf, gepaßt hat, konnte sie nicht ertragen. Sie reden noch ein bißchen über die Erlebnisse der letzten Abende und doofe Leute. Dann gehen sie auf den Balkon.

Tom und Ada knien sich auf den Balkonboden, die laue Septembersonne fällt auf ihre schmalen Rücken, und Pony schiebt ihnen sanft je einen Dildo zwischen die Pobacken. Pony ist Jongleurin bei einem Kleinkünstler und hat eine sehr starke Armmuskulatur. »Kommt schon, meine Pferdchen!« ruft Pony. »Das ist jetzt ein Wettrennen!« Entgegen ihrer Vermutung – »Ada, zieh nach! Die Kurve kriegst du!« – ist Ada um eine halbe Minute schneller.

Ada sitzt bei Alice Landt, so der Name auf dem Emaille-Klingelschild neben dem »Vergewaltiger, wir kriegen Euch«-Aufkleber, an dem großen, runden Holztisch in der Küche und trinkt Tee. Verstohlen wirft sie einen Blick auf die Vollkorn-Keksschachtel, dann fragt sie:

»Krieg ich 'n paar?«

»Ja, natürlich.«

Alice geht zum Regal, nimmt eine Glasschale heraus und schüttet viele Kekse hinein.

»Hast du auch was Ungesundes?« fragt Ada. Alice guckt etwas irritiert, dann lächelt sie und sagt: »Also ich habe noch ein paar Kirschbonbons, die sind aber wirklich schon sehr alt!«

»Macht nix!«

Alice kehrt nach einer Weile aus der Speisekammer mit einem kleinen zerknitterten Tütchen zurück. Ob sie wohl ahnt, daß ich es bin, die sie immer ärgert? fragt Ada sich. Wenn, dann läßt sie sich zumindest nichts anmerken. Sie betrachtet Alice. Sie ist sehr groß und ziemlich beleibt, sie könnte glatt schwanger sein, aber ihre genauen Konturen sind unter dem weiten, flaschengrünen Baumwollkleid nicht auszumachen. Ada sieht zu, wie Alice nun eine kleinere Glasschale aus dem Regal nimmt und einige Bonbons in sie hineinschüttet. Adas Hand wandert zielstrebig zu der kleinen Schale.

»Und warum kommst du so oft hierher?« fragt Alice. Sie hat die Frage nicht forsch oder angriffslustig gestellt, sondern ruhig, interessiert. Ada überlegt.

»Es ist sehr schön hier, leer, abgelegen, ich kann machen, was ich will, das heißt, meistens mache ich gar nichts.«

»Ist das nicht auf die Dauer etwas langweilig?«

»Weiß nicht.«

»Und wer ist der nette junge Mann, mit dem du manchmal hierherkommst?«

»Welcher?«

»Ich meine den kleinen, der dir ein bißchen ähnlich sieht, Geschwister seid ihr nicht, oder?«

»Nö, nö, das ist mein Nachbar.«

»Und dem gefällt es auch hier?«

»Ja, dem gefällt es auch hier.«

»Möchtest du noch etwas trinken?«

»Nö, oder doch, hast du Quick Orange?«

»Was ist das?«

»Okay, du hast es nicht, schon gut.«

»Und du sagtest letztens, daß du nach dem Abi vielleicht studieren möchtest?«

»O Gott, nicht dieses Thema in der Freizeit, okay?«

Alice schweigt. Ada sagt auch nichts und sieht sich um. Alice scheint das Schweigen unangenehm zu werden, sie fängt an, in der Küche herumzuwurschteln. Ada genießt das Schweigen und betrachtet die Pinnwand, auf der viele Fotos hängen von Alice und Petra, so heißt Alices Lebensgefährtin, wie sie in Rom sind, auf Rügen, mit Wanderschuhen in den Pyrenäen und beim Segeln auf dem Wannsee. Auf einem Foto küssen sie sich.

»Warum liebst du Petra?« fragt Ada plötzlich und fügt gleich an, »und nicht Peter?«

Alice guckt etwas pikiert und sagt: »Was soll das?« Aber freundlich.

»War nur ein Sprachspiel«, Ada winkt ab, »vergiß es, war nicht böse gemeint.«

»Weißt du«, beginnt Alice und sieht jetzt sehr ernst aus,

»ich teile deinen Humor wirklich nicht so, ich bin in meinem nun 42jährigen Leben sehr vielen Vorurteilen begegnet und ...«, sie unterbricht sich, »weißt du, ich komme aus einer Kleinstadt, Lippstadt, sagt dir vielleicht was, und bis heute können die Leute mich und Petra da nicht ohne blöde Kommentare akzeptieren, mein Vater hat mich enterbt, meine jüngeren Brüder bekommen jetzt das Haus und alles andere, nur meine Mutter hat etwas Verständnis gezeigt.«

Ada überlegt einen Moment, dann sagt sie: »Weißt du, ich schlafe auch ab und zu mit Frauen, nur mach ich nicht so 'n Brimborium daraus, daß es Frauen sind, ich find's nicht so wichtig.«

»Aber es ist doch etwas *ganz* anderes, mit einer Frau als mit einem Mann zu schlafen!« sagt Alice und sieht Ada jetzt wirklich vorwurfsvoll an.

Nun erzählt sie Ada, daß sie auch sexuelle Erfahrungen mit Männern hat, aber immer wieder die Begegnungen mit Frauen als viel erfüllender, ehrlicher und vitaler erlebt hat. Ada schweigt und schüttelt den Kopf. »Geht mir nicht so, ist doch alles eine Suppe, von hinten ist es original das gleiche, mußt du zugeben.«

In diesem Moment klingelt es, Ada blickt zu dem schwarzen altmodischen Telefon, das auf einem türkisen Deckchen auf der Ablage im Flur steht. »Dann mach ich mich mal von dannen«, sagt sie, nickt Alice zu, fragt noch schnell: »Sag mal, die Kirschdinger eßt ihr doch sowieso nicht mehr, oder?«

»Nein, kannst du dir mitnehmen«, sagt Alice, und obwohl das Telefon schon zum drittenmal klingelt, holt sie schnell eine kleine Papiertüte aus dem taubenblauen Küchenbuffet und füllt die übriggebliebenen Bonbons in das Tütchen.

»Bis zum nächsten Mal!«

»Ja«, sagt Ada und geht.

Im Hof begegnet ihr der Alki aus dem zweiten Stock, der gerade ein paar Pullen lautstark in die falsche Tonne wirft. Ada beachtet ihn nicht und setzt sich aufs Fahrrad. Plötzlich, sie ist vielleicht zwei, drei Meter gefahren, zischt etwas haarscharf an ihrem Kopf vorbei. Sie sieht, wie eine aufgeschnittene Ölsardinendose auf den Boden fällt.

»Hau bloß ab, geh doch zurück, wo du herkommst!« hört sie eine heisere Stimme hinter sich. Einen Moment überlegt sie, ob sie die Dose aufheben und zurückfeuern soll, dann beschließt sie, einfach weiterzufahren. Der Alte schnallt sowieso nichts mehr und liegt bald unter der Erde, für den wird sie doch keinen Finger krumm machen.

Tom und Ada räkeln sich auf Toms Matratze und trinken Kirchsaft. Dann stehen sie auf, wobei die Flasche umkippt und sich auf Toms Bett ergießt. »Macht nichts, macht nichts«, sagt Tom, unternimmt kurz Anstalten, das Bett abzuziehen, und läßt es dann bleiben. Sie schlüpfen in ihre H & M-Schlaghosen, ziehen sich die glitzernden Hemden wieder an und setzen sich auf ihre Trödelmarkt-Fahrräder. Sie fahren zum Humboldthain-Freibad. Jetzt ist die Schlange vor dem Eingang nicht mehr so lang wie vor einigen Tagen; sie breiten Toms Marilyn-Monroe-Handtuch aus und gehen bald ins Wasser. Ada spielt »Toter Mann«, legt sich auf den Rücken und läßt sich treiben. Fast ist ihr, als würde sie ihren Körper überhaupt nicht mehr spüren. Ein Gefühl von unglaublicher Erleichterung überkommt sie, stundenlang bleibt sie im Wasser.

Himmel, wo kommt denn dieses Ding her? Ada steht auf dem Hof der Sonnenburger 78. Neben der Plastikmülltonne steht eine Schaumstoffmohrrübe, ungefähr eineinhalb Meter hoch, vom Umfang eines ausgewachsenen Menschen. Viele Leute benutzen den Hof als Müllplatz, aber solch ein Biest ist ihr noch nicht untergekommen. Klasse Teil, bloß was soll man damit anstellen? Es Alice vor die Tür zu stellen wäre doch etwas plump, außerdem will Ada das Ding lieber selbst behalten. Am besten fragt sie Moritz oder Nils nachher, ob sie ihr helfen, das Viech zu transportieren.

Später laufen Moritz, Nils und Ada gemeinsam die Sonnenburger lang, vorbei an dem Brachland vor der S-Bahn, dem riesigen abweisenden Haus der Bewag. Ein warmer Spätsommerregen fällt auf ihre weißen T-Shirts, bis ihre Haut durchscheint. Sie marschieren im Gleichschritt, die mannsgroße Mohrrübe geschultert. Ada geht in der Mitte und zwickt und kitzelt manchmal in die eine oder andere Richtung.

Zu Hause weiß Ada nicht, wo sie das Biest hinstellen soll, neben den Massenmördern im Bad ist nicht mehr genug Platz, in der Küche fällt es gleich ins Geschirr und in ihre Plastiktiersammlung am Herd, und im großen Zimmer neben dem Schreibtisch sieht es auch nicht optimal aus. Anstatt noch was für ihr Referat zu tun, schleppt sie den ganzen Nachmittag die Mohrrübe durch die Wohnung. Auf Moritz' Vorschlag stellt sie die Rübe erst mal in eine Ecke des Balkons. Ein scharfes Ding, finden auch Moritz und Nils, bloß weiß niemand so recht, was man damit machen soll. Sie hüpfen noch schnell zu dritt unter die Dusche, weil sie vom Schleppen ziemlich ins Schwitzen gekommen sind, befriedigen sich kurz der Reihe nach mit ihren Händen und waschen sich weiter.

Ada sitzt im Treppenhaus, hört Walkman und ißt eine Trolli-Fruchtgummitüte mit Dinos leer. Dann geht sie hoch in den vierten Stock und guckt den Zaren an. Der Zar glotzt auf die Tür, und Ada guckt auch auf die Tür. Hinter der Tür ist nichts. Ada setzt sich davor und schiebt ihre Hand, die noch nach Gummitieren riecht, in ihre Hose. Sie schließt die Augen und hört nur noch den Wind hinter der Tür und ihren Herzschlag.

Einen Tag später steht Ada wieder auf dem Hof und guckt hoch zum ersten Stock des weiß-rosa Hauses.

»AAAAAlice«, brüllt sie. Ein Fenster öffnet sich und Alices großes, rundes Gesicht beugt sich hinunter. »Ada, was ist denn los?«

»NNNNNichts, gaaaaaar nichts«, ruft Ada.

Alice schüttelt kurz den Kopf, dann sagt sie: »Ich glaube, du solltest mal wieder in die Schule gehen!« Es klingt aber nicht vorwurfsvoll.

»Nöhö«, gibt Ada zurück, »in Geschi wird gerade nur über internationale Drogenkartelle und äh ... Massenmörder geredet, in Englisch über Gewalt im neuen amerikanischen

Roman und in Bio über Geschlechtskrankheiten, finstere Dias, echt! und so weiter!«

»Das ist ja alles scheußlich, habt ihr denn keine anderen Themen?«

»Nein, das sind all die steinalten Lehrer, die sich mit modischen Themen profiliiiiiiiiieren wollen, um zu zeigen, wie hip sie noch sind«, Ada macht ein genervtes Gesicht.

»Komm doch hoch, wir können hier nicht so über den Hof rufen«, sagt Alice ziemlich leise.

»Nein! Mir gefällt es hier besser, hast du gestern die tolle Mohrrübe gesehen?«

»Was?« Alice sieht sie völlig perplex an.

»Schon gut, ist auch nicht mehr da, die Mohrrübe.«

Alice guckt sie an, als würde sie an Adas Verstand zweifeln.

»Vergiß die Mohrrübe«, sagt Ada. »Hast du Kirschbonbons oben?«

Alice sieht sie ziemlich besorgt an. »Die hab ich dir doch letztes Mal gegeben …«

In diesem Moment kommt Nils um die Ecke. Er hat sich heute als Mädchen verkleidet, mit silberner Stretchhose, bauchfreiem Top, Ratten-Schwänzchen mit Marienkäfer-Haarklammern und hellrot geschminkten Lippen. Unter dem Top stecken zwei für seinen zierlichen Körper zu große Orangen.

»Clementinen waren heute schon weg, so ist die Natur!« bemerkt er, als er Adas skeptischen Blick sieht. Dann hakt er sich bei ihr ein.

»Hallo!« grüßt Alice freundlich von oben.

»Hi!« ruft Nils.

»Und wer bist du?« fragt sie in ihrer höflichen Art.

»Ich bin ein Mensch, als Frau verkleidet.«

Alice fällt so schnell nichts dazu ein. Dann sagt sie: »Überlegt es euch, Bonbons kann ich euch zwar nicht anbieten, aber falls ihr Lust auf ein paar Kekse habt …«

In diesem Moment hören Nils und Ada etwas, was sie äußerst überrascht. Hinter Alice schreit ein Baby. Alice kommt ihrer Frage zuvor und sagt mit strahlendem Gesicht: »Es ist einfach wunderbar, endlich hat es geklappt, wir haben ein Baby bekommen, eine künstliche Befruchtung, unsere kleine Lea, wollt ihr sie sehen?«

Nils und Ada gucken sich an.

»Halt's mal ans Fenster!« ruft Nils.

Alice hat sie nicht mehr gehört, im nächsten Moment steht sie am Fenster, die kleine Lea auf ihren Armen. Lea schreit ohrenbetäubend. Sofort reißt Alice ihre Baumwollbluse auf und legt Lea an ihren großen Busen.

»Es ist so ein schönes Gefühl, mit einem Kind hat man einfach eine besondere Art von Nähe, das ist etwas ganz Besonderes und ... Unbeschreibliches, eine neue Dimension des Frau-Seins ... und es ist auch noch ein Mädchen«, sagt Alice versonnen und streicht sich eine braune, gelockte Strähne aus der Stirn. Ada sieht, daß Alice sich kleine bunte Perlen in die Haare geflochten hat.

»Eso-Kitsch«, murmelt Nils.

Ada hört nicht mehr zu, nachdenklich faßt sie sich an ihre kleine linke Brust, dann gleitet ihre Hand in die Jackentasche. Sie legt den Kopf zur Seite und sieht Alice eine Weile lang an. Sie meint es ernst, denkt Ada, wie ein Priester oder ein Fahrlehrer, sie meint es wirklich ernst, das ist keine Show. Für sie ist eine Brust nicht einfach 'ne Wölbung am Körper, die man gar nicht zwangsläufig toll finden muß, sondern etwas Großartiges, ein Privileg. Alle Frauen, Engel der Natur. Frauen in den Himmel, Männer auf den Mond.

Ada starrt vor sich hin. Dieses Gefühl von Unverständnis, Neid und Wut kennt sie schon. Sie hört Alice irgend etwas über Leas verschiedene Lallgeräusche sagen, dann hebt sie ihr T-Shirt. Blitzschnell nimmt sie ihr Springmesser aus der Jackentasche, das sie immer dabei hat, dann begegnen sich ihr und Alices Blick. Sie schneidet in ihre Haut, in ihre Brustwarze, sieht noch, wie etwas von ihr auf den schmutzigen Boden des Hofes fällt, und wird ohnmächtig.

Das letzte Bild, an das sie sich beim Aufwachen im Krankenhaus erinnert, ist Nils, wie er, kurz bevor sie das Messer hervorzog, lachend die Orangen aus seinem T-Shirt genommen hat und mit ihnen jongliert.

Die Wunde ist gut verheilt, man hat eine Hauttransplantation vornehmen müssen, aber Ada hat es genossen, sich im Krankenhaus verwöhnen zu lassen, ständig Besuch zu bekommen, und hat mit einem Krankenpfleger ein Techtel angefangen. Sie ist also in keiner Weise zu kurz gekommen, freut sich aber doch wieder auf ihre eigenen vier Wände.

Zu Hause macht sie erst mal eine große Party, zeigt allen stolz ihre freie Brust, und dann wird getanzt, getobt, jede Menge Schokoküsse gegessen und Wein gebechert, bis zum nächsten Morgen. Unter großem Gelächter wird die Schaumstoffmohrrübe von Adas Balkon in den Nachbarhof geworfen, wo sie, was sehr lustig aussieht, noch eine Weile lang wie ein Gummiball hin und her hüpft.

Am nächsten Morgen sitzt Ada an ihrem Schreibtisch und liest einige Seiten, nicht fürs Referat, sondern eine Fantasy-Geschichte. Lauter niedliche Neptunier kommen darin vor, kleine süße unsterbliche Dinger, die ihren Aggregatzustand und ihr Aussehen ständig verändern können und somit enorm anpassungsfähig sind. Im zweiten Kapitel wollen die bösen Uranier sie mit einem Sonnenwind auswipen, aber da sie sich so schnell auf die Hitze einstellen können und eine Art Totstellreflex besitzen, passiert ihnen nichts. Sie vermehren sich durch ungeschlechtliche Zellteilung, haben aber trotzdem alle verschiedene Charaktere, damit sie sich nicht anöden müssen. Wie das alles zustande kommen soll, wird in dem Buch nicht erklärt, der Autor beschreibt dafür die nächste Attacke der bösen Uranier um so genauer.

Ada liest noch ein bißchen, dann hat sie keinen Bock mehr auf Buchstaben und ißt eine Packung Scheibletten, die schon lange in einer hinteren Kühlschrankecke auf ihren Einsatz gewartet hat.

Ada radelt die Gleimstraße lang und denkt noch mal über ihr Gespräch mit Alice nach. Alice erinnert sie an ihre Mutter, muß sie feststellen, zumal beide ungefähr gleich alt sind. Ihre Mutter hat zwar noch nie lesbische Züge an den Tag gelegt, aber das macht auch keinen Unterschied. Ada sieht ihre Öko-Mutter, die sich immer aktiv für Kitas, Tiere, Kinder,

Frauen und all so was eingesetzt hat und natürlich gegen Atomkraftwerke, Männer und Bürokratie war. Selbstverständlich sammelt ihre Mutter den Müll getrennt und hat einmal furchtbar mit ihr und ihrem Bruder geschimpft, als sie eine Cola-Dose in die Öko-Tonne geworfen haben. Das war das einzige Mal, erinnert sich Ada, daß ihre Mutter sie geschlagen hat; ins Gesicht, ihre Lippe war aufgesprungen und hat geblutet. Ihr jüngerer Bruder hat geweint und immer wieder gesagt, Ada, nimm die Dose aus der Tonne, dann ist alles wieder gut, Ada, nimm die Dose aus der Tonne, dann ist alles wieder gut.

Seit zwei Jahren hat Ada keinen Kontakt mehr zu ihrer Mutter. Die Mutter weiß nicht, wo sie wohnt und was sie macht. Das ist wohl besser so, denkt Ada.

Während sie mit dem Rad zum Döner in der Danziger fährt, denkt sie über ihre letzte Begegnung mit ihrer Mutter nach. Ada hat sie damals in ihrer Wohnung besucht, und sie haben heiße Schokolade getrunken und Gemüsequiche gegessen, die ihre Mutter selbst gemacht hat. Es ist Winter gewesen; Ada erinnert sich noch an die Eisblumen am Fenster und das Scharren der Hausmeisterschaufel vor der Tür. Ihre Mutter, die schon zweimal geschieden ist, erzählte Ada, daß sie jetzt einen neuen Freund hätte, nein, Lebensgefährten, dieses Wort benutzte sie. Er sei anders als die meisten Männer, sagte sie und zählte einige der Unterschiede auf. Ada hörte damals nicht so recht zu und probierte einen neuen Kajalstift aus. Am Abend hatte sie einen Date mit Hajo, einem Typ, in den sie gerade total verknallt war. Die Männertiraden ihrer Mutter fand sie immer sehr abturnend, sie hat sich eigentlich vorgenommen, mit den Jungens einigermaßen gut auszukommen. Jedenfalls zeigte die Mutter ihr ein Bild von ihrem neuen Lebensgefährten, und Ada erschrak. Das war der Mann, mit dem sie vor einem halben Jahr einen dämlichen Fick in seiner Pseudo-Existentialisten-Wohnung gehabt hatte. Sie überlegte eine Weile, dann erzählte sie die Sache ihrer Mutter. Die kreischte nur noch herum und war offenbar weniger über ihren guten Ulf entsetzt als über ihre junge Tochter, die mit einem viel älteren Knacker Runden schob. Seitdem ist Funkstille.

Ada sitzt im Treppenhaus und starrt auf Alices und Petras braunlackierte große Wohnungstür. Alice und Petra haben neuerdings einige wie Rohrschach-Tests aussehende Papierklecksereien an ihre Tür geklebt. Gott sei Dank peinige ich meine Nachbarn nicht mit so 'ner Scheiße, denkt Ada und läßt sich einige Smarties in den Rachen fallen. Dann stellt sie ihre Sprite-Dose vor Alices und Petras Tür. Ist nicht so originell, aber sie kann sich schließlich nicht jeden Tag einen tollen Witz einfallen lassen.

Zurück in ihrer Wohnung, stellt sie sich vor den großen Spiegel und faßt sich unters T-Shirt an ihre linke Brust ohne Brustwarze. Ob sie das wohl eines Tages bereuen wird? Vielleicht, wenn sie mal Zwillinge bekommen sollte, ha ha. Na, im Zweifelsfall kann man ja wieder eine neue ranmachen. Aber im Moment ist es doch sehr nett so: Von links beinahe wie ein Junge, von rechts wie ein Mädchen, und in der Mitte bin ich.

Ada geht nach nebenan zu Nils und Moritz. Sie werfen sich auf das große runde Bett, das bis auf einen schmalen Eingang überall von hohen Spiegeln umgeben ist. In den vielen Spiegeln sieht Ada ihre Körper, wie Legosteine erscheinen sie ihr. Das Knacken der Minzbonbons zwischen den Backenzähnen ihrer drei Münder ist ihr längst ein Ohrwurm geworden.

Abrasieren Ankleben

Felix rasiert sich gründlich, denn der Kunststoffbart klebt sonst nicht richtig. Seine Entscheidung fällt heute auf einen dunkelbraunen Spitzbart und ein kleines Menjoubärtchen. Wie immer nimmt er sich viel Zeit, ein neues Outfit zu kreieren, steht anderthalb Stunden vor dem Spiegel. Seine Wohnung ist ein ziemlicher Müllhaufen, nur die Klamotten liegen wohlgeordnet in ihren Regalen. Schließlich zieht er eine grün-orange Trainingshose, ein Ernie-und-Bert-T-Shirt, einen roten Frack und Turnschuhe an. Dann geht er raus auf die Schönhauser Allee. Kaum ist er auf der Straße, sieht er schon Steffen und Mona, die er vor zwei Tagen im »Subground« getroffen hat. »Hi, Felix!« sie winken und kommen ihm entgegen, mit ihrem ewigen Lächeln, Hand in Hand, millimeterkurze orange Haare und froschgrüne Plastikschultertaschen. Sie reden kurz über ihr gestriges Nacht-Programm, und Mona benutzt ihr neues Lieblingswort: burschikos. Echt burschikos. Das soll so was wie sehr stark, sehr beeindruckend bedeuten. Weil Felix dieses Wort durch den Kopf geht, weiß er nicht mehr, was denn nun wieder burschikos gewesen ist. Er erzählt den beiden einige Klatschgeschichten aus dem Nightlife. Dann fragt Mona ihn nach Piet. Felix hat vergessen, in welcher Form sie mal mit ihm zu tun hatte, ab und zu fragt sie nach ihm.

»Jedenfalls ist er kein Schneeschlucker, sondern ein Milchtrinker«, erklärt er Mona.

»Versteh ich nicht, Milchtrinker?«

»Naja, das war so …«, beginnt Felix und erzählt kurz die Kaufhof-Geschichte. »Ich bin mit ein paar Leuten im ›Goldmine-Club‹ gewesen, dem neuen Club da hinterm Tacheles. Da war gestern Schlagerabend, sehr nett. Es ging ziemlich lange, morgens um acht fuhren wir noch zum ›Schizzo-Tempel‹ zur after hour. Plötzlich, so um halb zwölf, fällt Piet ein, daß er Milch kaufen will fürs Wochenende. Er stürmt also nach draußen, setzt sich auf sein Fahrrad und fährt zum Kaufhof am Alex. Eine halbe Stunde später steht er an der Garderobe vom ›Kitkat-Club‹ und gibt dort zwei Milchtüten ab. Denn er wollte noch ’ne Stunde tanzen.«

Mona und Steffen grinsen und sagen nichts. Es ist nicht so besonders spannend, sich mit ihnen zu unterhalten, weil sie immer nur von anderen aufregende Geschichten hören wollen und dann grinsen und schweigen. »Sechzehn Stunden Freizeitprogramm war das am Stück«, stöhnt Felix den beiden noch vor, die nun allerdings verständnisvoll nicken, »jetzt bin ich völlig fertig und freue mich darauf, mich heute nachmittag beim Schreiben an meiner Hausarbeit ein bißchen entspannen zu können.«

»Was studierst du denn noch mal?« murmelt Steffen unter einem Gähnen.

»Soziologie und Spanisch, weil mir nichts Besseres einfiel und beides zum Glück überlaufene Fachbereiche sind, wo man in Ruhe gelassen wird und machen kann, was man will. Ich kriege für alle Hausarbeiten nur 'ne Vier, aber das reicht mir völlig, Hauptsache bestanden«, erwidert Felix. Sie lächeln und nicken und winken ihm good bye.

Felix läuft die Schönhauser lang zur Kastanienallee, kauft sich im Döner Falafel, zwei Snickers und 'ne Cola. Soweit das Frühstück. Bei den Zigaretten trifft er Kiki, die Kassiererin vom »St. Kildas«, die ihn immer umsonst reinläßt, und sie meint, der Bart würde ihm gut stehen.

»Wenn ich nicht wüßte, daß du völlig auf blonde kurzhaarige Frauen mit braunen Augen und Wulstlippen fixiert bist, könnte ich mich glatt in dich verlieben.«

Sie unterhalten sich eine Weile über ihre derzeitigen Körperästhetik-Vorlieben. Sie liebt kleine Frauen mit kurzen Haaren, die von der Hüfte bis zu den Achseln ganz gerade gewachsen sind, also eine absolut knabenhafte Figur haben. Vor zwei Monaten war das noch anders, da stand sie auf Frauen mit langen roten Haaren, die mindestens einen Meter fünfundachtzig sind, die, wie sie sich ausdrückte, eine »erhabene Wirkung haben«. Felix dagegen erzählt, daß er seine Domina-Phase seit zwei Wochen hinter sich gelassen hat und im Moment auf leicht devote Männer und Frauen steht. Manchmal baut er in seine dominanten Liebesspiele den Abwasch, der erledigt werden muß, oder seinen unordentlichen Schreibtisch mit ein. »Die Sado-Schiene ist für mich einfach sinnvoller, rein pragmatisch gesehen!« Felix lacht. Kiki und er stoßen mit ihren Fanta-Büchsen auf ihr Wohl und einen erträglichen Kohle-Ofen-Winter in Berlin an, und er betrachtet sich in den vielen mit Plastikpflanzen umrankten Spiegeln des Döner-Ladens.

»Du siehst ja heute altmodisch aus ... wie ein richtiger Mann«, sagt Kiki, zupft an Felix' Bart und lacht.

»Ja, ich hatte mal wieder Lust, mich als Mann zu verkleiden«, entgegnet er und lächelt charmant. Kiki fährt sich mit einer Hand durch die Haare und sieht ihn mit schräggelegtem Kopf an.

»Hast du gerade einen Volkshochschulkurs in klassischer Weiblichkeit belegt?« fragt er augenzwinkernd. Er muß an Tina denken, die für ein halbes Jahr nach Palermo geht und so einen Kurs belegt hat, weil das im Sizilien-Reiseführer den Besuchern mit Nachdruck empfohlen wird.

»Nee, o Gott«, kichert Kiki, »ich wollte nur mal checken, ob du wirklich so immun gegen alles Nicht-Blonde und Nicht-Braunäugige bist, wie du jetzt immer tust!«

»Nein«, Felix schüttelt den Kopf, »mich turnt zur Zeit absolut nichts anderes an, außer Leute mit verschiedenen Augenfarben, am besten grün und braun, darauf stehe ich.«

»Nee, das hat man schon zu oft gesehen«, gibt Kiki gelangweilt von sich, »diese ganze Crazy-Kontaktlinsen-Show.«

»Ja, echt burschikos.« Kiki nickt nur.

»Ist das nicht furchtbar«, redet er jetzt drauflos, »Karsten und Ilona haben sich getrennt, weil er festgestellt hat, daß er nur auf Frauen mit ausrasiertem Nacken steht, und sie keine Lust hatte, sich ihre Mähne absäbeln zu lassen. Die haben drei Jahre zusammengelebt.«

»Naja, so ist das halt, kann ich schon verstehen«, meint Kiki, »Haare sind wichtig.«

»Ja«, sagt Felix, aber es klingt nicht ganz überzeugt, und dann starren beide auf die Straße, gucken sich die Leute an. Die Kastanienallee ist so etwas wie eine zweite Oranienburger Straße geworden, nur noch nicht ganz so touristisiert. Aber es haben viele neue Bars, Klamottenläden, Friseure und was man sonst noch so zum Leben braucht hier aufgemacht. Gegenüber vom Döner gibt es eine neue Drogerie, »it's real, it's unisex, it's fragrance« wirbt ein Parfümhersteller mit hellblauer Leuchtschrift auf einer mannshohen schmalen Pappmaché-Flasche. Jetzt verdeckt ein vorbeilaufender Junge die Flasche für eine Sekunde. Er hält eine CD in beiden Händen und ist offensichtlich ganz in ihr Bild versunken, die Straßenbahn vor ihm klingelt einmal schrill, und er schaut von dem Cover auf wie ein Priester von seiner Oblate.

Felix hat keine Lust mehr, street-watching zu machen, und fragt Kiki, ob sie mit ihm zum Arkona-Trödelmarkt kommt. »Okay«, sagt sie, »klar, ich such ein altes Telephon, 'ne neue Dusche und so 'n zeitloses Omakleid.«

Sie verlassen die stickige, nach süßlichem Teig riechende Bude. Auf der Kastanienallee schlägt ihnen ein Geräusch-

Durcheinander von Feuerwehr, Fahrradklingeln, ost- und westberlinerischem Herumbrüllen und Kindergeheule entgegen.

»Laß uns vorher ins ›Schwarz Sauer‹ gehen«, meint Kiki jetzt. Sie ändert ihre Meinung oft, das kennt Felix schon. Sie werden da auch wieder nur Leute angucken, und ihr Lieblingsgesprächsthema, ihre neuesten Sex-Vorlieben, haben sie heute schon ausgequasselt, aber er sagt trotzdem nicht nein. Während sie die 200 Meter zum »Schwarz Sauer« hochlaufen, bekommt er ein bißchen den Blues. Er hat Kiki von der Seite gemustert, und die Gründlichkeit, mit der sie sich gestylt hat, nur um auf der Kastanienallee herumzuhängen, deprimiert ihn. Natürlich sieht man die ganze Mühe erst auf den zweiten Blick, denn alles ist sehr unordentlich-ordentlich arrangiert, die Risse in ihrer schwarz-orangen Lederjacke eine kühl kalkulierte Geheimschrift.

Tom macht sich immer lustig über Felix' melancholische Anwandlungen. Das tue er nur, um sich hin und wieder einzubilden, daß er anders sei als andere Leute, daß er mehr Tiefgang habe – eine modische Melancholie, um sich interessant zu machen, sagte er letztens. Felix war ziemlich gekränkt. Tom ist vier Jahre älter als er und schreibt an seiner Dissertation über italienische Literatur. Das Thema ist schon noch etwas genauer, aber das hat Felix nicht mehr im Kopf. Tom lebt völlig anders als er, und sie halten es miteinander in einer Wohnung nur aus, weil sie eigentlich nichts miteinander zu tun haben. Ihre Gemeinsamkeit ist, daß sie beide wenig Geld haben. Tom meint, Arbeit würde ihn nicht deprimieren, nur andere Menschen. Deshalb meidet er andere bis auf einen kleinen erlesenen Freundeskreis, schüttelt den Kopf über Felix' social life und guckt genervt, wenn er mit vielen Leuten in der Küche hockt.

Ab und zu ist es Felix sogar ganz recht, sich mit Tom zu unterhalten. Er ist einfach anders als all die Individualisten, die er kennt. Tom hat straight sein Studium gemacht, ist ein absoluter Stino, also keine Männer, Zwitts oder animals im Bett, hat 'ne Freundin in Mailand, die er einmal im Monat besucht und die ihn einmal im Monat besucht. Er geht nicht fremd, er sitzt am Computer. Er haßt »Massenveranstaltungen« und trägt schwarze Jeans, weiße oder hellblaue Hemden, hat kurze braune Haare. Er ist nicht häßlich, nicht gutaussehend, ein Stino eben. »Mein Mitbewohner«, sagt Felix immer, fast nie »mein Freund« oder »Tom«. Aber einmal hat er doch gemerkt, daß Tom ihm nicht so scheißegal ist, wie er denkt.

Der Vorfall ereignete sich letztes Jahr auf der Oberbaumbrücke, Felix fuhr mit ein paar Freunden auf eine Party; sein Mitbewohner hatte sich ausnahmsweise überreden lassen mitzukommen. Felix hatte Tom allerdings nur überredet, weil er ein Auto hat und die Oberbaumbrücke nicht um die Ecke ist. Jedenfalls suchte Tom richtig eifrig die Party. Mit der gleichen Gründlichkeit, mit der er seine Notizzettel abheftet und jeden Abend seine Stifte auf dem Tisch zusammenlegt, suchte er diese Party. Im Auto erzählte er die ganze Zeit blöde Witze und lachte wie verrückt, in einer Weise, wie er es sonst nie tut. Felix war sonnenklar, daß Tom sich ihm und seinen Freunden unterlegen fühlte und seine blöde aufgedrehte Art eine Flucht nach vorne darstellte. Weil er am Steuer saß und sie mit diesem Auto später wieder nach Hause kommen wollten, ließen sie das über sich ergehen. Kerstins Beschreibung, wo die Party sein sollte, war wie immer sehr konfus, und sie liefen planlos hin und her, eine picknickende und tanzende Menschengruppe suchend. Ein Open Air Event sollte das sein. Immer wenn etwas »Event« heißt, bedeutet es, daß da nichts passiert, was nicht auf jeder normalen Party auch passiert. Da ist was! rief Tom und eilte über die Straße. Plötzlich kam aus der Dunkelheit ein Auto, und Tom wurde drei Meter weiter auf den Bürgersteig geschleudert. Es gab einen dumpfen Aufprall und ein Knakken. Im ersten Moment blieb Felix ganz ruhig, alles erschien ihm logisch, Ursache und Wirkung. Dann überkam ihn der Schreck, und er stürzte auf die andere Straßenseite. Einige Leute hatten sich schon um Tom versammelt, bald kam ein Krankenwagen. Drei Tage lang dachte Felix, Tom würde sterben. Er hatte einen Schädelbruch, der eine Hirnblutung nach sich gezogen hatte. Irgendwie fand Felix es seltsam, daß Tom, der ausnahmsweise mal auf eine Party ging, sich prompt auf dem Weg dorthin eine Hirnblutung zuzog. In diesen drei Tagen ging Felix auf keine Party und in keinen Club, er saß die ganze Zeit am Küchentisch und zerschnitt Orangenschalen. Die Orangen warf er alle weg. Als Felix hörte, daß es Tom besserging, schämte er sich dafür, sich seinetwegen drei Tage lang so gehengelassen zu haben, und behandelte ihn ziemlich kühl, als er ihn im Krankenhaus besuchte.

Jetzt kneift Kiki Felix in die Seite. »Hey, worüber denkst du nach, die Frau da hinten im Plastikglitzerkleid?«

»Ja«, sagt er und mustert sie schnell, um etwas über sie sagen zu können. Er kennt sie, sie legt in der »Hirschbar« auf. »Ist 'ne blöde Kuh«, sagt Felix schlicht, weil er noch seinen Gedanken über Tom nachhängt. Er kennt keinen Menschen, der so ungeniert jeden Morgen die peinlichsten Gymnastikübungen im Flur macht, in einer Unterhose, die der letzte Heuler ist. Mehr als einmal sind Leute, die bei Felix übernachtet haben, an Tom vorbeigelaufen und dachten, sie hätten ein Déjà-vu-Erlebnis aus einem Louis-de-Funès-Film.

»Ist sie noch mit Ole zusammen?« fragt Kiki. »Mit Ole und Jörg zusammen?« verbessert sie sich. »Weiß ich nicht«, antwortet Felix und blickt auf das Glitzerkleid. »Interessiert mich auch nicht, die Frau. Zu große Brüste.«

»Stimmt«, sagt Kiki und blickt voller Genugtuung auf ihren zarten, ausgemergelten Körper. Felix trinkt heiße Schokolade mit Sahne, sie Mineralwasser.

»Ich glaube nicht, daß Frauen mit Hüften und Brüsten wieder in Mode kommen werden«, sagt er jetzt, um Kiki für ihre mühseligen Anstrengungen etwas Nettes zu sagen. Ein bißchen glaubt er es auch.

»Ja«, sagt Kiki, und es klingt sehnsüchtig, »ich glaube auch, daß man die Frauen vollständig abschaffen wird. Die jetzige Mode macht aus Männern Jungen, aber aus Frauen keine Mädchen, sondern auch junge Männer, das ist gut so, sieht einfach besser aus.«

»Stimmt«, sagt Felix leichthin und muß an Lisa und Isabel, seine beiden Liebhaberinnen der letzten Wochen, denken, diese Zwillinge mit kurzem blonden Haar, braunen Augen, schmalen Hüften und einem kaum wahrnehmbaren Körpergeruch.

»Ich glaub nicht, daß da was ungerecht dran ist«, redet Kiki weiter, »nachdem man die Männer mehr oder weniger abgeschafft hat«, sie grinst Felix an und krault seinen Kunststoffbart, »hat man eben auch die Frauen abgeschafft, das ist doch ... na, wie soll ich sagen ...«, sie guckt in die Luft, »Quotenregelung.«

Er blickt auf ihr enges, silber-grün gestreiftes T-Shirt mit der orangen 8 drauf. Jetzt macht Kiki das auch schon, »binding«, sich die Brüste abbinden, um wie ein Junge auszusehen. Kiki bemerkt seinen prüfenden Blick.

»Sieht man es, die Gummiränder?« fragt sie. Ihr Blick hängt an ihm.

»Neeiin ...«, beschwichtigt er, denn sie bekommt einen weinerlichen Ausdruck. »Du siehst super aus, wie ein vierzehnjähriger Junge«, fügt er hinzu. Kiki strahlt ihn an. Er nimmt seine Bärte ab, sie kitzeln und kratzen, außerdem sehen sie so echt aus, daß er sich damit lächerlich fühlt. Es war nur so 'ne nostalgische Laune heute morgen.

»Felix?« fragt Kiki und hält einen Moment inne. »Ach, jetzt hab ich vergessen, was ich sagen wollte.« Sie schweigt und guckt in die Luft, dann kichert sie plötzlich in sich hinein. Sie bleibt für ihn immer unberechenbar. Nun rückt sie dicht heran. »Ich hab jetzt Lust auf Erdbeeren!«

»Glaube nicht, daß du die hier kriegst, aber vielleicht Erdbeertorte.«

»Nein!« schreit Kiki auf und legt ihre Hände auf die Hüften. Dann schlingt sie die Arme um Felix. »Wir machen das mal, ich im Dirndl, du mit Vollbart, ja? So was hast du doch alles in deiner Kleidertruhe.«

Er nickt. Warum nicht. Er hat nichts gegen Kiki.

Jetzt laufen draußen ein paar Kinder vorbei. Sie essen Eis, ab und zu halten sie ein Eis an die Wange oder den Arm eines anderen Kindes, um es zu erschrecken. Sehnsüchtig guckt Kiki nach draußen. »Ich möchte jetzt auch ein Eis essen ...«

»Vielleicht ein Erdbeereis?« fragt Felix, aber Kiki scheint das nicht lustig zu finden und sieht traurig aus. Er merkt, daß sie wirklich traurig ist, obwohl ihre Stimmungen immer sehr schnell wechseln, und legt eine Hand auf ihre Schulter.

»Ach Felix«, sagt Kiki, »ich wünschte manchmal, ich wäre eine Bäuerin in Österreich, die sich über die Verfärbung der Herbstblätter und an ihren Kindern erfreut und jeden Abend betet und sich die Zähne putzt ... aber ich weiß, daß ich das doch keine drei Tage aushalten würde.«

Überrascht sieht er Kiki an, da packt sie ihn am Ärmel und ruft: »Guck mal da draußen!« und zeigt auf einen Punk mit algengrünem Haar, »so was gibt's noch!«

Er fängt an, irgend etwas über Assel-Punks und Pingel-Popper in den Achtzigern zu erzählen, doch er merkt, daß Kiki nicht zuhört und nur mißmutig in ihr Mineralwasserglas starrt.

»Hat Kohlensäure eigentlich Kalorien, Felix?« fragt Kiki.

Einen Moment lang spielt er mit dem Gedanken zu sagen: Jaa, pro Blase einhundert, verkneift es sich aber, weil Kikis Humor da echt aufhört. Sie hätte es glatt noch geglaubt und sich den ganzen Tag gemartert.

»Wollten wir nicht zum Trödelmarkt gehen?« fragt er Kiki, weil sie anfängt, ihn zu nerven, und er hofft, auf dem Arkonaplatz ein paar andere Leute zu treffen.

»Ja, ach nee, doch nicht, da gebe ich nur wieder Geld aus, oder doch, wo soll ich mein Geld sonst lassen, warum nicht ...«, sagt Kiki und sieht Felix an. Er soll also die Entscheidung treffen. Sofort winkt er die Kellnerin aus dem »Schwarz Sauer« heran. Sie bezahlen jeder für sich selbst, er ignoriert Kikis hoffnungsvollen Blick, er möge sie einladen, dann gehen sie nach draußen. Es ist warm und laut, zwei Dominas in roten Lackplateau-Stiefeln laufen an ihnen vorbei; die eine, sie ist mindestens einen Kopf größer als Felix, fährt mit einer Hand über seinen Schädel und kneift ihn durchaus schmerzhaft ins Ohrläppchen, hinter ihnen schlurft ein kleiner besoffener Mann, ein Schulkind mit quietschbuntem Rucksack, laut singend, dahinter ein Trupp Tunten im Krankenschwester-Outfit, gefolgt von einem von Kopf bis Fuß in Rot gekleideten Baghwan-Fossil mit Tambourin in der Hand, so was gibt's auch noch, im Grunde gibt es ja alles.

Aber zum Arkonaplatz sollen sie nicht kommen. Er weiß nicht, was mit ihm passiert, plötzlich kann er nicht mehr richtig sehen, alle Farben verschwimmen, die Gesichter um ihn herum entgleiten, geraten zu breiigen Farbflecken ohne Konturen, und ein Gefühl in seiner Brust entsteht, als würde sein Herz nicht schlagen, sondern flattern wie ein Vogel in dem Augenblick, wo er auf und davon fliegt. Felix schlägt seine Hände auf die Brust, schlingt sie um sich, hält sich selber fest. Dann fängt er an, seine Finger zu zählen: eins, zwei, drei, vier, fünf, eins, zwei, drei, vier, fünf. Eine Unsicherheit überkommt ihn, die er nicht begreift, und er denkt voller Inbrunst an Tom, wie er jeden Morgen seine lächerliche Morgengymnastik macht, und er wünscht sich nichts sehnlicher, als jeden Morgen mit Tom diese Gymnastik zu machen, einfache Übungen, immer die gleichen. Und danach Schrippen und Orangensaft.

Sein Herz scheint ihm riesig, als würde es den ganzen Brustkorb ausfüllen, dann wieder kommt es ihm winzig vor, eine Haselnuß. Er denkt ununterbrochen an sein Herz, ist nur noch Herz, Kern, flatternd. Als es anfängt, wilde unrhythmische Schläge zu schlagen, auf dem Höhepunkt seiner Angst, wird er plötzlich ruhig, so ruhig wie damals, als der Volvo Toms Schädel knackte, und er denkt, daß sein Herz jetzt endlich tut, was es will, daß er es nie wieder wird einfangen können; sein Herz ein Zeppelin, ein Fallschirm, ein Kind auf einem Karussell, zitternde Euphorie der Freiheit.

Kiki hilft ihm wieder auf die Beine, sammelt das Geld auf, das aus seiner Hosentasche gefallen ist. »Relax«, sagt sie zu Felix, »du hast ein stressiges Wochenende gehabt.«

Karaul

Es begann damit, daß er »Karaul« schrieb. »Karaul« auf seine Schreibunterlage, seine Ordner, Papierservietten, Einkaufsblocks, in seinen Kalender. Am Anfang schrieb er es nur hin und wieder, doch dann jeden Tag, als würde, wenn er einmal nicht »Karaul« schriebe, irgend etwas besonders Bedrohliches, Unabsehbares passieren. »Karaul«. Überall ein Herz hinzumalen, am besten noch mit P + K darin, das wäre ihm zu teenagerhaft vorgekommen. Er schrieb »Karaul« auf eine besondere Weise, in Schreibschrift, so daß alle Buchstaben ohne Unterbrechung der Linienführung miteinander verbunden waren. Das K sah ein bißchen altmodisch aus, sehr groß und schwungvoll. Er fuhr den Schriftzug einmal nach, und noch einmal, und noch einmal. Zur Verstärkung, doch so oft, daß man am Ende das »Karaul« kaum noch lesen konnte. So gefiel es Paul am besten: Ein dicker Schriftzug, fest, unlesbar, doch kraftvoll, tief eingeritzt in das Papier. Karin hatte darüber gelacht, einmal im Restaurant, als er gleich drei dieser Karauls auf einen Bierdeckel gemalt hatte. »Das wird ja direkt 'ne Plage«, meinte sie. Sie schüttelte den Kopf und tat, als würde sie ihn für ein bißchen verrückt halten, aber auch geschmeichelt sein, daß er ihretwegen so einen Firlefanz machte. Einmal hat er aus Versehen mit »Karaul Behrend« anstatt mit »Paul Behrend« unterschrieben. Ein paar Monate später, als Karin von einer Reise zurückkehrte, hatte er den Flur und das Schlafzimmer mit dicken Karaul-Girlanden geschmückt. »Du mit deinem Sinn fürs Groteske«, meinte Karin nur. Das verstand Paul in diesem Zusammenhang nicht und fühlte sich gekränkt.

Vor einem Jahr ist Paul aus Wilmersdorf hierher zu seiner Karin in die Sonnenburger Straße gezogen. Nur ihr zuliebe war er jahrelang in den Prenzlauer Berg gefahren, in einer Zeit, als es dort, wie er meinte, von zwielichtigen Gestalten, ganz zu schweigen von Ratten auf der Straße, nur so wimmelte. »Prenzl' Berg«, sagt Karin manchmal, als würde dieser Bezirk einen Kosenamen verdienen. Affig findet er das. Das Haus, in dem Karin wohnt, ist jedoch frisch renoviert, rosa und weiß, und Paul fühlt sich trotz seiner ungebrochenen Vorbehalte gegen den Osten einigermaßen wohl hier. Nur der Blick aus dem Schlafzimmer und der Küche bereitet ihm bis heute Unbehagen: Man schaut in einen Hof, der mit Schutt und Müll übersät ist. Entsprechende Menschen schlurfen da rum, Teenager in greller Kleidung haben diesen Ort zum Herumlungern auserkoren, hocken rauchend und Musik hörend auf den ausrangierten Sofas. Und Pennern dient die Vorderhausruine als Unterschlupf. Die Kopenhagener Straße 16 dagegen ist von einer Stuttgarter Hausverwaltung aufgekauft und hat eine ganz andere Mieterschaft. Die Nachbarinnen zum Beispiel, zwei gepflegte Mittvierzigerinnen, arbeiten bei einer Stiftung und haben ihnen letztens, einfach so, zwei Stück Rhabarberkuchen vorbeigebracht.

Doch jedesmal, wenn Paul zu den Mülltonnen geht, ist er angewidert. Einmal fand er eine riesige Plastikmohrrübe an eine Mülltonne gelehnt, größer als er, und ein Junge und ein Mädchen oder zwei Jungen oder was auch immer standen auf dem vermüllten Hof und gaben sich Klapse mit Smarties-Rollen. Faßten sich an die großen knallbunten Gürtelschnallen. Und der Alkoholiker von nebenan, der bestimmt schon seit zwanzig Jahren vor sich hin vegetiert, machte schnalzende Geräusche dazu. Spuckte, rotzte herum. So was wurde Paul in der Trautenaustraße nicht zugemutet. Die Geräusche vom Hof sind auch in ihrem Schlafzimmer zu hören, wenn Karin das Fenster mal wieder auf Kippe gestellt hat. Am unwohlsten fühlt er sich, wenn er hellwach neben ihr liegt, die Nacht endlos erscheint und Karin schläft wie eine Tote. Manchmal streichelt er dann ihr Gesicht, doch sie zuckt mit keiner Wimper. Jede Nacht wünscht er sich, vor ihr einzuschlafen, um dann nicht so allein dazuliegen. Er hat schon viele Einschlaftechniken ausprobiert, sogar einen Yoga-Kurs besucht, doch es gibt nur einen effektiven Trick, der allerdings auch nicht immer funktioniert: und zwar muß er genau die gleiche Körperhaltung wie sie einnehmen und exakt in ihrem Atemrhythmus atmen. Ka-raul, Ka-raul, Karaul macht sie immer.

In den letzten Wochen ist er viel alleine gewesen. In seinem Labor ist es still, und mit Herrn Eckbert hat er meistens keine Lust zu reden. Die Praktikanten sind im Untergeschoß und kommen nur selten zur Zuckeranalyse, und wenn sie reden, dann gleich zuviel. Karin ist tagsüber an der Uni, sie macht ihr zweites Examen in Medizin, und muß abends oft noch lernen. Die letzte Zeit haben sie sich eigentlich immer erst im Bett gesehen, und er ist dann so ausgehungert nach ihr, daß er sehr lange und intensiv mit ihr schlafen muß, um das Gefühl von Distanz und Einsamkeit wieder eindämmen zu können.

Paul weiß, daß er auch an diesem Tag alleine Abendbrot essen wird. Karin ist zu Lisas Geburtstagsfeier gegangen, noch mindestens drei Stunden muß er hier mit sich alleine zubringen. An den großen runden Küchentisch wird er sich setzen, das beruhigende Xylophonspiel von Frau Landt unter sich hören und hinaus auf den Hof starren, auf das seltsame Treppenhaus nebenan, das in den fünften Stock hochragt, obwohl es nur drei Etagen gibt. Durch die zerschlagenen Scheiben wird er auf die zugemauerten Türen sehen, die Teenager mit rußigen Herzen bemalt haben. Und sein Blick wird auf dieses seltsame Gemälde fallen: Das Gemälde eines Zaren mit rotem Umhang und schwarzen Augen. Stechenden Augen. Der Zar, wer auch immer ihn auf die Treppenhauswand gemalt hat, starrt auf die zugemauerte Tür neben sich, und gleichzeitig scheint er ihn, Paul, anzugucken. Big Russe is watching you. In den Sommernächten, wenn Karin darauf besteht, bei offenem Fenster zu schlafen, kann er ihn noch deutlicher sehen. Von seiner fleckigen, braunen Treppenhaustapete starrt der Zar in die Wohnungen des weiß-rosa Hauses. Unablässig. Big Russe is watching you. Die Nachbarinnen, Frau Landt und Frau Sanders, finden ihn gar nicht beängstigend, nur nervend. »Der typische männliche Blick«, sagten sie einmal.

Paul geht in der Küche umher, öffnet die Kühlschranktür und wirft einen nachdenklichen Blick auf die vier Bällchen Hackfleisch in der durchsichtigen Dose. Er fragt sich, was passieren könnte, wenn er sie ißt? Ganz einfach wird es sicherlich nicht sein. Den ersten Bissen wird sie neckisch finden, den zweiten mit gespielter Gekränktheit rügen, den dritten vielleicht noch für heftige Leidenschaft halten, aber den vierten? Gedankenverloren kaut er auf dem rohen Hackfleisch herum. Dann nimmt er hastig einen Schluck aus seinem Milchglas, als Milchkaffee kann man dieses Getränk mit zwei, drei Kaffeekrümeln kaum bezeichnen, und läuft unruhig auf den glänzenden Dielen auf und ab. Er zerdrückt einige Kaffeekrümel in seiner Milch – er gerät immer in Wut, wenn die Kaffeekrümel wieder an die Milchoberfläche gelangen und das zarte Weiß mit ihrem häßlichen Braun beflecken. Paul schüttet noch etwas Milch nach, um die letzten eigensinnigen Kaffeekrümel zu ertränken. Ein tiefes Verschmelzen ... der Gedanke beißt sich in seinem Kopf fest. Eines Tages soll Karin ganz zu ihm gehören, ihr Mund, ihre Wangen, ihre Schultern, ihre Hüften, aber auch ihre Leber, ihre Nieren, ihre Bauchspeicheldrüse, ihr Herz – all das, was er nie gesehen hat –, soll für immer in ihm, unter seiner Haut gefangen sein. Sie wird ihn nie wieder verlassen oder betrügen können, niemals mehr über seinen Baby-Kaffee spotten, nie. Eines Tages würde er sie ein- und ausatmen. Sie wäre sein, und er wäre ihr's, sie würde ihn füttern, von innen her, sein Herz für ihn schlagen, seine Mahlzeiten für ihn verdauen, sein Blut im rechten Tempo durch seinen Körper schicken ...

Ihre Wangen würden sein bleiches Gesicht von innen her wärmen.

Ihre Gedanken würden seinen Schädel passieren.

Sie würde ihm sagen, wie er sich verhalten sollte, wenn die Agoraphobie wieder von ihm Besitz ergriffe.

Sie würde ihn sicher über den Hof zu den Mülltonnen führen.

Das helle Klacken ihrer Absätze würde aus seinen Gummisohlen klingen.

Es wäre die perfekte Ehe, endlos und ohne Anfang wie der Ring, den er sich schon seit Jahren wünscht. Aber sie zögert ja ziemlich bei seinen Heiratsplänen. Der Ring, ja, der Gedanke allein an diesen heißersehnten Gegenstand verursacht ihm einen schmerzhaften Stich in der Brust. Dieser metallene Körper – vereint, eins. Paul starrt auf seinen nackten, weißen Finger. Karaul, das würde auf dem Ring stehen, natürlich, und an der Türklingel ... und Frau Landt würde ihnen zur Feier des Tages eine große Rhabarbertorte backen ...

Paul sieht auf die geblümte Decke, die den großen runden Küchentisch bedeckt. Die Blumen, blau und rot, umarmen sich mit ihren gliedmaßenhaften Stielen, ihre Blüten verschmelzen zu einem undefinierbaren Violett. Er beginnt zu zittern, seine Augen schmerzen, er schaltet das weiße, grelle Küchenlicht aus. Nur noch eine entfernte Straßenlaterne wirft ihren schwachen Schein auf das Küchenbuffet. Ein

Foto von Karin lehnt gegen einen Emaille-Kerzenständer. Er heftet seine Augen auf das Gesicht auf der etwas unscharfen Fotografie, er absorbiert den wie einen Fleck erscheinenden Mund, die verschwommene Linie der Nase, die weichen Konturen, das wellige Haar. Karin würde es nicht verstehen, wenn er ihr sein Vorhaben, den großen Plan, versuchen würde zu erklären. Sie hat die Girlanden und die vielen immer bauchiger und unlesbarer werdenen Karauls überall in ihrer Wohnung als Dekoration, nicht als Absicht verstanden. Sie würde ihn nicht verstehen, nur sagen: »Paul, nimm noch mal eine Neurotaxil tranquilium forte, ja?« und wieder so nachsichtig lächeln, wie sie es in letzter Zeit oft getan hat, und eine ihrer wunderbar warmen Hände auf seine Schenkel legen. Allein der Name gefällt Paul schon gar nicht, das »tax« hat etwas Aggressives, das »tranquilium« schlenkert wie der Wasserstrahl aus einem kaputten Gartenschlauch, und das »forte« betont Karin immer in einer besonderen Weise, mit einem sehr langen »f« am Anfang, wobei sie aussieht, als wolle sie einen Kaugummi ausspucken.

Karin wird ihn nicht verstehen. Außerdem will er den heiligen Akt nicht in Worte fassen müssen, die Kühle und Banalität von Sprache nicht an ihren wunderschönen bronzefarbenen Körper dringen lassen.

Paul starrt auf die in Dunkelheit getauchte Tischdecke, die Blumen sind kaum mehr vom Nachtmeer des Lichts zu unterscheiden. Die verschmolzenen Blätter und Stiele verharren stumm, um ihm etwas ganz Besonderes mitzuteilen. Er horcht in den Raum hinein. Langsam entspannen sich seine überanstrengten Augen, er kühlt sich mit einer Brotmesserklinge die Stirn.

Er weiß nicht, wie lange er schon in dieser Position, das Messer an die Stirn gedrückt, kauert, als er ein wohlvertrautes Geräusch von der Tür wahrnimmt. Das Licht wird angeknipst, und eine Stimme fließt, schwebt, schmiegt sich ganz dicht an seine Ohren: »Paul, Schatz, was sitzt du denn hier so im Dunkeln?«

Langsam dringt die Außenwelt wieder an ihn heran, seine eigene Stimme zu hören, unterstützt das Gefühl von Wirklichkeit.

»Ach, meine Augen, die tun mir etwas weh ... ich weiß nicht ... vielleicht ist die Birne hier zu stark oder so ...«

»Nicht, daß mit deinen Augen was nicht in Ordnung ist?«

Sie steht jetzt neben ihm und legt eine ihrer warmen Hände auf seine Schulter.

»Ich hatte so einen netten Tag bei Lisa ...«

»Ja, erzähl doch mal.«

Er heftet seinen Blick auf sie. Er will genau wissen, was sie erlebt hat, wen sie gesprochen hat, was sie denkt und fühlt.

»Ach ...« Sie erzählt ein bißchen von Lisas Baby, von Steffis neuem Job als Bühnenbildnerin, wofür Steffi ja ihrer Meinung nach schon immer die Richtige gewesen ist, setzt ihm noch Antjes und Jochens Streit über die EU-Politik auseinander und beschreibt lachend Augusts neuen, seltsam aussehenden Bart.

Sie hat schon am Anfang ihrer Beziehung ihren Freundinnen gegenüber erwähnt, wie sehr sie es schätzt, daß er ihr – im Gegensatz zu den meisten Männern – so geduldig zuhören kann und an allem interessiert ist. Nichts langweilt ihn, was mit ihr zu tun hat. Guido, sein Vorgänger, war, wie sie einmal mit gequältem Gesichtsausdruck bemerkt hat, ein egomaner Pseudo-Künstler und hat ihre Beziehung nur als Regenerationsort hinter seinen manschigen Tonfiguren verstanden. Seit dieser immerhin vier Jahre dauernden Beziehung hat sich ihr Männergeschmack offenbar um 180 Grad gewandelt, und sie hat sich dann ihn, einen Molekularbiologen, geangelt.

»Ich habe dir noch von Lisas atemberaubender Honig-Nuß-Kokos-Karamel-Torte ein Stück mitgebracht!«

Karin sieht ihn verheißungsvoll an. Ohne seine Reaktion abzuwarten, schiebt sie ihm ein großes Stück auf einen hellblauen, mit weißen Wölkchen verzierten Unterteller.

»Da wird dir Hören und Sehen vergehen!« Sie kneift ihm in die Backe.

Eigentlich reizt es ihn wenig, von diesem Stück jetzt einen Happen zu nehmen. Er sieht statt dessen auf ihren goldbraunen Arm, der geschäftig Sahne aus einer Dose sprüht. Sieht auf die kleinen bläulichen, sich verästelnden Adern, die auf ihrem Handgelenk ein wirres Muster bilden. Dann blickt er auf die Falte in ihrer Armbeuge, stürzt plötzlich nach vorne und küßt ihre beiden Armbeugen abwechselnd, immer wieder, nimmt je eine Hautpartie zwischen seine Zähne – ganz sacht.

»Paul … iß mal etwas, du wirst von Monat zu Monat dünner, wir wollen doch im Frühjahr in den Dolomiten klettern, komm.«

Er wendet sich ab, fühlt sich plötzlich elendig müde und zu keinem Gespräch oder zwischenmenschlichem Kontakt mehr fähig. Alle seine Energien fließen in sein Inneres. Erschöpft läßt er den Kopf auf den Tisch sinken. Um ein Haar verfehlt er das aufgetürmte, wie ein Schiffsrumpf in die Luft ragende Tortenstück.

»Paul!«

Er haßt es, wenn ihre Stimme das »Schwingende«, »Fächernde«, wie er es nennt, ablegt und sich zu einem kleinen festen Vogelkopf zusammenkrallt. Es scheint ihm, als müsse ihre Stimme nur in eine bestimmte Frequenz umschlagen, und sofort kippt seine augenblickliche Stimmung in ein Nichts aus zitternden Gliedmaßen, zerrinnenden Gedanken und einem über allem liegenden Gefühl nahenden Untergangs: Das »Tipanik-Ersaufen«, wie er das nennt, das ihn jedesmal ergreift, wenn sie die Nerven zu verlieren droht. Unruhig rupft er an ihrem Rock und flüstert: »Sag, sind die Blumen auf der Tischdecke nicht wunderbar? Sie sind wie unendliche Zwillinge, wie Hundertlinge, Hundertwasserlinge.«

»Ja, Schatz.«

»Sag, hat Lisa dein Geschenk auch wirklich gefallen? Hat sie auch dein schönes Einwickelpapier gewürdigt?«

»Ja, du, wirklich! Sie hat es nicht zusammengeknüllt und gleich weggeschmissen oder so.«

Paul schweigt und schließt die Augen. Wenn er sich konzentriert, spürt er das Pochen seines Herzschlags in den Schläfen. Er beugt sich zu Karin hinüber und legt seine rechte Schläfe an ihr linkes Ohr. »Artillerie quermarschiert durchs Ohrlabyrinth.«

»Schatz, was ist los, hast du heute nachmittag vielleicht zuviel richtigen Kaffee getrunken?«

Er runzelt die Stirn bei dem »richtigen Kaffee« und schweigt. Starrt einige Augenblicke mit unbewegter Miene auf die Tischdecke, dann fragt er plötzlich: »Karin, wie findest du es eigentlich, daß manche Tierarten ihre Jungen fressen? Sag, was meinst du dazu?«

Sie guckt etwas überrascht und fragt nur: »Wie kommst du denn jetzt darauf?« Und dann: »Laß uns mal lieber ins Bett gehen!«

»Ich habe dir eine Frage gestellt!« Er springt auf, packt sie an beiden Handgelenken und sieht sie durchdringend an. Gelassen, nur für den Bruchteil einer Sekunde mit einem Zucken in den Pupillen, sagt sie: »Paul, nimm noch mal eine Neurotaxil tranquilium forte, ja?«

Dabei lächelt sie nachsichtig und legt eine ihrer wunderbar warmen Hände wie einen Brotlaib auf seinen Schenkel.

»Manchmal kann ich dir wirklich nicht mehr folgen«, sagt sie noch und dann: »Ich gehe jetzt ins Schlafzimmer und mache mich fertig, komm auch gleich, ja? Du schläfst immer zuwenig.«

Paul stiert auf die wilden Spiele, die die Blumen auf, über und unter der Tischdecke miteinander treiben. Er haßt das Wort »Schlafzimmer«. Noch schlimmer ist dieses einsilbige »Bett«. Und »Schlafzimmervorhänge«, das ist besonders schlimm. All diese prosaischen, seelenlosen Worte, dort, wo sie endlich einmal aufhören sollen. Er nennt die Schlafzimmervorhänge dagegen »Schmetterlingsflügel«; konsequent tut er das, seit er hier vor einem Jahr zu ihr gezogen ist. Auch für ihre Körperteile hat er neue Namen erfunden, eines nennt er den »Honigkelch« ...

Er späht ihr nach, wie sie, ihre Strickjacke über die Schultern geworfen, über den Flur geht. Dann, auf Zehenspitzen, folgt er ihr. Er sieht an der Art, wie sie sich auszieht, daß sie ihn gerade nicht im Türrahmen wähnt. Sie setzt sich auf den Jugendstilhocker vor ihrer Schminkkommode und fängt an, sich die Haare zu bürsten. Ihre nackten Schultern bohren sich in seine Augenhöhlen, er starrt auf ihren zur Seite gebogenen Hals. Er kommt näher, leise, ein unruhiges Zucken um seinen Mund, seine glänzenden Schuhspitzen auf dem cremefarbenen Teppich wie exotische Käfer. Er tritt an sie heran, schreibt mit seinen Schuhspitzen einmal »Karaul« auf den Boden, und noch einmal. Paul wirft einen langen Blick aus dem Fenster, hält seinen Zeigefinger drohend in Richtung Zar, dann fährt er mit seinen Lippen ihren Hals entlang. Er sieht sie lächeln, im Spiegel, sie lehnt sich entspannt zurück. Er läßt seine Schneidezähne über ihren Nacken gleiten, beißt einmal vorsichtig hinein. Sie zwinkert ihm im Spiegel zu, lächelnd. Er beißt noch einmal zu, in ihre Schulter, und sie kneift ihm neckisch in die Seite. Er ist sehr kitzelig, das weiß sie. Er beißt wieder zu, diesmal kräftiger, seine Eckzähne hinterlassen rote Abdrücke auf ihrer Haut. »Cool your passion, Paul«, flüstert sie. Und er beißt noch einmal zu, sie schreit auf, Blut quillt aus ihrem zurückgelehnten Hals. Er spürt ihre Fäuste in seinem Gesicht, ihr linkes Knie schnellt hoch zwischen seine Oberschenkel, der Schmerz in seinen Genitalien frißt sich wie eine Flamme durch seinen Körper, er wankt und sackt in die Knie. Zwei kurze harte Schläge treffen ihn vor die Brust. Dann wird er unter den Schultern gegriffen und auf das Bett gelegt. Er spürt, wie zwei Hände auf seinen Kiefer drücken und ihm etwas zwischen die Zähne geschoben wird. Einen Moment später stößt ein Glas an seine Lippen, und er hört Karins feste Stimme: »Trink das jetzt hinterher.«

Die beiden Kapseln schmerzen in seiner Kehle, und das Wasser rinnt an seinen Mundwinkeln herab in den Hemdkragen. Schließlich dreht er den Kopf weg, preßt ihn in das große, weiche Kissen. Eine der Kapseln spuckt er wieder aus. Er hört Karin vom Bett weggehen, sieht ihren Schatten, schwarz und scharf abgegrenzt vor der weißen Wand, im Türrahmen verschwinden.

Erst nach einer Weile hört er ihre leise Stimme im Flur und ein Rascheln von Papier. Sie kommt nicht zurück, er hört nur irgendwo weit von sich entfernt ihre Schritte.

In ihrer Bürste auf der Kommode neben dem Bett müßten noch einige Haare von ihr sein, geistert es durch seinen Kopf, aber um dort hinzugelangen, müßte er sich jetzt aufsetzen. Vorsichtig streicht Paul sich über die Brust, die noch von ihren Schlägen schmerzt. Dann setzt er sich mühsam auf; er spürt, wie seine Glieder schwerer werden, die Tablette beginnt zu wirken. Er stakst zur Tür.

Karin sieht ihn nicht, sie hat ihm den Rücken zugewandt und telefoniert. Paul starrt auf ihren braunen, entblößten Hals, an dessen Seite jetzt eine Mullbinde klebt. Er sieht nicht mehr Karin, nur noch ihren Hals. Dort, wo ihre herrliche blauschimmernde Halsschlagader ist, soll sie in ihn hineinfließen. In diesem Moment legt Karin den Hörer auf die Gabel und dreht sich um, sein Atem bläst an ihren Hals. Sie sieht ihn nur an und schüttelt den Kopf: »Leg dich wieder hin, Paul.«

Als er ihre feste Stimme hört und sie dicht vor ihm steht, hat er das Gefühl, nicht mehr genug Kraft zu haben, um sie zu überwältigen und den Schleier ihrer Haut zu zerreißen. Plötzlich scheint ihm der Plan sehr schwer durchführbar. Er merkt, daß er zittert, und lehnt sich gegen die Wand. Sie kommt ihm wie eine gewaltige, abweisende Schneelandschaft vor.

»Leg dich jetzt ins Bett.«

»Nur, wenn du mitkommst!« Er sieht sie an.

»Aber mach nicht wieder so 'n Unsinn, das tat wirklich weh ... du hast manchmal komische sexuelle Neigungen, Paul, ich weiß nicht, was wieder mit dir los ist, so geht mir das echt zu weit.«

»Ja ... schon gut.«

Sie liegen im Bett, seine Hände gleiten über ihre Brüste, auf und ab, auf und ab, über ihren Bauch. Auch ihre Scheide ist nur ein glatter, fester, enger Muskel, an dessen feuchter Haut seine Finger hin- und herrutschen. Als er in sie eindringt, fühlt er sich ihr so fern wie selten, wie damals auf dem Flughafen, als er sie von ihrem dreimonatigen Südostasientrip abholte und er keines der Kleidungsstücke, die sie trug, kannte. Er fühlt sich müde und elend und zappelt doch wie ein Fisch an einem Angelhaken zwischen ihren Beinen hin und her. Oder wie ein Autofahrer, der von Anfang an die falsche Ausfahrt genommen hat und umkehren möchte, doch es gibt keinen Weg zurück, und er rast ohne Freude weiter geradeaus. Und dann kommt der kurze Moment, in dem er sich in ihr verliert.

Schon bugsiert sie ihn aus sich heraus, wischt mit der Daunendecke an ihm herum, dreht sich weg und legt das Kondom gähnend auf den Nachttisch. Er bleibt regungslos mit geschlossenen Augen liegen.

Ada ist nicht Paul

Ada schnürt sich die kniehohen Stiefel zu, setzt sich die Schirmmütze auf und schwingt sich auf ihr Fahrrad. Sie fährt an dem leeren Spielplatz und dem Bewag-Gebäude entlang zur Sonnenburger 78. Dann schlurft sie die Treppen hoch in den vierten Stock, ihre Stiefel wirbeln den Staub auf, der auf den Stufen liegt. Sie ist mal wieder viel zu dünn angezogen für diese Jahreszeit und friert erbärmlich. Vielleicht hätte sie ihre Skijacke doch nicht gegen Moritz' Plastiknilpferdsammlung tauschen sollen. Sie keucht die letzten Stufen hoch, setzt sich auf die Treppe, legt ihren Kopf auf die Knie und schaut den Zaren an. Dann schreit sie los: »Mich kotzt heute einfach alles an, irgendein Idiot hat wieder die Luft aus meinem Fahrrad gelassen, und Tom hat meine Mouse-on-Mars-Cassette verbummelt. Außerdem hat die Hausverwaltung einen Brief geschickt, wenn ich die Staffelmiete nicht langsam zahle, gibt's trouble. Und ich habe seit einer Woche niemanden richtig gesehen. Geschweige denn Sex gehabt. Nils und Moritz sind an der Ostsee, Beziehungsprobleme kurieren, und außerdem ...«, sie sieht den Zaren schniefend an, »außerdem muß ich eigentlich echt anfangen, fürs Abi zu lernen ... das schaffe ich nie, nie!« Ada vergräbt das Gesicht in den Armen. Schließlich redet sie weiter: »Ach, es gibt so viele Dinge, über die ich mal mit jemandem sprechen will ... zum Beispiel muß ich sehr oft über Alice und Petra nachdenken ... das traue ich mich kaum auszusprechen ... aber manchmal beneide ich sie ... mein Leben ist so anstrengend, und jeden Tag ist alles anders ... die scheinen sich nicht zu langweilen, aber ich weiß genau, ich würde mich langweilen, wenn ich so leben müßte ... die wirken immer total ruhig und zufrieden ...

stiefeln jeden Tag zu ihren blöden Kulturinstitut-Irgendwasjobs ... ich weiß nicht ... warum ist mein Leben so stressig, obwohl ich fast nichts tue?«

Jetzt tun Ada die Arme weh, die sie die ganze Zeit verschränkt hat. Vielleicht sollte sie doch mal Small statt Extra Small kaufen. Der Zar hat ihr geduldig zugehört, er beobachtet sie aus den Augenwinkeln, während er auf die zugemauerte Tür neben sich blickt. Ada lächelt. Den Gedanken, daß hinter der Tür nichts ist, hat sie schon immer spannend, nicht unheimlich gefunden.

Sie steht auf und stellt sich vor die zugemauerte Tür, zerstäubt mit ihren Fingern ein Spinnennetz an der Wand. Der Blick des Zaren ist fest auf sie gerichtet.

»Schlaf gut, Daddy«, sagt Ada und gibt dem Zar einen Kuß.

Sie fühlt sich immer besser als vorher, wenn sie sich hier oben ein bißchen ausgesprochen hat. Gerade will sie sich umdrehen und die Treppe hinunterlaufen, da hört sie Schritte. Wer kommt denn hier noch hoch? Die Tischlerei hat um diese Uhrzeit längst geschlossen, der Alki ist seit Wochen verschwunden, und der Rest steht leer.

Die Schritte kommen näher. Nils oder Moritz können es nicht sein, sie haben eine ganz andere Art, Treppen hochzulaufen, schneller und weniger gleichmäßig, und außerdem sind sie noch an der Ostsee. Anderen Freunden hat sie den Ort nicht gezeigt. Sie will ihren Zaren schließlich nicht mit jedermann teilen. Im nächsten Moment sieht sie einen großen, mageren Mann. Er trägt einen Eimer und einen Pinsel. Jetzt erkennt sie ihn. Es ist der doofe Typ aus dem Nachbarhaus, der Kopenhagener 16, der in Nadelstreifenanzügen herumläuft und so mürrisch aussieht. Was will der denn hier? Ada baut sich auf der obersten Stufe auf, stemmt die Hände in die Hüften.

»Was wollen Sie hier?«

Der Mann zuckt zusammen und starrt sie entgeistert an. Er steht eine Treppe unter ihr, stellt den Eimer ab. Dann kratzt er sich am Kopf, guckt sich um, sagt erst mal gar nichts. Schließlich, da Ada ihn unverwandt anschaut, räuspert er sich: »Äh ... ich wollte hier etwas renovieren.«

»Wie, was wollen Sie denn hier renovieren? Bei Ihnen piept's wohl!« Ada sieht den Mann mit einem abschätzigen Grinsen an. Jetzt streicht er mit dem trockenen Pinsel über seinen rechten Handrücken. Sie hatte schon immer das Gefühl, daß er eine leichte Macke hat.

»Hast du was dagegen, wenn ich das mache?« fragt er vorsichtig und kneift seine Augen zusammen. Er steht etwas unbeholfen herum, tritt von einem Fuß auf den anderen, wobei Ada die Bügelfalte seiner Hose und seine glänzenden schwarzen Schuhe auffallen.

»Sie können mich ruhig siezen, das mal vorab, bevor ich überhaupt ein weiteres Wort mit Ihnen rede ... Im übrigen hab ich durchaus was dagegen, wenn Sie Ihre Ordnungsmacke hier ausleben möchten.«

Der Gesichtsausdruck des Typen wird unangenehm, und Ada ist sich einen Moment lang nicht so sicher, ob sie nicht vielleicht doch erst mal einen anderen Ton hätte anschlagen sollen. Seine linkische Art kommt ihr plötzlich kalkuliert vor.

»Soll ich die Polizei rufen und dich abholen lassen?« fragt er jetzt kühl. Dann fügt er gleich noch hinzu: »Glaubst du, von einem kleinen Gör wie dir lasse ich mich beeindrucken?«

»Glaubst du, ich lasse mich von einem Anzugwichser beeindrucken? Sie können mit Ihrem Pinsel mal Ihre Nadelstreifen übermalen, soll ich das mal machen?«

Ada geht zwei Stufen hinunter und legt eine Faust auf das staubige Treppengeländer. Rülpst einmal laut.

Der Typ sieht mit verbissenem Gesicht auf das sehr dünne Mädchen mit millimeterkurzem Haar in häßlicher Plastikkleidung. Dann sagt er mit zischelnder Stimme: »Ich sehe dich schon seit Wochen auf dem Hof herumhängen, den du offenbar für dein Wohnzimmer hältst. Vielleicht könntest du dein Liebesleben, falls man das so nennen kann, mal auf deine eigenen vier Wände beschränken. Immer, wenn ich auf den Hof gehe, befummeln sich irgendwelche magersüchtigen Halbstarken!«

»Jetzt reicht's, Sie Arschgesicht. Sie sind wohl neidisch. Vielleicht impotent. Ist es das? Davon abgesehen sind Sie genauso dünn wie ich, und Ihre Anzüge sitzen beschissen. Ihre Frau oder besser gesagt Ihre Köchin und Putze ist dagegen ein Brauereipferd. Kann schon verstehen, daß Sie da keinen mehr hochkriegen!«

Der Typ hebt den Eimer, dann läßt er ihn geräuschvoll auf den Boden fallen. Erst denkt Ada, er würde den Deckel abheben und ihr die Farbe entgegenschleudern, aber er steht nur da und sieht sie haßerfüllt an. Ganz geheuer ist er Ada nicht. Aber er steht nur da und rumort vor sich hin. In verändertem Tonfall fragt Ada jetzt: »Was wollen Sie eigentlich hier streichen?«

Der Typ schweigt und sieht sie durchdringend an.

»Machen Sie gerade eine Ausbildung als Hypnotiseur?« fragt Ada.

»Warum gehst du hier hin?« antwortet er mit einer Gegenfrage.

»Ich habe zuerst gefragt!«

»Ich will das Bild da übermalen, es gefällt mir nicht«, sagt er, wobei er sie mustert wie ein widerliches Insekt, das man abklatschen möchte, aber an das man nicht richtig herankommt.

»Und warum nicht?«

»Es ... ich sehe von meinem Schlafzimmer aus direkt darauf und durch die Straßenlaternen wird es genauso beleuchtet, daß ich die Augen sehe ... ich werde das jetzt überpinseln und du verschwindest hier!«

»Kommt nicht in die Tüte. Hier wird nichts überpinselt. Sie haben ein Ei weniger, wenn Sie es wagen, hier Ihren Pinsel zu schwingen«, Ada geht ihm eine Stufe weiter entgegen. Sie ist jetzt wirklich sehr beunruhigt. Wenn der Typ vorhat, den Zaren zu übermalen, kann er auch zu einem späteren Zeitpunkt wiederkommen. Sie kann schließlich nicht immer Wache schieben.

»Ich habe das Bild gemalt«, lügt Ada.

»Oh!« Der Typ sieht sie sehr erstaunt an.

»Es ist mein Vater ... äh, ich bin halbe Russin ... er ist an meinem sechsten Geburtstag gestorben ... ich habe nur noch ein paar Fotos von ihm ... und das habe ich von einem Foto abgemalt ... Sie dürfen es nicht übermalen.« Ada ist sehr zufrieden mit ihrem Einfall; fast ärgert sie sich über ihre Grobheit am Anfang.

»Wie heißt du?« fragt der Typ sie plötzlich.

»Ada.«

»Oh, ja, Nabokov, Ada, ja, das ist ein russischer Name … und du bist Malerin, ja?«

»Ja, klar, schon seit fünf Jahren! Läuft super … äh … hier und da mal 'ne Ausstellung, letzten Monat in Hamburg, davor in Wien … äh … bin ziemlich gut drin.«

»Und dein Vater hatte so einen strengen Blick?«

»Ja, man konnte ihm nie etwas vormachen, er hat immer alles durchschaut. Aber er war nicht wirklich streng, er hat nur immer alles herausgefunden und sich dann überlegt, was man am besten tun kann … und er war viel geduldiger als meine Mutter.« Ada sieht ihren Vater vor ihrem inneren Auge, wie er ihr beim Schaukeln zusah, sein melancholischer, ernster Blick. Er schubste ihre Schaukel immer wieder an, wenn die Mutter schon längst sagte: »Jetzt hab ich keine Lust mehr dazu.«

»Und warum hast du ihn so gemalt, als ob er auf die Tür da blicken würde?«

Der Typ betrachtet Ada argwöhnisch.

»Ach, wissen Sie, das ist … äh, ein Symbol für Neugierde. Er schaut auf das … äh, Unbekannte und Verschlossene, … er fragt sich, was hinter allen Dingen liegt.«

»Oh, das ist aber eine schöne Idee … du hast also gar nicht beabsichtigt, einen Teufel oder so etwas zu malen? Ich finde immer, er sieht aus wie ein Teufel mit diesem roten Umhang und den schwarzen Haaren.«

Ada kichert. »Aber so was glauben Sie doch nicht etwa, oder? Wie soll schon der Teufel aussehen? Vielleicht wie Claudia Schiffer oder Helmut Kohl?«

Der Mann grinst jetzt. »Ich meinte nicht, daß der Teufel zwangsläufig russisch sein müßte … so war das nicht gemeint.«

»Und Sie fürchten sich echt wie ein kleines Kind vor meinem hübschen Porträt?« fragt Ada. Sie fühlt sich schon wie die leibhaftige Malerin des Zaren.

Der Typ guckt verlegen. »Naja, fürchten … also der

Blick ist schon etwas … naja, stechend eben, ich meine, das hast du gut gemalt, diesen Blick, der einen überallhin verfolgt …«

»Wie heißt du?« fragt Ada ihn unvermittelt. Sie findet es richtig komisch, mal mit so einem Anzugtypen zu reden, das tut sie normalerweise nie, außer vielleicht an einem Bankschalter.

»Karaul.«

»Wie, Kraul? Ist das Serbokroatisch oder Suaheli?«

»Äh … Ka-raul, äh ja, also … das … ist Polnisch! … es heißt Vereinigung … äh.«

»Klingt eigentlich eher wie ein ausgedachter Name …«, überlegt Ada. Doch der Typ ruft sofort dazwischen: »Nein, nein, nein! Das ist Polnisch … das heißt so was wie Ehe, verstehst du? Mein Vater hat sich von meiner Mutter getrennt, als sie mit mir schwanger war, und meine Mutter … naja, die hatte noch andere Anwärter, aber nie wurde etwas daraus, obwohl sie sich das sehnlichst gewünscht hat, natürlich … und … äh … ich glaube, sie hat mich deshalb so genannt … ich war zwar kein Wunschkind, aber sie hat mir doch viele Wünsche mitgegeben … könnte man sagen.«

»Interessant, Ka-raul, so heißt das ja? Aber … das könnte dir doch auch scheißegal sein, was deine Mutter sich für dich wünscht, oder?«

»Ich glaube, es ist ein ganz guter Wunsch, daß das Kind später mal eine möglichst enge Beziehung haben wird … das ist doch das Wichtigste … Geld ist nicht so wichtig … Erfolg auch nicht … aber daß man mit einem Menschen … und ich glaube, das geht auch nur mit einem … wirklich verbunden ist …«

»Ich halte das für Blödsinn, ehrlich … Ka-raul, das ist etwas gewöhnungsbedürftig. Ist es nicht am wichtigsten, daß man Spaß hat und … intensive spannende Dinge erlebt und nicht vertrocknet … und mit sich selbst okay ist?«

»Ich weiß nicht«, der Typ sieht Ada einen Moment an, als überlege er, ob er dieses Gespräch in dem ungemütlichen Treppenhaus überhaupt fortsetzen soll. Schließlich, da er sich offenbar auch nicht dazu entscheiden kann, einfach unverrichteterdinge zu gehen, sagt er: »Das klingt so, als könne eine feste Beziehung nicht intensiv sein … intensiv sind doch gar nicht irgendwelche schnellebigen Dinge, die am nächsten Tag von der nächsten Sache abgelöst werden, sondern Dinge, die einen wirklich über lange Zeit … ausfüllen … erfüllen.«

»Aber man kann doch nur intensiv erleben, wenn man offen ist, also ich meine, wenn man ganz viel mitkriegt und naja die Nerven in Bewegung bleiben … Nervensport oder? Keine Ahnung!« Ada lacht.

Der Typ zuckt mit den Mundwinkeln, dann räuspert er sich: »Schon Shakespeare sagte: Eile mit Weile. Warum tat er dies? Weil der Genuß, die Leidenschaft nur im Bewahren liegt, im Innehalten, in der Reflektion. Deshalb sind auch Erinnerungen so wichtig, und wir leben in einer Kultur, die sich viel mehr für das Morgen als für das Gestern interessiert.«

Ada schüttelt den Kopf. Den ersten Teil hat sie nicht so richtig verstanden, aber das mit dem Gestern und Morgen ist hanebüchen. »Quatsch, ü-ber-all in der Stadt stehen Denkmäler rum … und in der Schule fünfmal den Zweiten Weltkrieg diskutiert … dabei hätte ich's viel spannender gefunden, mal was über die neuen Asiaten zu hören! Nee, is nich … alles noch ziemlich backward.«

Der Mann und sie sehen sich einen Moment lang in die Augen. Er macht einen kleinen Schritt zurück, es ist klar, daß er gehen will, und Ada ist schon halb erfroren in ihren dünnen Klamotten. Es gibt nichts mehr zu sagen oder so viel, daß man tagelang reden könnte.

»Ich bin viehisch müde und werde jetzt nach Hause fahren, Karaul, aber ich schlage dir einen fairen deal vor: Und zwar, ich habe noch 'ne Schlafbrille aus 'm Flugzeug, so 'n schwarzes Ding eben, und die kann ich … meinem Vater ja umlegen … ich meine, ich mach links und rechts vom Bild 'nen kleinen Haken hin … dann hast du deine Ruhe vor ihm … und ich kann sie jedesmal abnehmen, wenn ich ihn besuche, hm?«

»Oh, das klingt gut, das ist wirklich nett, ich wünschte, alle Probleme dieser Welt wären so einfach zu lösen.«

»Okay, ich mach das, also: schlaf gut und laß dich von deiner Frau nicht zerquetschen.«

»Sag mal ... gestatte mir eine letzte Frage. Von wegen Problemen und Lösungen. Findest du Sprichwörter, weil altmodisch, auch blöde und albern? Was hältst du zum Beispiel von diesem: Jemanden zum Fressen gern haben? Ja, wie findet so jemand wie du das eigentlich?«

»Oh«, Ada schweigt und überlegt. Dann sagt sie: »Nee, Schaschlik ist doch scheiße« und geht.

Cats Lächeln

Eben, als ich die Linienstraße entlangradelte, ist mir Felix begegnet. Aber er sah mich nicht. Er trug eine dieser Kaktus-Sonnenbrillen aus der »Desert-Zone«-Werbung mit dunkelgrünem Glas und Stacheln nach allen Seiten. Mit unbewegter Miene schoß er auf seinem Mountainbike an mir vorbei. Vielleicht wollte er mich ja gar nicht sehen. Bestimmt ist diese Kiki jetzt seine Freundin. Sie nannte mich immer »Kitty«, wenn sie Felix und mich traf. Wie wär's, wenn mich irgend jemand zur Abwechslung mal mit meinem richtigen Namen anreden würde?

Nachdem ich im »Obst und Gemüse« Claudius und Nick getroffen hatte, geriet ich vor dem Tacheles in eine floridaesk anmutende Touristengruppe, die sich von einer Führerin das Graffiti »Wo ist Käpt'n Nemo?« auf der Brandmauer erklären ließ – als sei es die Inschrift auf Schinkels Altem Museum. Arme Hausbesetzer. Die Amis knipsten sich halbtot. Dann ging es weiter zur Friedrichstraße. »I am tired, I want to shop!« hörte ich noch eine ältliche Marilyn Monroe quengeln.

Eigentlich komme ich viel zu selten zu meinen eigenen Angelegenheiten. Zwei Tage lang war ich innerlich nur mit Ada, Nils und Moritz beschäftigt, nachdem ich eine Nacht mit ihnen im »Schmalzwald« verbrachte. Danach habe ich über ein endloses, sich im Kreis drehendes Gespräch mit diesem Karaul nachdenken müssen, der mich in der S-Bahn auf mein Mona-Lisa-Poster ansprach. Irgend etwas störte ihn daran. Manchen Leuten entgeht auch nichts. Ich sollte einfach mal wieder in Urlaub fahren, je länger ich ununterbrochen hier bin, desto mehr identifiziere ich mich mit den Geschichten anderer Leute, nachts setzen sich ihre Erlebnisse noch in meinen Träumen fort. Eigentlich, habe ich gestern gedacht, als ich so bei Netto in der Schlange stand, lebe ich hier auch nicht viel anders als in der Thomasstraße, außer daß alle Bars gleich um die Ecke sind und ich den Nachtbus nicht mehr mit meiner Gegenwart beehre. Beide Bezirke sind so etwas wie Tummelplätze für überdrehte und verschrobene Existenzen und weisen darin einige Ähnlichkeiten auf. Begriffe wie »Ost« und »West« greifen doch längst nicht mehr. Da ist etwas anderes entstanden. Ich will nicht sagen, etwas Neues. Aber etwas anderes.

Ich puste ein paar Staubflusen von dem Poster. Meine Lisa guckt nirgendwohin. Es ärgert mich richtig, daß Stefans Worte »das ist nicht Romantik, Kati, sondern Humanismus« mir so oft einfallen. Seitdem ich das weiß, sehe ich nicht mehr das unbestimmte Lächeln, sondern nur noch die Komposition. Die Fluchtlinien, die gefalteten Hände. Ich erinnere mich nicht nur an Stefans Worte, ich höre auch seine Stimme, sehe seinen leicht herablassenden Blick. »Weißt du eigentlich, wie *klein* das im Original ist?« Na und? kann man da nur sagen. Aber ich sagte nie etwas dazu und dachte mir meinen Teil: Wie wäre es, wenn sie an den Türen der Clubs hängen würde anstatt Lenin, Hägar oder Teresa Orlowski? Man könnte noch auf irgend etwas hoffen. Ach was. Lisa oder Teresa – in hundert Jahren bringt man das sowieso alles durcheinander.

Gestern bin ich ins »Sexyland« gegangen, einen neuen Club am Rosenthaler Platz in einem ehemaligen Pissoir. Kein Hägar-Poster zwar, aber ein absoluter Hägar-Türsteher. Im Archaik-Look, Felltanga, Lederboots bis über die Knie, eine Keule als Stempel. Ich traf jede Menge Typen da, die ich kenne und die an mir herumzupften, aber ich hatte keine Lust, mit einem von ihnen nach Hause zu gehen. Irgendwann beim Abwaschen oder Brennholzstapeln fällt einem ein, daß man ja jung und schön ist und von einem erwartet wird, daß man ununterbrochen Sex hat. Man sehnt sich daraufhin auf eine abstrakte Weise nach Sex, wie man denkt, man müsse an einem besonders heißen Tag Durst haben, man hat aber gerade gar keinen. Ada sagte mal, sie würde nie zum Briefkasten gehen, ohne zwei Kondome eingesteckt zu haben. Ich glaube, mir reicht eines. Hin und wieder denke ich an Felix. Der Sonntag, an dem wir über die Dächer in Mitte gelaufen sind, der Geschmack der Spaghetti, unser Flüstern und Stöhnen auf dem schiefen Hochbett unter einem von ihm gemalten Keith Haring. Aber schon nach zwei Wochen war die Innenwelt wieder Außenwelt, Freizeitstreß pur, »event-hunting« rund um die Uhr. Ich habe mir nicht die Mühe gemacht, Felix meine Gedanken zu erklären. Ich rede einfach nicht gerne. Und Felix kriegt sein Maul auch nicht auf, obwohl ich weiß, daß er sich noch zu mir hingezogen fühlt. Aber dann drückt er mir lieber einen Flyer in die Hand für irgendeine Party, wo ich ihn gemeinsam mit hundert anderen Girlies und Boyies umringen dürfte. Prima Idee. »Echt Banane«, würde Ada dazu sagen. Ich rekele mich auf meinem Bett, esse eine Mandarine mit Zimt. Es adventet. An der Uni wird wieder gestreikt. Mein Anrufbeantworter streikt auch mal wieder. Ich lege mich in die Badewanne, streike auch.

Zwei Stunden später gehe ich noch mal raus, um mir Kerzen und Brennholz zu kaufen. Schon sehe ich Ada, wie sie auf Inline-Skates ein paar Runden dreht, ein jüngeres Mädchen hinter sich. Jetzt erkenne ich sie, das ist Laura, Adas kleine Cousine aus Neukölln. Trägt wieder das Sweatshirt, in dem ich sie in letzter Zeit so oft gesehen habe: »The Blue Eyes« steht da unter einem Balken mit einem großen Augenpaar. Ada und Laura bleiben vor der verwilderten Wiese stehen, ein Typ kommt vorbei und legt seinen Arm etwas unbeholfen um Laura. Woher kenne ich den wieder bloß? Berlin ist ein Dorf, aber ein ziemlich großes. Ah, jetzt erkenne ich ihn! Der wohnt in der Ruinenburger 64 und spielt in einer Band, die »Ernie, Benno und Bert« oder so ähnlich heißt. Felix hat mich mal auf ein Concert mitgeschleppt, ödes Gitarrengefiepse, knarrende Verstärker, eher eine Bert- als eine Ernie-Nummer. Jetzt grinsen er und Adas Cousine. Was für ein niedlicher Flirt. Vielleicht kommt Laura doch noch von ihrem »Blue Eyes«-Trip runter. Ada und Nils haben sich an unserem gemeinsamen »Schmalzwald«-Abend ein bißchen darüber lustig gemacht. Ich für meinen Teil halte mich da mit Kritik zurück, denn ich war in ihrem Alter ein großer Billy-Idol-Fan.

Das Telefon klingelt; es ist Ada. Die hab ich doch eben noch gesehen. Sie ist gerade nach oben in ihre Wohnung gegangen und hat etwas Furchtbares entdeckt: Ihr neues T-Shirt in Extra-Small ist beim Waschen so geschrumpft, daß es nur noch Nils' Teddys paßt. Spontan fällt mir da auch keine Lösung ein. »Wenn es doch bloß so 'n Trick gäbe, daß ich das Ding bei minus neunzig Grad waschen könnte, und dann würde es wieder so wie vorher«, murrt Ada. Auf einmal habe ich eine Idee: »Sag mal, was hat das Ding denn gekostet? Das ist doch bestimmt von H & M.«

»Acht neunzig«, kommt's wie aus der Pistole geschossen.

»Kauf 's noch mal!«

»Stimmt eigentlich ... Katharina, du bist toll!«

Man hat mich bei meinem richtigen Namen genannt.

Als ich auflege, fühle ich mich trotzdem verwirrt und habe Herzklopfen. All diese Geschichten. Amerikanisches Gequake vorm Tacheles. Kaktusbrille. Extra Large, Extra Small. Plus. Minus. Draußen wirft jemand Mitte November Silvesterknaller. Ich lege mich aufs Bett und warte. Nach ein, zwei Stunden ist Adas Stimme ein Hauch, das Feuerwerk das Klicken der Glasperlen meines Armbands, wenn sie aneinanderstoßen, auf meiner Zunge balanciere ich ein Stück Mandarine mit Zimt. Ich lächele mich im Spiegel an. Hier ist niemand außer mir.

Dann beuge ich mich nach vorne und zünde die große Kirchenkerze neben meinem Bett an. Ich halte einen Finger in die Flamme, ziehe ihn hin und her, jetzt meine Hand, eine Haarsträhne. Es knistert nur einmal kurz, und ein paar verkohlte Haarenden fallen auf den Boden. Ich möchte sieben Leben haben. Wie eine Katze. Alles ist still. Nur das Glühen an meinen Fingern, der Geruch meiner Haare, das leichte Ziehen in meinem Arm. Die Erinnerung daran, sein Leben, einfach so, aufs Spiel gesetzt zu haben.

Dort oben ist Kerzenschein, und wenn ich jetzt klingele, wird Cat wahrscheinlich genervt sein. Wenn sie in ihrer »Mona Lisa«-Stimmung ist, kann sie andere Menschen überhaupt nicht ertragen. »Vergissie doch, hast doch mich«, hat Kiki gestern in ihrer dämlichen, leicht unterwürfigen Art gesagt. Zu meiner Party ist Cat auch nicht gekommen, die ganze Nacht habe ich nach ihr Ausschau gehalten, konnte mich gar nicht richtig amüsieren. Mein 27. Geburtstag, hätte sie ja mal aufkreuzen können. Ihre Arroganz gegenüber dem »Partyvolk«, dabei rennt sie selber jeden zweiten Abend in irgendeinen Club. »Um soziologische Studien zu betreiben«, von wegen. Einfach nur zuzugeben, daß sie da ihr Hirn ausschalten möchte, ist ihr zu profan. Ich liebe ihren Stolz, ihre widersprüchliche Art. Ich liebe sie. Ist das zu profan? Jetzt wird da oben die Kerze ausgeblasen. Ich sehe Cats schmale Schultern, die langen braunen Haare, für eine Sekunde ihr blasses Gesicht, das immer ein bißchen wie das Gesicht einer Porzellanpuppe aussieht, mit den kaum sichtbaren Sommersprossen und dem etwas zu kleinen Mund. Ich glaube, sie will jetzt schlafen, wenn ich klingele, wird sie sich wieder gestört fühlen. Ich weiß, sie haßt plötzliche Einbrüche der Außenwelt, zu der sie mich auch unweigerlich zählt. Vor ein paar Wochen war ich noch ihr geliebter Felix. Bis ich ihr, bis irgend etwas ihr zuviel wurde.

Es ist verdammt kalt, und ich reibe die Hände aneinander. Ich starre auf das kleine schwarze Fenster da oben. Stelle mir Cat im Bett vor. Denke daran, wie sie die Augen geschlossen hat, wenn wir uns geküßt haben. Wie sie mich manchmal ein bißchen erschrocken angeguckt hat, nachdem sie gekommen ist, wenn wir miteinander geschlafen haben. Ich gehe auf das Haus zu, hinter mir die Ruine, und klingele bei Caty-Cat. Nichts passiert. Ich klingele noch mal. Und noch mal. Dann fällt mir ein, daß sie bestimmt wieder ihr Ohropax benutzt und ich mich totklingeln kann. Mir ist zum Heulen zumute. Ich setze mich auf die Bordsteinkante und heule einfach, ist mir scheißegal, was das kichernde Paar da drüben denkt.

Ernie und Leo und Benno und Bert

Benno steigt auf das Fensterbrett, den Glasschneider in seiner Sporttasche. Geschickt schneidet er ein rechteckiges Stück heraus, feiner Glasstaub fällt auf seine Jeans. Dann faßt er mit der rechten Hand hinein nach dem Fenstergriff, hoffentlich klemmt er nicht. Benno muß aufpassen, daß er nicht das Gleichgewicht verliert und herabstürzt. Endlich läßt sich der Fenstergriff bewegen, und Benno öffnet leise den Flügel. Er springt in den dunklen Raum, überall riecht es nach Formalin. Einen Moment überlegt Benno, ob er den Lichtschalter suchen soll, doch er befürchtet, daß man ihn vielleicht aus dem gegenüberliegenden, nur zum Teil leerstehenden Gebäudetrakt beobachten kann. In dem Raum scheinen sich nur einige Schränke zu befinden, vorsichtig tastet sich Benno zur Tür. Auf dem Flur stehen zu beiden Seiten Glasvitrinen. Er geht an das Ende des Ganges, seine Turnschuhe machen kaum ein Geräusch auf dem Linoleumboden. Als Benno in den nächsten schmalen Gang einbiegt, erschrickt er: In Höhe seines Gesichts sieht er in ein einziges gelbliches Auge, ein Zyklopenauge. Eine sehr kleine, weiße Hand ruht auf der aufgeblähten Wange.

Benno geht den zweiten Gang schneller entlang, er schaut nur noch geradeaus, das Quietschen seiner Gummisohlen ist das einzige Geräusch, das zu vernehmen ist. Er biegt in den nächsten Gang, zuckt vor einer unvermittelt in der Dunkelheit aufragenden Büste Rudolf Virchows zusammen. Links von ihm ein tuberkulosezerfressenes Skelett, rechts einige rachitische Brustkörbe. Benno sucht in seinem Lederbeutel nach der kleinen Taschenlampe, dann wagt er, sie anzuknipsen. Er streicht sich die Haare aus dem Gesicht und liest das Schildchen an der nächsten Tür: KII 3, das ist noch nicht richtig. Benno geht weiter, vermeidet es, den Lichtkegel auf die Vitrinen fallen zu lassen. Wenigstens muß er hier auf dem richtigen Gang sein.

Einen Moment fragt er sich, ob er es wohl schaffen würde, morgen, wie jeden Dienstag, zu dem blöden Arbeitsamt zu stiefeln. Am Abend hat er noch Probe mit seiner Band, und in einer Woche ist endlich ihr Auftritt im

»Zoschkeller«. Niemand würde ahnen, was er bis dahin erlebt hat.

Rechts scheinen weitere Archive zu sein, da hinten ist die große Treppe, die zur »alten Ruine« führt, dem ehemaligen Hörsaal, an den Rudolf Virchow die Seminarräume anschließen wollte. Aber die großen Rundbögen sind seit dem Krieg zugemauert. Ein paarmal ist Benno dort gewesen. Er zieht jetzt den Zettel, den er schon so oft angeguckt hat, aus seiner Hosentasche. Darauf steht ein unverständlicher lateinischer Name und darunter eine Jahreszahl: 1979. Daneben hat Benno sich KII 7 notiert. Eigentlich muß es der nächste Raum sein. Mit gesenktem Kopf tritt er an die Tür des Zimmers KII 7 und legt seine Hand auf die Türklinke. Doch er zögert. Dann versucht er sich zu erinnern, wie es gewesen ist, wenn er Melanies warme, feste Brust unter seiner Hand spürte; er konzentriert sich ganz auf dieses Gefühl, schließlich drückt er die Türklinke herab. Der Raum ist größer, als Benno vermutet hat, in der Mitte und an allen vier Wänden stehen Glasvitrinen. Es ist jetzt kurz nach halb eins, er ist also gerade achtzehn geworden, ein bedeutsames Datum, findet Benno. Er beißt sich auf die Lippen, dann läßt er den Strahl seiner Taschenlampe auf die Vitrinen fallen: Hier sind die sogenannten »Froschköpfe« und die »Sirenenbabys« aufbewahrt.

Der Lichtkegel zittert in Bennos Händen, und Benno stellt sich vor, wie er mit diesen Fingern Gitarre spielen würde. Er macht einen Schritt auf die erste Vitrine zu und liest den Namen und die Jahreszahl auf dem Pappkärtchen: 1979.

In Bennos Handflächen und an seinen Schläfen sammelt sich Schweiß, als er auf das präparierte Baby in dem Glasbehälter starrt. Die Haut des Babys ist sehr weiß durch das Formalin, nur die Füße sehen dunkel aus wegen dem gestauten Blut. Der Bauch ist aufgeschwemmt; als hätte ein Teil der Gedärme die Bauchwand durchstoßen, hängen sie aus dem Bauchnabel heraus. Der linke Arm liegt angewinkelt am Kopf, der rechte ist am Rumpf festgewachsen, die winzige Hand verkrüppelt. Doch das Auffälligste ist der Kopf: Das Baby scheint keine Nase zu haben, statt dessen zieht sich eine große Furche von der Oberlippe senkrecht über das Gesicht bis zwischen die Augen, die weit auseinanderstehen. Die Furche ist mindestens drei Zentimeter breit, hellrotes Fleisch und so etwas wie eine obere Zahnanlage sind darin zu erkennen. Ihre Ränder sind wulsthaft aufgeworfen. Die Unterlippe ist dagegen wieder normal geformt, sehr klein, sehr weiß wirkt sie unter der monströsen Verwachsung.

Dieser präparierte Säugling, der auch heute Geburtstag hat und »Leo« hätte heißen sollen, ist sein zweieiiger Zwillingsbruder. Mit vollständig farbloser Iris starrt er aus seiner Glasbehausung. Benno kann seinen Blick nicht wenden von diesem kleinen weißen Körper. Aus irgendeinem oder ohne irgendeinen Grund ist er jetzt in diesem Körper und der andere in jenem, sonst wäre er jetzt der da, und Leo würde hier stehen und in den Glasbehälter starren und Benno zum ersten Mal in seinem Leben sehen. Und vielleicht würde er auch ab und zu mit einem Joint im Tiergarten liegen, in Wildlederhosen, und ein Mädel mit kurzen roten Haaren und einem schüchternen Lächeln anhimmeln und in einer Noise-Band spielen. Oder er würde etwas ganz anderes machen, Sprachen studieren, malen, in Talkshows herumlabern, eine Banklehre machen oder im Knast sitzen!?

Benno geht näher an die Glasvitrine heran, dann öffnet er vorsichtig den Verschluß mit seinem Werkzeug. Er montiert auch noch den Deckel von Leos Glasbehälter ab. Leo hat sogar Haare auf dem Kopf, braune Haare. Als Benno den verwachsenen Körper jetzt von nahem sieht, überlegt er kurz, alles einfach stehen- und liegenzulassen und so schnell wie möglich wieder zu verschwinden – zurück in die grottenähnliche Enge seines Proberaumes, eingehüllt in den Klang der Instrumente, der seit Jahren so etwas wie einen unsichtbaren Schutz gegen jedes Eindringen der Außenwelt um ihn gebildet hat.

Wie ist es möglich, daß dies der Mensch ist, mit dem er neun Monate lang Tag für Tag, Haut an Haut, in einer Gebärmutter gelegen hat? Der Gedanke hat etwas extrem Unwirkliches, doch Benno versucht geradezu zwanghaft, es sich vorzustellen. Mit einem Spaceshuttle zum Jupiter zu fliegen erscheint vorstellbarer als die Tatsache, daß man jeden Tag, ohne es zu merken, einen Billionen-Staat, seinen eigenen Körper, regiert. Einen Staat, der einmal vor mehr als achtzehn Jahren aus einer einzigen Zelle hervorgegangen ist, einer Zelle, die derjenigen, aus der Leo parallel hervorgegangen ist, sehr ähnlich gewesen sein muß. Eine Zelle, die in ein paar Wochen und Monaten seinen Körper hervorgebracht hat, der seitdem unzählige Abläufe reibungslos funktionieren läßt, von denen man selbst nicht die geringste Ahnung hat, wie sie denn funktionieren. Benno muß daran denken, wie er manchmal als Kind auf seinen Atem geachtet hat, ganz bewußt aus- und eingeatmet hat, und dann von der panischen Angst befallen wurde, daß er, sobald er sich nicht mehr darauf konzentrierte, sterben müßte.

Benno beugt sich tiefer über den Glasbehälter und atmet den Formalin-Geruch ein, er inhaliert ihn geradezu. Er hat keine Angst vor dem Chemie-Cocktail in dem Behälter, er hat ganz andere Sachen in den letzten Jahren ausprobiert. Das Zeug stinkt allerdings ziemlich, und Benno spürt, wie seine Augen anfangen zu brennen und er müde wird. Er legt sich einfach zu Füßen der offenen Vitrine auf den Boden, sieht seinen Bruder über sich in die Leere schauen und schläft ein.

Er hat einen seltsamen Traum: Ein großer, kräftiger Mann mit kurzen braunen Haaren und einem Tennisschläger unter dem Arm läuft neben ihm und trinkt eine Cola, die er mit ihm teilt. Sie gehen weiter über eine schmale Holzbrücke, unter ihnen ein Fluß mit gurgelndem roten Wasser. Plötzlich spürt er einen heftigen Schmerz, und sein Bauch schwillt stark an, sein rechter Arm wird schwer, und er preßt ihn fest an seinen Leib. Er streckt den linken Arm nach einem Luftballon aus, der am Himmel treibt. Doch der Himmel scheint wie auf einem psychedelischen Plattencover von hinten weggesaugt zu werden und ist bald nur noch ein stecknadelkopfgroßes Loch. Die Holzbretter unter ihm zerbrechen. In dem Moment, als er in den roten Fluß hätte fallen müssen, wacht Benno auf. Er ist kurz verwirrt, überlegt, wo er sich befindet, doch dann sieht er Leo, unverändert. Er richtet das Licht der Taschenlampe auf seine Uhr. Höchstens zehn Minuten sind vergangen, seit er eingeschlafen ist. Komisch, an so einem ungemütlichen Ort weggedämmert zu sein.

Benno kniet sich wieder vor den weißen Säugling, seine Hüftknochen tun ihm etwas weh vom Liegen auf dem harten Boden. Vor seinem eigentlichen Plan schreckt er noch zurück. Leise zählt er bis achtzehn. Dann greift er hastig in seinen Beutel, nimmt die Plastikhandschuhe heraus und schiebt seine schmalen Hände in die große runde Öffnung von Leos Zuhause. Benno schließt die Augen, hört nur das Glucksen der Formalin-Lösung, über die seit achtzehn Jahren kein Luftzug mehr geweht hat. Dann zieht er den toten Säugling, der schwerer ist, als er vermutet hat, aus dem Behälter und legt ihn auf den Boden. Nun wickelt er ihn in Tücher und Decken, die er für diesen Zweck mitgebracht hat.

Als er die Handschuhe wieder abstreift, fühlt er sich k. o., als hätte er Knochenarbeit geleistet. Ähnlich wie damals, als er, um sich seine erste E-Gitarre zu kaufen, zwei Monate auf dem Bau gearbeitet hat. Doch dann zieht er, ohne zu zögern, Schuhe und Strümpfe aus, steht auf und hebt den Glasbottich aus der Vitrine. Er taucht seinen rechten Fuß in den Behälter, steigt mit dem linken Bein hinterher, spürt die kalte Flüssigkeit an seinen Waden bis in seine Kniekehlen. Er versucht sich ganz auf dieses Gefühl zu konzentrieren und sich vorzustellen, sein ganzer Körper würde in diesem Behälter liegen. Er taucht beide Hände nacheinander in die Flüssigkeit und berührt sein Gesicht, seinen Hals, seine Arme. Einige Tropfen rinnen langsam vom Rand des Behälters auf den Linoleumboden. Benno bewegt sich nicht, regungslos bleibt er in derselben Stellung stehen und hört nur seinem eigenen Atem zu, ein und aus und ein und aus, und schließt die Augen.

Plötzlich steigt Benno wieder heraus, schwer atmend steht er neben dem Glas, von dessen Rand jetzt viele Formalin-Rinnsale herablaufen. Dann stellt er den Behälter langsam zurück in die Vitrine. Als er sich anzieht, hat er das Gefühl, sehr viel mehr Kraft als sonst aufbringen zu müssen, um Dinge wie Schnürsenkel-Zubinden bewerkstelligen zu können. Vorsichtig legt er das eingewickelte Paket mit Leo in seine Tasche. Immer noch sehr träge, verläßt er den Raum. Fröstelnd schlurft er den Gang entlang, geht zur Haupttreppe, jetzt braucht er nicht durch das Fenster hinauszuklettern, sondern kann die Eingangstür von innen entriegeln. Eine Minute später steht er mit seiner schweren Sporttasche draußen vor der Pathologischen Abteilung der Charité.

Er blickt zu dem gegenüberliegenden Gebäudetrakt, einem verfallenen Backsteinhaus mit langen, balkonartigen, efeubewachsenen Gängen vor den ehemaligen Patientenzimmern. Viele der riesigen Fenster sind zubetoniert oder mit Brettern vernagelt. An einem vierstöckigen Gebäudeflügel, dessen Fenster zugemauert sind, befindet sich eine riesige Uhr ohne Zeiger. Vor dem Gebäude liegen Schuttberge. Wenn Benno nach rechts schaut, kann er den modernen Bau der Charité, ein graues Hochhaus, erkennen. Da es nah an der ehemaligen Grenze steht, hatte man die Fenster, die nach Westen gehen, mit weißer Farbe zugestrichen, doch die Patienten haben immer wieder mit Besteck oder anderen Utensilien versucht, diese Farbe abzukratzen, um hinüberschauen zu können. Einmal im Jahr kam ein Kontrolldienst vorbei, der die Löcher zugestrichen hat. Das behauptete zumindest Rainer, der Marzahner mit den tätowierten Eiern, der früher mal in der Charité gelegen hat.

Benno sieht sich in der Dunkelheit um und geht langsam zur Rückseite der Pathologie, wo er sein Mountainbike abgestellt hat. Er hängt die Tasche an den Lenker und fährt mit schlingernden Bewegungen los. Erst fährt er langsam, dann immer schneller, je weiter er sich von der Charité entfernt; die Luisenstraße entlang, den Pariser Platz, dann durchs Brandenburger Tor, weiter in die Straße des 17. Juni, bis in den Tiergarten. Er ist dort sehr gerne und wundert sich nur, warum sich immer mehr Leute in irgendwelche Ost-Hinterhöfe verirren, um dort ihr Bier oder ihre Caipirinha zu trinken. Solche Höfe hat er sein Leben lang gesehen, da wächst kein Baum und nichts, nur ein paar unbelehrbare Wessis halten die für ihre neuen Abenteuerspielplätze. Ein Park ist doch viel schöner! Während Benno auf dem Fahrrad sitzt, schaut er ein paarmal auf seine Sporttasche, mit der er auch sonst oft nachts herumfährt, CDs oder Cassetten transportiert. Im Tiergarten schließt er sein Fahrrad an ein Geländer in der Altonaer Straße, packt seinen kleinen tragbaren Cassettenrecorder aus und legt »Veruca Salt« ein, ziemlich laut. So läuft er durch den Park. Einen Moment kommt ihm der Gedanke, ob Leo die Bässe vielleicht stören würden, als wäre er nur ein schlafendes Baby, wie das Baby von Mareike, Melanies bester Freundin. Eigentlich könnte er eher der Vater als der Bruder dieses Babys sein, überlegt er. Ein seltsamer Gedanke.

Benno läuft noch eine Weile durch den Park, dann setzt er sich unter einen Baum und öffnet seine Sporttasche. Er zieht die Plastikhandschuhe wieder an; Leo ohne sie anzufassen, bringt er doch nicht über sich. Vorsichtig legt er Leo ins Gras. Dann kramt er weiter in der Tasche, denn der Anblick des nackten, mißgestalteten Leo beunruhigt ihn, und holt eine rote Kunstlederlatzhose mit knallgrünen Apfelaufnähern auf den Knien heraus, die er selbst Anfang der Achtziger getragen hat. Die hat er letztens bei seinen Eltern in einem alten Koffer gefunden. Schließlich packt er noch den orangen Pulli mit Ernie und Bert darauf aus. Den hat damals Tante Ina aus dem Westen geschickt, zu seinem dritten Geburtstag.

Er faßt Leo an den Rücken und streift ihm den Pullover über den Kopf, der rechte Ärmel muß eben lose herunterhängen. Dann hebt er Leo hoch und zieht ihm die Latzhose an, die ist viel zu lang für seine Beinchen, bietet aber mit dem Latz Spielraum für den Nabelbruch. An Strümpfe hat Benno auch gedacht. Sie sind viel zu groß und reichen Leo bis weit über die Knie. Schließlich lehnt er Leo gegen den Baumstamm und setzt sich neben ihn. Die kleine Feier kann beginnen. Er wechselt die Cassette aus, und sie hören »Happy Birthday« von Stevie Wonder und »Birthday« vom Weißen Album der Beatles. Benno stellt bunte Teelichter auf und zündet sie an. Nun raucht er noch den Joint, den er vorher zu Hause gebaut hat, und hält ihn einmal kurz vor Leos weiße Lippen.

Benno schaut von der Seite zu Leo hin, rückt etwas dichter an ihn. So angezogen, mit seinem feinen braunen Haarflaum, sieht er fast normal aus. Dann schaut Benno am Baum hoch. Der erste Ast beginnt schon in knapp einem Meter Höhe. Benno faßt nach dem Ast und beginnt sich hochzuziehen. Er klettert weiter. Er ist als Kind immer wild darauf gewesen, irgendwo hochzuklettern, Fußballtore, Lauben, Imbißbuden, Mülltonnen. Ein paar Minuten bleibt er oben sitzen. Von hier aus kann man die Siegessäule sehr gut sehen. Eigentlich ist das ja eher etwas für seine Eltern, Sieges- und andere Säulen zu bewundern, aber jetzt muß er sich doch eingestehen, daß der Anblick was hat. Sie ist von unten angestrahlt, das Licht flutet die gerippte Säule empor. Mit ihren Flügeln sieht die goldene Victoria so aus, als wäre sie über allen menschlichen Mist erhaben. Benno fällt ein, daß seine Eltern mal gesagt haben, die Victoria sei ein Sieges- oder Friedenssymbol, irgend etwas mit preußischen Kriegen jedenfalls, aber für ihn ist sie einfach eine schöne Frau mit Flügeln.

Die Luft ist kühl, frisch und belebend, Benno atmet einige Male tief ein und aus. Schnell klettert er vom Baum und nimmt Leo auf den Arm. Die Plastikhandschuhe hat er längst abgestreift. Es dauert jetzt länger, bis er mit Leo in den Baum geklettert ist, dann sucht er nach einem schönen Platz für ihn. Er legt ihn schließlich behutsam in eine Astgabel. Dann läßt Benno sich wieder ins Gras fallen, schaut nach oben zu Leo. Fast ist ihm, als wäre er mit einer Zeitmaschine in seiner Kindheit angelangt: Es gibt Fotos von ihm, wo er in genauso in einem Baum sitzt. So will er Leo in Erinnerung behalten. Ernie und Leo und Benno und Bert.

Der Gedanke, daß er noch vor weniger als einer Stunde allein durch die Gänge der Pathologie gestiefelt und dort sogar in einen Formalin-Bottich gestiegen ist, kommt Benno jetzt geradezu absurd vor. Er hat Leo befreit aus diesem seltsamen dunklen Haus, in dem die Zeit konserviert wird und Menschen mit der gleichen stillen Emsigkeit gesammelt wurden, mit der Schmetterlinge in unzähligen Glaskästen aufbewahrt werden.

Seine Eltern haben ihm zum ersten Mal von Leo erzählt,

als er zehn war. Er hat dann immer gefragt: Wo ist Leo denn jetzt? und sie sagten: Er ist nicht mehr bei uns, er ist an einem anderen Ort, ganz weit weg, aber da geht es ihm bestimmt gut. Dann hat Großvater, der den Krieg in Berlin miterlebte, Benno erzählt, daß eines der berühmtesten Krankenhäuser, die Charité, damals in Trümmern lag und Tausende dort aufbewahrter mißgestalteter Menschen und Menschenteile in den Straßen bis Unter den Linden zu finden waren. Benno, der schon damals mit Großvaters einzigem Gesprächsthema, Kriegsgeschichten, übersättigt war, sah diese Szene, wie Großvater sie mit seiner Liebe zum Detail geschildert hatte, immer wieder vor sich, nachts, wenn er einzuschlafen versuchte.

Die vier Erwachsenen um Benno vermieden jede weitere Erwähnung Leos, der kurz nach der Geburt gestorben sein mußte. Er war nicht nur tot, er wurde auch totgeschwiegen. Benno ging in Ostberlin zur Schule, dann kam die Wende, als er zehn war. Ein paar unruhige Jahre folgten, in denen er Leo ein bißchen vergaß, er kaufte sich eine Gitarre, gründete seine Band, dann kam Melanie, er fing eine Ausbildung als Instrumentenbauer an, brach sie wieder ab, und nichts wurde mehr über dieses Thema gesagt in all diesen Jahren. Nur Großvater, der langsam auf die Neunzig zuging, erzählte immer wirrere Geschichten, und Benno wußte bald nicht mehr, ob Großvater diese Dinge wirklich erlebt hatte oder nicht. Mit seinem starrer werdenden Blick und dem Speichel, der ihm jetzt oft aus den Mundwinkeln auf die Serviette tropfte, die Mutter ihm umband, erzählte er vom Artilleriefeuer der Russen und von Straßenkämpfen, über Hinrichtungen von Fahnenflüchtigen überall in der Stadt, von Leichen in zerbombten Häusern in der Friedrichstraße und unzähligen Toten im unter Wasser gesetzten U-Bahnhof Oranienburger Tor, von Menschen, die aus brennenden Häusern sprangen, und von sich in ihren letzten Lebensminuten quälenden, verstümmelten Soldaten, und Benno legte ihm eine Hand auf den Arm, doch manchmal sagte er auch: »Nun, hör auf, Großvater, geh schlafen.«

Aber an seinem achtzehnten Geburtstag, da wollte Benno endlich alles über Leo wissen, dieses Datum hatte sich zu einer fixen Idee in seinem Kopf entwickelt, *das* Datum, an dem er das Geheimnis lüften, alle stillen Blicke und Andeutungen verstehen würde.

Benno zündet sich eine Zigarette an einem der Teelichter an. Die sollen noch ein bißchen für das andere Geburtstagskind brennen. Der Tiergarten wird schon nicht abfackeln, und wenn, dann wäre es nur ein Traum, so wie er früher immer geglaubt hat, daß seine Eltern nur ein Märchen erzählen, als sie das erste Mal davon sprachen, daß es mal einen Leo gegeben hat. Mutter, Vater und Großmutter meckerten mit Großvater, der genau in diesen Momenten mit seinem unablässigen nuschelnden Geflüster anfing, über die monströsen Mißgeburten, die er angeblich im Rinnstein gesehen hat, die vielleicht sogar ihren Eltern vor die Füße gespült wurden, über all die Kinder, von denen man nicht weiß, wo sie geblieben sind, und überhaupt die Kriegsflüchtlinge, deren Kinder verhungerten oder als Wasserleichen im Weißen See lagen, oder die Zwillinge, die mit zerfetzten Gliedmaßen in einem Keller in der Linienstraße verendeten ...

Wenn er nachts im Tiergarten liegt und zuviel gekifft hat, kann Benno ihre Stimmen in den Bäumen hören und ihre Gesichter in den Wolken erkennen. Er sieht jetzt den Großvater vor sich, wie er auf seinem Lieblingsstuhl in der Küche mit zwei Kissen im Rücken sitzt und ein Glas Milch trinkt. Und er fragt ihn: »Großvater, denkst du eigentlich jeden Tag an damals, ich meine, immer?« Doch der Großvater hört ihm nicht zu, er ist damit beschäftigt, eine Scheibe Brot mit Wurst in mundgerechte Häppchen zu schneiden. Benno wiederholt seine Frage, doch Großvaters Gesicht ist tief über den Tisch gebeugt, er stochert unbeholfen auf seinem Teller herum. »Gib mir ein anderes Messer, Benno ...«, knurrt der Großvater. Dann schiebt er sich ein Stück Brot mit Blutwurst in den Mund und kaut lange daran.

Benno schließt die Augen und hört auf das Rauschen der Blätter in dem stillen Tiergarten. Er hat ein anderes Bild vor seinen Augen, wie er als Zehnjähriger beinahe unfreiwillig Leo in sein Reich gefolgt wäre: »Aber auf der anderen Straßenseite sind die Federn fünf Pfennige billiger!« rief

Frank, sein Schulfreund, und meinte die bunten »Indianerfedern«, die sie beide um die Wette sammelten und von denen sie natürlich glaubten, daß sie echt seien; auch die blauen, die schönsten, die nur von einem Vogel hätten stammen können, der direkt vom Himmel gefallen ist. Benno war losgerannt, zu schnell oder zu langsam, vielleicht blendete ihn die Augustsonne, er sah den schmutziggelben Lastwagen nicht. Im nächsten Moment wurde er hoch in die Luft geschleudert und gegen eine mit Malereien übersäte Wand in der Sonnenburger Straße geschmettert. Als er aus der Ohnmacht aufwachte, konnte er sich an nichts mehr erinnern, konnte das Reich, in dem er gewesen ist, nicht mehr beschreiben. Er hatte Leo nicht getroffen. Vier Wochen hatte er mit einem Hüftbruch im Krankenhaus gelegen, und seine Eltern hatten Tag für Tag wie versteinert an seinem Bett gesessen. Nur Großvater wirkte einigermaßen ungerührt. Wenn er Benno besuchte, stellte er sich an das Krankenzimmerfenster und berichtete unermüdlich in seiner heiseren und rauhen Stimme von den Zuständen in den Lazaretten damals. Fast schien es, als sei er froh, daß Benno hier liegen und ihm nun, ohne sich entziehen zu können, zuhören mußte.

Benno zündet sich noch eine Zigarette an und schaut hoch in den Baum. Da liegt Leo bunt in der Astgabel. Trotz der Dunkelheit kann Benno die große Furche in Leos Gesicht erkennen. Er konzentriert sich ganz auf diesen Spalt, als würde er darin eine Antwort finden. Dann muß er wieder daran denken, was Großvater erzählt hat über die Zerstörung der Charité im Krieg: 25000 pathologische Objekte, krankhaft veränderte Organe, Mißgeburten, die Virchow und seine Nachfolger gesammelt haben, hat es vor dem Krieg dort gegeben. Nach dem Krieg sind nur 2000 davon übriggeblieben. Und 23000 dieser Objekte sind durch die Straßen des zerstörten Berlins getrieben, ragten aus Trümmern und wurden Passanten vor die Füße gespült. Benno blickt zur lichtumfluteten Siegessäule und stellt sich vor, wie der Tiergarten von lauter in den Bäumen sitzenden Mißgeburten mit feinem flauschigen Haar auf ihren verwachsenen Köpfen bevölkert ist, die alle wie Leo zur Siegessäule schauen. Zur schönen Victoria blicken sie, die hoch über den fünf hier zusammenlaufenden Straßen die Freiheit von den Unzulänglichkeiten des Körpers für sie verkündet.

It's all over now, Baby Blue

Der CD-Player hat einen automatischen Rücklauf, und »Search you all over the world« läuft jetzt zum dritten Mal. Ada liegt in der Badewanne, Laura probiert ihren neuen Lidschatten aus. »Nevada Sunrise« steht auf dem kleinen runden Döschen, den mußte Laura einfach kaufen.

»Und hängt ihr immer noch auf diesem komischen Friedhof ab?« fragt Ada ihre Cousine.

»Nee, schon längst nicht mehr, wir haben einen Schrottplatz in der Nähe entdeckt, der ist viel spannender«, Laura fühlt sich ihrer fünf Jahre älteren Cousine, die auch noch im Prenzlauer Berg wohnt, immer ein bißchen unterlegen. »Da gibt's alles, sag ich dir, alles an Bad Taste, was man sich nur wünschen kann, orange Plastikstühle, platinfarbene Marilyn-Perücken, Quelle-Kataloge von 1966 und Siebziger-Jahre-Geschirr, echt super!«

»Aha«, Adas Interesse ist ein bißchen geweckt. »Siebziger-Jahre-Geschirr, das ist echt bad, mußt du mir mal was mitbringen.«

»Wir können da ja mal zusammen hingehen!« Laura sieht Ada hoffnungsvoll an. Es bedarf immer einiger Überredungskünste, sie nach Neukölln zu locken.

»Ach ... hier hinter der S-Bahn ist ja auch ein Schrottplatz«, Ada trocknet sich ab, drängelt Laura vom Spiegel weg und schminkt sich hingebungsvoll. Natürlich nur so, daß man nach der ganzen Prozedur nicht auf die Idee kommt, daß sie geschminkt ist, sondern nur denkt, daß sie eine wunderschöne Haut, große Augen und eine besonders geschwungene Oberlippe hat.

Laura und sie haben sich getroffen, weil heute morgen im Radio gesagt wurde, daß Mario abends im »Orange«, einem neuen Club auf der Kastanienallee, auftauchen wird. Rike und die anderen hatten keine Lust mitzukommen, und Wolf, mit dem Laura wenigstens an Straßenecken und Parkplätzen auf Mario warten kann, ist einfach ungeeignet für einen Club. Ada kitzelt jetzt Laura ein bißchen in die Seite und sagt: »Du wieder mit deinem Mario ... wenn das irgendein Scheiß-Club wäre, würde ich diesmal echt nicht mehr mitkommen.«

Laura schaut etwas verlegen auf den Boden. Alle Leute lassen sie spüren, daß die Mario-Geschichte sie langsam nervt. »Es wird bestimmt gut heute abend, und wenn ich ihn echt sehe ... das wäre doch der Hammer!«

Laura geht vor dem großen Spiegel hin und her.

»Was meinst du, soll ich wirklich diesen Minirock anziehen?«

Sie hält einen Rock mit aufgenähten Plastikblumen hoch.

»Jaa, du mußt ihm auffallen, da hüpfen tausend Leute rum, Laura, jetzt oder nie!« Laura spürt, wie aufgeregt sie bei diesem Gedanken wird. Sie gießt sich noch einen Schluck von dem Sherry ein, der bei Ada rumsteht. In Adas Wohnung gibt es lauter abgefahrene Sachen, Poster mit Massenmördern über dem Herd, flamingofarbene Plastikstühle, Kunststoffrasen im Bad. Es muß toll sein, alleine zu wohnen. Laura singt jetzt »Clementine, I need you« mit; wenn sie doch nur halb so schön singen könnte wie Mario! Die Stimme ist dreifach gedubt, verzerrt und was weiß ich, mit Halleffekten aufgepeppt, dann klingt jede Stimme gut, hat Ada in ihrer unsensiblen Art gesagt, aber das stimmt nicht, denn letztens hat Mario im Fernsehen a cappella gesungen, und das klang auch gut. Ja!

»Gehen wir?« Ada steht vor ihr, stopft noch ein paar Minzdrops in die Jackentasche und wirkt ungeduldig. Laura weiß, daß Ada heute auf eine Party in Friedrichshain wollte, aber Laura konnte ihr das »Orange« gerade noch schmackhaft machen.

Sie radeln die Schönhauser entlang zur Kastanienallee. Durch eine düstere Einfahrt, die nach Pisse riecht und keineswegs so aussieht, als könnte sich hier etwas anderes als Mülltonnen und meckernde Hausmeister befinden, geht es in den Hinterhof. Laura wird immer aufgeregter. Sie hören schon vom zweiten Hof laute Stimmen, Lachen, dann sind sie auf einmal mitten im Gewühle. Polizisten stehen breitbeinig herum und schieben Leute zur Seite, blicken genervt auf ihre falschen Rolex-Uhren.

Plötzlich erspäht Laura in der Mitte Steffen, den Drummer von »Blue Eyes«, und daneben steht Olli, der Bassist, wo steckt Mario bloß? Steffen und Olli, die zwei und zweieinhalb Jahre älter sind als Laura (sie kennt ihre Geburtsdaten auswendig: Steffen ist Löwe, Olli Zwilling, Matti Krebs und Mario Skorpion), sind von Presseleuten umringt. Hinter den Reportern drängeln sich einige Mädchen, und Laura stößt Ada an: »Das gibt's doch nicht, das ist Evi aus meiner Klasse, die Schleimerfrau, von der ich dir immer erzähle!«

Ada nickt nur, dann schiebt sie zwei Mädchen zur Seite, Laura im Schlepptau, und boxt sich weiter durch. »O entschuldige!«, scheinbar unabsichtlich tritt Laura Evi auf ihre silbernen Stiefel, die blöde Kuh sticht sie schon immer auf dem Schulhof aus, das muß nicht noch abends so weitergehen!, dann nutzt sie die Schneise, die Ada in die Menschenmenge schlägt. Daß Ada sich das traut. Der macht das nichts aus, wenn so ein Proll sich umdreht und »Ey, du Arschbirne« brüllt, die drängelt einfach weiter. Plötzlich erstarrt Laura, legt die Hände vor ihr Gesicht, rauft sich die Haare, geht in die Knie, hätte sich beinahe in die Hose gemacht, klammert sich an Ada, es ist ihr jetzt total egal, ob Ada sie nicht cool genug findet, und – schnieft. Nur zwei Meter vor ihr steht Mario. Er lächelt, nickt der Menge zu, die loskreischt, und Herr Steenbauer, sein Manager, nimmt ihn an die Hand wie ein Kind und führt ihn weiter. Laura starrt auf Marios dunklen Haarschopf, das rote Hemd, den kleinen Hintern in den weißen Levi's. Schon öffnet sich die Stahltür, der glatzköpfige, gepiercte Türsteher, den alle »Dschango« nennen, schüttelt den Kopf und sagt: »Sorry, Leute, heute Privatgesellschaft.«

»Ich kenne da einen Peter!« – »Ich steh auf der Gästeliste!« – »Ich will nur mal kurz gucken, ob jemand da ist, den ich kenne.« – »Ich bin da verabredet!« Ada und Laura hören die üblichen Sprüche von Leuten, die unbedingt in einen Laden reinwollen. »Das können wir abhaken!« erklärt Ada und legt ihrer Cousine einen Arm um die Schultern. »Das ist reine Energieverschwendung, wenn du keinen Fick mit Dschango auf der Treppe schieben willst, kommst du echt nicht rein!«

Laura weiß, daß es keinen Zweck hat, Ada zu widersprechen. Ada kennt sich in ihrem Revier bestens aus und nimmt sie sowieso nie ganz ernst, weil sie fünf Jahre jünger ist und im unhippen Neukölln wohnt. Sie kämpfen sich durch die Menschenmenge zurück in die Durchfahrt. Mädchen mit Plakaten und T-Shirts, deren Aufschriften von »*Ein* Lächeln, Olli!« und »Ich liebe dich, Matti« zu »Fick mich, Mario« reichen, stehen ihnen im Weg. Ein Junge in einem Anorak, auf dem »Extreme Climate Outdoor Rags« steht, beschwert sich über die Kälte und reibt sich die Hände. Jetzt läuft Evi mit hoch erhobenem Haupt an Ada und Laura vorbei. Sie kommt sich wohl toll vor, daß sie mit Yara unterwegs ist, dem schwarzen Modellmädchen aus der 8b, denkt Laura und betrachtet Evi und Yara von Kopf bis Fuß. Gut angezogen sind die beiden ja, das muß man ihnen lassen. Evi trägt ein oranges T-Shirt mit Bambi drauf, darunter steht in gedruckter Kinderhandschrift: »Fuck me.« Das würde Laura sich nicht anzuziehen trauen, Hannelore und Wolf würden sich da auch einschalten, aber hallo.

»Das ist doch echt ’ne dumme Tussi«, murmelt Laura.

»Kichererbse?« fragt Ada. Das ist ihr Spruch, den sie immer drauf hat, wenn sie etwas akustisch nicht verstanden hat.

»Ach, ich hab nur gesagt, daß Evi ’ne dumme Tusse ist ...«, wiederholt Laura ihren wenig ereignisreichen Satz und kommt sich etwas doof vor.

»Stimmt, ich wette, die ist noch Jungfrau!«

»Was?«

»Doch«, sagt Ada, »ich spüre das.« Dagegen läßt sich schwerlich etwas sagen, und außerdem hat Ada oft nicht unrecht mit ihren Aus-dem-Bauch-heraus-sofort-Urteilen. Laura denkt an die Igor-Geschichte, als Ada sagte: »Vergiß ihn, Laura, der steht eigentlich gar nicht auf Mädels, glaub mir.« Eine Woche später im »Trash In Garbage Out« sah Laura, wie Igor und Kai sich vor dem Klo rumknutschten.

»Komm, Laura, schieb jetzt keinen Trauerpudding, du hast ihn gesehen, nächstes Mal wirst du mit ihm sprechen, und dann ... na?« Ada weiß, daß allein die Wahrscheinlichkeit, Mario noch mal zu sehen, nicht besonders groß ist, aber warum ist Laura auch so bescheuert, sich nach der mißglückten Igor-Geschichte in einen Boygroupsänger zu verlieben? Immer diese hoffnungslosen Fälle. Ada grinst Laura an, hakt sich bei ihr ein und zieht sie vorsichtig, aber bestimmt, aus der Toreinfahrt. Auf der Kastanienallee laufen viele Leute rum, es ist Freitagabend. Vor dem »Schwarz Sauer« stehen zwei Tunten und erzählen irgend etwas, wobei sie sich ständig gegenseitig unterbrechen, drei auf die dreißig zugehende Mädchen mit Rattenschwänzen lachen laut herum, ein schwarzer Kellner mit blonden kurzen Haaren verdreht die Augen bei Adas und Lauras Anblick und faßt sich in den Schritt.

»Laß uns in den Schmalzwald gehen!« Ada lotst Laura in den nächsten Hinterhof. Der »Schmalzwald« ist eine Schlagerbar mit Plastikpalmen und Hawaii-Tapeten, mit lebensgroßen Porzellantigern und überlebensgroßen Fotos von Leuten wie Gitte, Engelbert oder der Band »Dschingis-Khan«. In der Tür treffen sie gleich Felix und Kiki, Ada küßt beide auf den Mund.

»Darf ich vorstellen, das ist Lauralein, meine Cousine, wohnt in Neukölln und bekommt hin und wieder Ausgang ... dann flüchtet sie zu mir!«

Felix und Kiki lachen, dann erkundigt Felix sich bei Laura, wie sie es denn in Neukölln aushalte und ob es stimme, daß da jede Woche eine Schießerei sei und arabische Gangs sich alle naselang abknallen. Nein, das ist alles Unsinn, sagt Laura, die Fragen dieser Art gewohnt ist, da ist zwar jeder dritte arbeitslos, aber die meisten Menschen sind freundlich und tun einem nichts. Die sind halt arm dran, so sagt ihre Mutter immer. Irgendwann wird Laura noch zur echten Patriotin, wenn alle so blöde daherreden.

Sie gehen an die Bar und bestellen einen »Peter-Pain-Cocktail«, den Kiki empfiehlt. Laura hört der Unterhaltung der drei Älteren zu und nippt an der knallroten Flüssigkeit, die stechend scharf ist, als hätte man Johnny Walker mit

Pepperoni gemixt. Im Hintergrund dudelt »Sun of Jamaica«. Kiki setzt sich jetzt auf Felix' Schoß und läßt sich seine Zunge in ihre Ohrmuschel stecken. Laura betrachtet alles um sich herum mit großer Aufmerksamkeit. Ihre Eltern denken, sie und Ada winken Mario einmal auf der Kastanienallee zu und gehen dann brav zu Ada Tee trinken und reden. Um zwölf soll sie wieder zu Hause sein.

»Du, Ada? Wie spät ist es, mir fällt gerade ein, daß Hannelore einen Herzschrittmacher beantragt, wenn ich heute nicht um zwölf zu Hause bin!«

»Ach, Tante Hannelore und Onkel Wolfi ...«, Ada hört auf zu sprechen und lächelt einen kleinen Chinesen mit einem Teddybärenrucksack an. Er strahlt zurück.

»Ist der süß!«

Laura weiß nicht genau, ob Ada den Mann oder den Teddy meint, außerdem erinnert sie sich jetzt, wie ihr letztes Treffen mit Ada endete. Sie hatte ihren Eltern erzählt, sie würde bei Ada übernachten, und dann hatte Ada kurzerhand einen Typen mit nach Hause genommen und Laura an die Nachtbushalte gestellt. Laura mußte vom Hermannplatz noch eine halbe Stunde nach Hause laufen, das ahnte Ada vielleicht nicht; aber als Hannelore das hörte, brachte sie zum ersten Mal den Spruch mit dem Herzschrittmacher. Ada hat später Reue gezeigt und versprochen, daß so was nie mehr passiert. Aber wer weiß.

Laura blickt sich in der Bar um. Alles ist so schräg und bunt und die Leute ... dagegen ist das »Trash In« wirklich harmlos. Sie fühlt sich etwas deplaziert, trotz ihres Outfits und der Tatsache, daß Ada sie mit reingenommen hat und anscheinend jeden zweiten kennt. Es ist ihr auch zu anstrengend, sich zu unterhalten, sie weiß gar nicht, was sie erzählen soll, und dann drehen sich alle nach zwei Minuten wieder von ihr weg. Wenn sie die Leute aus der Schule im »Trash In« trifft, gibt es immer was zu reden, und sie fühlt sich einigermaßen selbstbewußt. Jetzt streichelt Felix Kiki von hinten über die Brüste, und ein Typ im schwarzen Anzug drückt Ada ein paar phosphoreszierende Flyer in die Hand, auf dem zwei Skelette es miteinander treiben. Von der Decke baumelt ein Schild, auf dem »Irritainment« steht.

Laura wendet sich ab und starrt auf die glänzende Chromplatte der Bar. Sie trinkt ihren Cocktail nicht weiter, ihr wird richtig schlecht von dem Zeug. Laura muß an Mario denken. Diese blauen Augen, die immer so lieb gucken, und dieses Lächeln ... Seine Hobbys sind tanzen, natürlich, und ins Kino gehen, und sein Traum wäre es, mal mit einem Jeep durch Australien zu fahren, ist das nicht niedlich?

»Laura, bedtime!« Ada nimmt sie beim Arm, küßt Kiki, Felix und jede Menge anderer Leute, auch den Chinesen, der ihr seine Telefonnummer auf den Handrücken geschrieben hat, dann gehen sie raus. Sie imbissen noch beim Afrikaner gegenüber, und Laura taut wieder etwas auf. Ada und sie reden über die Szene vor dem »Orange« und überlegen, was das wohl für eine Privatparty war, und Ada meint am Ende sogar, daß sie zwar die »Blue Eyes« nicht so toll findet, aber von den »Blue Eyes« wirklich Mario noch am besten. Dann ruft Laura aus einer total verkifften Telefonzelle bei ihren Eltern an und bettelt darum, bei Ada übernachten zu dürfen. Gemeinsam radeln sie in die Sonnenburger.

Kaum sind sie in ihrer Wohnung, hört Ada den Anrufbeantworter ab, danach ruft sie tausend Leute an. Nachts. Eigentlich könnte sie die ja auch morgen anrufen, wenn ich schon mal hier bin, denkt Laura, sagt aber nichts. Sie hat es sich schon auf Adas großem Bett bequem gemacht und die neue CD von den »Blue Eyes« angestellt, leise, weil Ada beim Telefonieren keine laute Musik hören will. Laura findet es immer ein bißchen aufregend, nicht zu Hause zu übernachten; alles ist etwas ungewohnt, und man träumt auch andere Sachen in einem fremden Bett, glaubt sie. Vielleicht wird ihr ja heute nacht Mario im Traum begegnen. Der Traum müßte eigentlich nur da anfangen, wo er vorhin aufgehört hat, als Mario vor ihr stand und in die Menge lächelte, vielleicht aber auch zu ihr. Sie denkt an seinen braunen Hals, sein weißes T-Shirt. Seine kleine Muschelkette. Jetzt ist er nur noch drei Tage in Berlin, danach schon wieder am Ende der Welt: in Hamburg und Kiel. Laura beißt sich auf die Lippen. »I search you all over the world«, singt Mario mit seiner hohen, klaren Stimme. Es klingt nicht so, als würde er je traurig sein. Sehnsüchtig, aber nicht traurig.

Das ist nicht das gleiche, hat Rike einmal gesagt, als Pierre ein Wochenende verreist war.

Im Hintergrund hört Laura Ada sprechen, es geht um irgendwelche Partys und Leute, die sich danebenbenommen haben, und Ada redet viel und laut. Laura zieht sich ihre Decke bis ans Kinn, kuschelt sich ein. Wie das wäre, wenn ein Junge neben ihr läge und ihr das Gesicht streicheln, ihren Hals, ihre Schultern entlangküssen würde. Sie würden sich dann so fest umarmen, daß ihre Brustwarzen gegen seine Haut drücken würden. Ada lacht über irgend etwas, es geht um die Love Parade. Da durfte Laura noch nicht mit. Das ist eine riesige Menschenmenge, jedes Jahr werden Leute bei so was totgetrampelt!, hatten Wolf und Hannelore behauptet. Ada erzählt jetzt, daß es eine Gegenveranstaltung, die »Hate Parade«, gegeben hat, und nachher alles durcheinandergeriet und die Leute von der »Hate«, in der »Love Parade« mitstiefelten, aber daß es ihnen eigentlich egal war, wo sie dabei waren.

Laura betrachtet Ada, wie sie sich einen Ohrring abmacht und auf den Schreibtisch wirft, einmal über die millimeterkurzen Haare fährt. Ada ist nett und sehr cool, aber so richtig verstehen tut sie mich auch nicht, denkt Laura. Und Rike ist nur noch mit ihrem Pierre beschäftigt. »I search you, you, you, and one day I know you will be mine.« Sie denkt an Marios Lächeln, seine blauen Augen, die einen immer so bittend und spitzbübisch zugleich anschauen.

»Da ist er!« Wolf und Laura rennen über den Parkplatz. Laura stolpert über eine Cola-Büchse, ihre gerippte Strumpfhose zerreißt über dem rechten Knie, sie flucht, hält sich an der Hand ihres Vaters fest, und läuft weiter. Zu spät! Die Tür des Taxis, eines cremefarbenen Mercedes, schlägt zu; das Auto, umringt von einer Traube brüllender junger Menschen, fährt langsam auf die Ausfahrt. »Ich hasse diese kleinen Nüttchen!« sagt Laura verachtungsvoll. Doch die Trauer in ihrem Tonfall ist unüberhörbar. Ihr Vater legt einen Arm um sie und wartet wie immer in diesen Situationen auf das Kommando seiner Tochter.

»Na denn: home sweet home«, Laura dreht sich um.

»Wollen wir nicht noch bummeln gehen, zum Trost, oder ein Eis essen beim Eisbrecher?« fragt Wolf sie.

»Okay, okay«, murmelt Laura. Langsam gehen beide zurück zum Auto. Mario soll morgen ein Konzert in der Max-Schmeling-Halle geben, danach fährt die Band weiter nach Hamburg, Kiel, Köln, Hannover und München. Laura hatte richtig vorausgesagt, daß er an seinem einzigen Wochenende in Berlin am Samstagnachmittag irgendwo in Mitte, auf der Oranienburger oder auf der Friedrichstraße, spazierengehen würde.

»Der will sich bestimmt das Lafayette angucken, da bin ich mir sicher«, hatte Laura behauptet. Weil Samstag ist, hatte ihr Vater Zeit, mitzukommen.

»Alleine ist es so langweilig, außerdem habe ich sonst niemanden zum Reden und unauffällig in der Nähe stehen«, erklärte Laura ihrer Mutter, die aufstöhnte: »Mußt du immer einen von uns da miteinspannen, frag doch Bettina oder Rike!«

Aber Bettina findet leider die »Blue Eyes« ziemlich blöd, dafür die in Lauras Augen doofen »Surf Boys« viel besser. Und Rike hängt nur noch mit ihrem Freund herum. Außerdem sagen beide, sie kämen sich langsam lächerlich vor, stundenlang mit ihr in irgendwelchen Szene-Cafés oder Plattenläden zu warten, um dann doch unverrichteterdinge nach Hause zu traben. Wolf ist da ganz anders. Mit der Weile. Wann hat es bei ihm »gefunkt«? An Lauras vierzehntem Geburtstag lief abends, was für eine Überraschung, der neue Videoclip der »Blue Eyes«: »Hard time« zum ersten Mal. Lauras Eltern hatten vorher Eis und Erdbeersoße gekauft und saßen mit Bettina, Rike, Sebastian, Kerstin, Sven und ihr vor dem Fernseher. An ihrem Geburtstag hatten ihre Eltern Skrupel, das übliche Desinteresse für MTV an den Tag zu legen, und sahen also, es war kurz nach der Tagesschau, Laura erinnert sich noch ganz genau, den tollsten Spot der »Blue Eyes«, wo Mario auf einen Laternenpfahl klettert, um in das vorbeifahrende Cabrio des Mädchens, das er liebt (natürlich nur im Video!), hineinzuspringen und zu singen: »Last night without you was such a hard time.« Und Wolf sagte: »Na, ich muß zugeben, der hat schon was, dein Mario.«

Daddys Meinung ist eben doch nicht ganz unwichtig. Daß er lange Zeit sagte: »Ich weiß nicht, ich finde das langweilig, die Stones dagegen oder Eric Clapton, das war was anderes …«, hat Laura doch immer gewurmt.

Mario sieht nicht so aus wie all die anderen Jungs, die es in den Videos gibt, findet Laura. Er hat dunkelbraune Haare, stets gebräunte Haut (»der geht aber nicht ins Solarium«, behauptet sie) und sehr blaue Augen. »Deshalb heißt die Band auch so, das war seine Idee, er ist sowieso der Motor der Band«, erzählte Laura ihrem Vater. Daddy findet den Namen blöde, weil er »nicht über sich hinausweist«, keine zweite Bedeutung hat, sich eben auf nichts anderes als auf blaue Augen beziehen läßt. Was daran verkehrt sein soll, versteht Laura allerdings nicht. Wolf erklärte ihr: »Die Beatles zum Beispiel oder die Byrds, das sind Wortspiele, das ist raffiniert.«

»Was ist daran raffiniert, einen Käfer mit dem Beat zu kreuzen?« hatte Laura kopfschüttelnd gefragt. »Und was soll da überhaupt bei rauskommen?«

Da hat sich ihre Mutter eingeschaltet und gesagt: »Sei nicht albern.«

Wenigstens kann Laura mit Wolf überhaupt über Musik reden, Hannelore dagegen interessiert das alles gar nicht. Man muß Dad nur lange genug bearbeiten, dann zieht er mit, hat Laura Rike erzählt. Hannelore findet es »die Krönung«, daß Wolf jetzt ab und zu, wenn er Zeit hat, mit Laura vor dem Fernseher sitzt und sich Videos anguckt. Es scheint ihm direkt Spaß zu machen, mit ihr Zeit zu verbringen, und er redet auch nicht so blöd wie Hannelore von »dieser Teenie-Band«. »Mario ist erwachsen, er ist neunzehn!« hat Laura ihrer Mutter eindringlich gesagt.

Wolf und Laura sitzen beim »Eisbrecher« auf der Hermannstraße zwischen »Conny's Container« und dem »Sarg Discount«. Laura ißt Wolfs Schokoladenkugel, er ihre Erdbeerkugel.

»Damit ich noch mal solche Erdbeerbäckchen wie du bekomme!« sagt er und gibt seiner Tochter einen Kuß auf die Wange.

»Du stehst doch schon mit einem Bein im Grab, Dad!«

kichert Laura; böse war das gar nicht gemeint. Jetzt kneift sie ihren Vater in den Oberschenkel, zur Versöhnung, aber Wolf sagt kein Wort, kratzt nur seinen Eisbecher sehr sorgfältig aus.

Palmen, eine blutrote Sonne, Fußabdrücke im Sand. Der gebräunte Arm eines Jungen in einem leuchtendblauen T-Shirt. Das Meer rauscht, das Rauschen schlägt um in das Knistern und Flimmern des Fernsehers vor Adas Bett. »My lips all over you.« Eigentlich sieht man Mario gar nicht richtig auf diesem Video. Immer nur Close-ups, Körperteile von nahem. Seine Hände, sein Mund, sein nackter Oberkörper. Wasserperlen oder Schweißperlen an seinem Hals. Kein Knutschfleck, nie. Keine Spuren, keine verräterischen Indizien, nur Haut und Schweiß und Wasser. Viel Wasser, viel Seife. Ein Spot für ein Shampoo wird eingeblendet. Ein Junge steht mit nacktem Oberkörper unter einer funkelnden Dusche, der Schaum auf seinem Kopf verdeckt die kurzen Haare. Er lächelt breit, legt den Kopf nach hinten, schließt die Augen, und das Wasser läuft über sein ebenmäßiges Gesicht. Es folgt ein Spot für Milky-Way-Eiscreme. Ein lockiger Junge im hellblauen Jogging-Anzug kommt schweißgebadet aus einer erleuchteten Turnhalle, strahlt in die Kamera und beißt herzhaft ins Eis. Lustvoll leckt er sich mit der Zunge ein paar Schokoladensplitter von den Lippen. Laura hat versonnen zugeguckt, jetzt spult sie das eben aufgenommene neue Video der »Blue Eyes« und die beiden Werbespots zurück und sieht sich alles noch mal an. Marios Hände tanzen vor dem Horizont, scheinen niemandem zu gehören, machen magische Zeichen, er springt in die Luft und fällt in Zeitlupe wieder auf den Strandboden, er steht in weißen Levi's im Wasser und singt in der Abendsonne, dann streicht er mit beiden Händen über die Wasseroberfläche, als würde er etwas suchen, einen Körper, eine Haut, die er vermißt. Laura preßt ihr Ohr an die Box, schließt die Augen. »One day I'll touch you with my tenthousand fingers.« Mario berührt mit seinen nassen Händen sein Gesicht, seinen Hals, seine Brust, die Innenseite seiner Oberschenkel.

»Komm, heute ist dein großer Tag, bist du ready?« Ada steht perfekt gedreßt in der Tür. Laura springt auf, eigentlich hat sie die ganze Zeit auf Ada gewartet. Die »Blue Eyes« geben heute ihr großes Konzert in der Max-Schmeling-Halle gleich um die Ecke von der Sonnenburger. Seit Wochen fiebert Laura diesem Abend entgegen. Ada und sie gehen die Treppen hinunter, zur Gleimstraße. Im »Schall und Rauch« holen sie Rike ab, die tatsächlich Zeit hat mitzukommen, weil ihr Macker auf einem Familienfest weilt. »Einmal kann ich mir das ja mal antun«, hatte sie zu Laura am Telefon gesagt. Laura geht beschwingt zwischen ihrer älteren Freundin und ihrer Cousine, wirft verstohlen einen Blick in die Schaufensterscheiben, auf ihr Spiegelbild. Sie sehen toll aus, wie sie hier zu dritt in ihren kurzen Stretchröcken und ihren Baseballkäppis die Straße langschlendern. Vor der Max-Schmeling-Halle ist schon ein riesiger Auflauf. Doch die »Blue Eyes« nehmen nicht den Weg, den sich ihre Fans erhofften, und stehen zur Überraschung aller plötzlich, wie aus dem Nichts aufgetaucht, fern auf der Bühne.

»Jetzt will ich mich mal davon überzeugen, ob die wirklich tanzen können«, sagt Rike und kneift Laura scherzhaft in den Arm. »Na, aufgeregt, dein Held das dritte Mal live, in vier Tagen?«

Laura ist so nervös, daß sie sich gar nicht auf das Konzert einstellen kann, nicht richtig in Ekstase gerät. Es ist nämlich so, daß Ada von einem Bekannten einen Backstage-Paß bekommen hat. Laura zuliebe werden sie nachher hinter die Bühne zu den Jungs gehen dürfen. Den ganzen Nachmittag lang hat Laura mit Ada geprobt, was sie sagen könnte und wie Mario reagieren könnte und wie sie gucken oder gestikulieren soll, alles. »Ich komme mir vor wie eine Dompteuse«, hat Ada am Ende halb genervt, halb amüsiert gesagt. Das Konzert ist trotzdem ziemlich toll, es gibt vier Zugaben, und Mario tanzt besser als bei jedem anderen Konzert, findet Laura. Heute hat er ein dunkelblaues Frottee-Shirt und wieder weiße Levi's an, die ihm so gut stehen. Er schüttelt seine Haare und wirft am Ende sein T-Shirt in die kreischende Menge. Laura hat Evi irgendwo weiter vorne gesehen, die mit ihrem aufgetürmten Haar und der riesigen

Sonnenblumenhaarspange, die sie sich auch gekauft hat, anderen Leuten die Sicht wegnimmt.

Ada und Rike betrachten das Ganze etwas abschätzig. »Soo geil sind sie nun auch wieder nicht«, meint Rike. Ada guckt sich die meiste Zeit die Leute aus dem Publikum an, lästert hin und wieder mit Rike. Laura ist trotzdem verdammt froh, daß die beiden mitgekommen sind und sie nicht alleine hier sein muß.

Der Auftritt dauert trotz der vier Zugaben nur eine gute Stunde, dann sind die »Blue Eyes« schon wieder weg. Jetzt kommt der große, große Moment, denkt Laura und wirft Ada einen vielsagenden Blick zu. Sie drängeln sich, Ada voran, durch die Menschenmenge, in Richtung Backstage. Ein Trupp Mädchen mit einem riesigen Mario-Transparent schiebt sich vor sie, hinter ihnen wird eine leichenblasse Rotblonde auf eine Bahre gehievt, ein Mädchen neben ihnen hält einen Teddybären in der Hand und weint in sein goldbraunes Fell.

»Laura, laß dir dein T-Shirt von ihm signieren, aber frag ihn nicht nach seinem Aszendenten, die Astro-Schiene würde ich echt weglassen«, sagt Ada noch mal eindringlich. Rike kichert, Laura zittert.

Der bullige Typ vor der kleinen Tür mustert sie herablassend, dann macht er mit seiner Hand eine Bewegung, als wolle er ein paar Fliegen verscheuchen. Ada, Laura und Rike treten ein. Sie müssen durch einen nach Linoleum und Schweiß riechenden Gang laufen, zwei leere Räume, die wie Umkleidekabinen aussehen, durchqueren, bis sie vor der Tür stehen, hinter der die Band rumsitzt und sich ausruht. Eins, zwei, drei!, Laura drückt die Klinke herab. Es war vorher ausgemacht, daß sie als erste eintreten wird.

»Hey, hey«, das ist Olli, der Bassist.

Laura traut sich nicht, Mario auch nur anzusehen. Er sitzt etwas abseits, labert mit einem Reporter. Hin und wieder nimmt er einen Schluck aus einer Fanta-Flasche, greift sich eine Ananasscheibe von dem zerfledderten Buffet und läßt sich breitbeinig in den Sessel zurückfallen. Rike quasselt ein bißchen mit Olli, da Laura einfach kein Wort herausbringt. Wieso fallen Rike bei jeder Gelegenheit passende Gesprächsthemen ein und ihr nicht? Rike fragte Olli einfach, wie er Berlin findet, ob er zum ersten Mal hier ist und wie es im »Orange« gewesen ist. Olli antwortet nett und lächelt Rike an, er bietet ihr einen Sitz an und erzählt, wie ätzend es ist, ständig mit der Band unterwegs zu sein und »nebenbei« das Abitur vorzubereiten. Er hat eine lustige Art zu reden und sieht auch ganz gut aus, aber kein Vergleich zu Mario ... Ada hat derweil ein Gespräch mit Matti angefangen. Sie stichelt ihn ein bißchen, meckert an dem Auftritt rum, faßt ihm aber dabei an den Arm, und Matti scheint das alles zu gefallen. Jetzt hat Mario sich umgedreht und Laura einen kurzen Blick zugeworfen. Er schaut wieder weg, sagt noch etwas zu dem Reporter, dann lehnt er sich in seinem Sessel zurück, schließt die Augen. Laura steht da und starrt ihn an. Kaum zu fassen, daß da wirklich Mario ein paar Meter vor ihr sitzt. Sie kann sich gar nicht satt sehen an seinem Anblick, versucht sich alles zu merken, die Wölbung seines Adamsapfels, seine langen Wimpern, die Farbe seiner Socken. Jetzt wirft Ada ihr einen stirnrunzelnden Blick zu. Der soll heißen: Mach was aus der Situation!

Laura macht einen Schritt, dann noch einen zweiten in Richtung Mario. Mehr schafft sie einfach nicht. Sie zittert so sehr, daß die Schnürsenkel ihrer Turnschuhe ein leises Geräusch auf dem Boden verursachen. Plötzlich dreht Mario sich um, zieht die Augenbrauen hoch und sieht sie an.

»Zu mir?« seine Stimme klingt sehr forsch.

»Jaa.« Laura blickt ihn an. Mario macht eine Bewegung mit der Hand, sie solle herkommen. Laura macht lauter kleine Schritte in seine Richtung, weiß nicht, wo sie ihre Hände lassen soll, ihr Rock hat keine Taschen, schließlich verschränkt sie die Arme auf dem Bauch, denkt gleichzeitig, daß das bestimmt total doof aussieht. »Willst du 'n Autogramm, haste 'ne CD von uns dabei zum Signieren?«

Laura schüttelt den Kopf. Sagt nichts. Mario beugt sich etwas nach vorne und sieht sie interessiert an.

»Mädel, sei mal nicht soo schüchtern«, er faßt ihr in die Haare, legt eine Hand auf ihre Hüfte. Laura zuckt zusammen, einen Moment hat sie das Gefühl, ohnmächtig zu werden, vor Schreck, Überforderung, Glück und Angst.

Jetzt lehnt Mario sich wieder zurück, sagt laut: »Ey, Matti, du gehst ja ganz schön ran«, Laura dreht sich um und sieht, wie Ada es sich auf Mattis Schoß bequem gemacht hat und sich einen Zungenkuß geben läßt. Plötzlich sind Marios Hände um Lauras Hüften, er bugsiert sie auf seinen Schoß. Laura ist völlig überrumpelt, irgendwie läuft alles total anders, als sie es sich vorgestellt hat. Zu schnell. Sie weiß nicht, was sie denken soll.

»Küß mich«, sagt Mario.

Sie sieht ihn an. Sein Gesicht, das sie seit Monaten nur im Fernsehen gesehen hat, ist direkt vor ihr. Er hat wirklich wunderschöne Augen, doch scheint er ihr plötzlich viel älter als sie selbst zu sein.

Er faßt ihr unters Kinn und zieht ihr Gesicht zu sich, im nächsten Moment dringt seine Zunge in ihren Mund. Sie ist sehr fest, seine Zunge, sie stößt gegen ihre Zähne, an ihren Gaumen. Laura legt ihre Hände auf Marios breite Schultern, er hat jetzt ein rotes Muscle-Shirt an, und streichelt verwirrt und ganz vorsichtig über seine braune Haut. Etwas ärgert es sie, daß ihre Freundinnen einfach mit den anderen rumknutschen und sich überhaupt nicht mehr um sie kümmern. Sie weiß gar nicht, ob sie jetzt total happy sein soll oder nicht, sie läßt sich von Mario den Hals abknutschen, dann fassen seine Hände unter ihr T-Shirt. Laura zuckt zusammen. Er hat ihr noch nicht mal richtig in die Augen geguckt, bevor er sie geküßt hat. Seine Hände gleiten über ihre Brüste, er hat den Kopf zurückgelehnt, die Augen geschlossen, sieht beinahe genauso aus wie vorhin, als er sie noch gar nicht gesehen hatte. Er legt seine Arme fest um sie und preßt sie näher an sich heran. Laura spürt seinen steifen Schwanz. Völlig durcheinander streichelt sie mit beiden Händen sein Gesicht. Einmal wagt sie es, die Stelle an seinem Hals gerade über dem Rand seines T-Shirts mit ihren Lippen zu berühren. Diese Stelle hat sie sich bestimmt schon hundertmal angeguckt.

»Komm, wir gehen rüber«, Mario steht auf, nimmt sie bei der Hand, aus einem Augenwinkel sieht Laura, daß Rike und Ada, Olli und Matti verschwunden sind. Fast wäre ihr Herz stehengeblieben.

»Wo … wo sind die anderen?« flüstert sie. Mario grinst, sagt nichts. Sie gehen in eine der leeren Umkleidekabinen, durch die sie vor weniger als einer halben Stunde noch mit Ada und Rike gegangen ist. Mario setzt sich auf eine Holzbank, nestelt etwas an seinem Gürtel herum und zieht Laura auf seinen Schoß. Als er mit seinen Lippen und Zähnen irgend etwas an ihren Brustwarzen macht, fühlt Laura nur noch Beklemmung. Sie sieht sich in dem leeren Raum um, in dem nichts weiter als ein Papierkorb und drei Holzbänke stehen. Grelles Licht fällt von einer Deckenleuchte. Marios Hand ist zwischen ihre Beine gewandert, er schiebt seine Finger in ihre Unterhose. Sie dachte immer, wenn ein Junge seine Finger auf ihre Scheide legen würde, würde er sie ganz vorsichtig streicheln, aber Mario macht mit seiner Hand Bewegungen, als würde er eine Zitrone ausquetschen. Es tut richtig weh. Jetzt steckt er einen Finger in ihre Scheide, steckt ihn raus, rein, raus, rein. Laura hat sich die ganze Zeit nicht gerührt, nur einmal ihre Hand an seine Wange gelegt, einmal sein Haar gekrault. Als sie sieht, daß er sie erwartungsvoll und offenbar nicht so zufrieden ansieht, erschrickt sie. Was hat sie wieder falsch gemacht?

»Was willst du eigentlich?« fragt Mario sie jetzt.

Laura legt einen Finger auf ihren Mund, »ich … ich weiß nicht«.

Mario sieht sie belustigt, aber nicht böse an. »Einen Kuß, ein Autogramm und unsere neue CD?«

Laura nickt.

»Du hast noch nicht mit einem Jungen geschlafen, oder?« fragt Mario und schaut sie mit seinen blauen Augen etwas spitzbübisch an.

»Nee, ehrlich gesagt nicht«, sagt Laura.

»Das ist doch nicht schlimm, nun guck doch nicht so entsetzt, hättest das gleich mal gesagt … ich will dich doch nicht vergewaltigen«, Mario lacht und gibt ihr einen Kuß auf die Stelle an ihrem Hals gerade über dem Rand ihres T-Shirts.

»Komm, wir gehen, so cosy finde ich es hier auch nicht … und deine Eltern warten schon auf dich, oder?« Er grinst sie an, diesen Spruch konnte er sich wohl nicht verkneifen. Laura schiebt ihren Rock wieder runter, dann gehen sie, Mario hat sie an der Hand genommen, zurück in den großen Raum mit den Sesseln und dem Buffet, wo jetzt die Promoter mit ein paar Journalisten labern. Mario kramt in einer Tasche herum, »hier, schenke ich dir, kriegst noch 'ne Widmung«.

Er holt das Cover aus der Plastikhülle und schreibt schnell: »For sweet Laura, from cute Mario, with lots of love.« Dann drückt er Laura die CD in die Hand, gibt ihr einen gespielt unbeholfenen Handkuß und grinst in Richtung Tür.

Laura geht den Gang entlang. Irgendwo in ihr ist ein dumpfes Unwohlsein, aber es dringt noch nicht richtig zu ihr durch. Der bullige Typ wirft ihr einen verächtlichen Blick zu, als sie die Tür öffnet. Dann steht sie alleine in der Menge, die die ganze Zeit darauf gewartet hat, daß die »Blue Eyes« doch noch mal auf die Bühne kommen. Da entdeckt sie Ada.

»Mann, Ada, wo warst du nur?«

»Wo warst *du* nur?« Ada mustert Laura.

»Ich ... ich war mit Mario da in den Umkleidekabinen.«

»Echt? Und hast du dann da ... das ist ja kein sehr romantischer Ort für das erste Mal«, meint Ada.

»Nein, so weit sind wir nicht gegangen ... Ada, es geht mir nicht gut.«

»Schon gut, schon gut, Kleine ... er ist ziemlich doof, oder? So 'n Aalglatter, wußte ich doch ... jetzt flippt der rum, aber in drei Jahren heiratet der, setzt 'n paar Rotzlöffel in die Welt und wählt die CDU ... da kommt Rike!«

Rike tritt an die beiden heran, macht ein besorgtes Gesicht. »Laurachen, was ist los?«

Ada murmelt, »er war zu grob mit ihr ... unser Sensibelchen«.

Jetzt schaut Laura Rike und Ada direkt in die Augen.

»Und was habt ihr mit den beiden anderen gemacht, heraus mit der Sprache!«

»Nichts«, sagt Rike, »nur 'n bißchen geknutscht, ich wollte mal wissen, wie so 'n Boygrouphäschen küßt, aber bei mir ist klare Linie, daß ich mit keinem anderen Mann außer Pierre schlafe.«

»Und du?«

Ada winkt ab. »Ich bin kein Groupie, nur 'n bißchen Zunge, aber ich finde es auch grob, daß er dich gleich in die Umkleide schleppt ... von wegen ›der Romantiker‹, das stand letztens in der ›Max‹. Olli der Spaßvogel, Matti das stille Wasser, Mario der Romantiker ... komm, Laura, keine Trauer-Omme schieben, ich hab Hunger und brauch 'n bißchen mexican food.«

Wolf steht auf dem Flur und betrachtet Laura. Sie lungert in ihrem Zimmer auf dem Bett herum. Dann steht sie auf, wühlt in einem Klamottenhaufen auf dem Boden, zerrt eine rote Schlaghose heraus, hält sie einen Moment vor sich, um sie dann fallen zu lassen und sich selbst wieder ins Bett zu legen.

»Mußt du nicht los, Laura?«

»Nö, ich gehe heute nicht zum Sport!«

Laura betrachtet ihre Fingernägel eingehend, kramt in einem Kosmetikbeutel nach Nagellackentferner.

Jetzt klingelt das Telefon; Wolf schlurft den Flur entlang, hebt ab, »für dich, Rike«.

Laura steht seufzend auf, stolpert über ein Paar Schuhe, dann bewegt sie sich in Richtung Telefon.

»Hallo, Rike-Schnuck, lieb, daß du anrufst ... nee, ich schenke mir den blöden 1000-Meter-Lauf ... wozu die Keulerei.«

»Laura, ist das nicht ein bißchen frisch so mit deinen nackten Beinen?«

Wolf sieht sie stirnrunzelnd an.

»Man, Dadwolf, ich bin doch keine Rheuma-Oma ... Ja, ich bin noch dran, Rike, Dad spielt mal wieder den Besorgten ... okay, ich komme nachher bei dir vorbei ... dann bis später ... Kußkuß!«

Laura legt auf und wirft einen skeptischen Blick auf ihren Vater, der sich im Spiegel neben der Garderobe betrachtet. Seit Tagen jammert er rum, daß er einen Essay fertig schreiben muß, aber so unter Termindruck scheint er doch nicht zu sein.

»Was'n Dad, noch ein graues Haar entdeckt, seit wann bist *du* eitel?«

»Ach, nichts.« Wolf geht langsam in sein Zimmer, schließt die Tür hinter sich. Laura erwartet, das übliche Klacken seiner Finger auf der Computertastatur zu hören, statt dessen erklingt nach kurzer Zeit »Comes a time«, eine Neil-Young-Platte, auch noch mit Country-Einschlag. Daß er in dieser Wohnung überhaupt wagt, so was anzustellen, denkt sie. Die Musik verstummt. Es ist ganz still in dem Zimmer, kein Knistern von Papier, kein Druckergerassel, nichts. Dann, etwas lauter, hört Laura: »Search you all over the world.« Aber da ist noch ein anderes Geräusch. Sie hört, wie ihr Vater leise mitsingt. Meist setzt er zu früh oder zu spät ein, der Text stimmt auch nicht immer. Die Dielen quietschen von seinen Schritten auf dem Parkett. Wolf scheint die »Blue Eyes« besser zu finden, als sie je dachte. Laura zögert einen Moment, dann klopft sie an die Tür.

»Ja?«

»Ich bin's, dein Töcht.«

Sie steht in der Tür, guckt ihren Vater an, der in der Mitte des Zimmers steht.

»Ich höre das nicht mehr.«

»Du hörst das nicht mehr? Kein Mario mehr, Laura, was ist los? Hannelore wird Luftsprünge machen, aber … was ist passiert?«

»Nichts … es ist nur einfach so … ich finde ihn jetzt blöd … so ist das halt«, Laura geht wieder zurück und schließt die Tür leise.

Feuer im Rücken

Ich verteile die Spekulatius auf der bunten Schale zwischen einigen Yoghurette-Riegeln, Smarties und Granini-Bonbons. Dann setze ich noch den Zimt-Tee auf. In fünf Minuten kommen Ada und ihre Cousine vorbei, zum zweiten Advent. Ich gehe in mein Zimmer, mache ein bißchen Musik an. Als ich ans Fenster trete, sehe ich, daß es draußen schneit. Der Müll gegenüber sieht so friedlich aus in seinem weißen Pelz. Jetzt wird Sturm geklingelt. Adas Klingeln, eindeutig. Oft haben wir uns bisher nicht getroffen, meistens zufällig unten auf der McSonnenburger, aber in letzter Zeit haben wir, ohne gerade Busenfreundinnen zu werden, einen Draht zueinander gefunden.

»Hi, ihr beiden, Laura, hast dir die Haare abrasiert? Hmm, sieht aber nicht schlecht aus.«

»Hi, Katharina! Du hast geheizt, ein Glück …«

Wir gehen ins Zimmer und machen es uns auf dem Bett bequem. Als wir nebeneinander sitzen, Zimt-Tee schlürfen, Spekulatius und anderen Netto-Krempel essen, fällt mir wieder auf, wie mager die beiden sind. Ich gelte ja schon als dünn, aber Lauras Fesseln sind gerade mal einen Spekulatius breit. Bei meinem Süßigkeitenteller werden die Damen doch bestimmt schwach. Mit ihren stoppelkurzen, rotgefärbten Haaren sieht Laura Ada noch ähnlicher.

»Leute, ich hab was Geniales erlebt! Ich war bei Woole und hab 'n Rolli für 5,99 getrasht, und dann hat die Kassiererin mir … haltet euch fest! vierzig Mark zuviel rausgegeben!« Ada strahlt uns an.

»Ist das geil!« Laura sieht ihre Cousine bewundernd an, als wäre Ada selbst dafür verantwortlich.

»Die hat gedacht, ich hab 'n Fünfziger rübergeschoben, aber in echt war es 'n Zehner … ziemlich bekloppt, ne? Ich meine, wo sich 'n Fünfziger und 'n Zehner so verdammt ähnlich sehen«, Ada kichert. »Und da hab ich mir gedacht, kann ich ja gleich was in 'ne Flasche Wein investieren.«

Sie zwinkert uns zu, springt auf und läuft auf den Flur. Eine Minute später kommt sie wieder, mit einem koboldhaften Grinsen, macht ganz schnelle Schritte, wobei sie die Knie bis an die Brust zieht, hält etwas hinter dem Rücken versteckt. Dann läßt sie sich mit der Flasche aufs Bett plumpsen. Ein echter Riesling-Eiswein. Ich hole noch drei Tassen. Die mit den kleinen Katzen, die Felix mir geschenkt hat, stelle ich dabei in die hinterste Ecke des Regals.

»Mach mal andere Musik, Kati, dieses Soft-Soul-Zeugs hört schon keiner mehr.«

Ada schenkt Wein ein und wirft mir einen ungeduldigen Blick zu. Ich lache in mich hinein über ihre Bemerkung. Musik ist mir zwar wichtig, aber ich bin nicht total in meinem

Wohlbefinden gestört, wenn mal 'ne Stunde etwas läuft, was nicht hundertprozentig meine Sache ist. Altersfrage.

»Was is'n dis jetzt?« will Laura wissen, als ich die Marvin-Gaye-Cassette weglege.

»Ach, so ein altes NDW-Mix-Tape von mir, wenn's recht ist.«

»Mal abwarten«, Ada und Laura sitzen wie zwei Olympia-Juroren da, neigen den Kopf leicht zur Seite und überlegen, ob sie meine Musik goutieren können oder nicht.

»Und, Laura, wie geht's unten in Neukölln?« frage ich nun.

»Nur ätzend, auf 'n Bus geschossen hat ein Typ, ehrlich, und Hundekämpfe hat's auf dem Friedhof gegeben, Rosi Minzlin, die kennst du ja auch, hat 'ne tote Dogge auf'm Grab gefunden ... Ich geh da nicht mehr hin, freut sich meine Mutter, bleibe ich mehr zu Hause.« Laura spielt mit dem kleinen Neon-Armband an ihrem Handgelenk.

»Du kommst einfach immer hierher! Nee, du versauerst da doch nicht, außerdem ... du bist doch jetzt schon fünfzehn, in drei Jahren lassen deine Alten dich gehen!«

Ada sieht ihre Cousine eindringlich an. Laura macht ein Gesicht, als würde sie gleich heulen: »*Drei* Jahre noch! Wie soll ich das bloß aushalten?«

»Wie geht's denn mit Benno?« frage ich, um etwas Erfreulicheres anzuschneiden. Benno, Lauras neuer Freund, ist weitaus sensationeller als so ein Boygroupschnulli, er stand in der Zeitung wegen Raub eines Embryos aus der Charité. Aber das war Laura im einzelnen gar nicht so wichtig: Hauptsache, er stand wegen irgend etwas Abgefahrenem in der Zeitung. Und spielt in einer Band.

Sofort leuchten Lauras Augen. »Er ist soo niedlich ... guckt mal, das hat er mir gerade geschenkt«, Laura zeigt uns den Schlangen-Ring mit kleinen grünen Steinen als Augen an ihrer linken Hand. »Einfach nur so hat er mir den geschenkt ...« Laura lächelt und wird rot.

»Wo hast du Benno eigentlich kennengelernt, hier in der McSonnenburger?« frage ich sie. Das mit der McSonnenburger habe ich mir angewöhnt, seit ich erfahren habe, daß so ein Mäck hier Ecke Kopenhagener aufmachen will.

»Nee, nee, auf einem Konzert, wo ich mit Ada und Rike war, im ›Potato-Shop‹, da hab ich ganz lange neben ihm gestanden, aber erst hat er mir gar nicht gefallen, ich war wohl noch auf 'ne andere Optik geeicht, blaue Augen, weiße Levi's ... hat erst nach 'n paar Treffen bei mir gefunkt. Ist halt nicht der Typ, wo man auf zehn Meter Entfernung gleich in Ohnmacht fällt, aber dann ...«

»Ist er nicht schon der große Star mit den ›Ernies und Berts‹?«

»Die heißen jetzt: ›Ernie und Leo und Benno und Berta‹ ... äh die Schlagzeugerin ist 'ne Frau, deshalb Berta ... und die haben letztens im ›Berlintokyo‹ gespielt!«

Laura hat das geradezu feierlich von sich gegeben. Ich denke an den winzigen, kahlen Kellerraum auf der Rosenthaler Straße und sage nichts. Ada grinst, macht laute Geräusche beim Bonbonlutschen, gießt sich Wein nach.

»Und, wie ist das so mit einem Ossi-Freund?« wage ich zu fragen. Bin einfach neugierig, was jemand, der gute zehn Jahre jünger ist als ich, darüber denkt. Mein Ex-Freund Stefan aus Leipzig und ich haben so getan, als sei das selbstverständlich kein Thema, aber dann hat er doch immer damit gestichelt, daß die Ossis im Schnitt ja viel gebildeter seien, weil sie nicht nur so schnell verwertbares Infotainment in sich hineingestopft hätten, und daß ich ja weder von Humanismus noch von sonst was wirklich Ahnung hätte und so weiter. Manchmal habe ich sogar überlegt, ob er damit recht haben könnte, ich meine natürlich mit der Infotainment-in-sich-hineinstopfen-Bemerkung. Ich habe mich bei seinen Verallgemeinerungen nie groß angesprochen gefühlt, bin nämlich keine waschechte Wessi-Braut, bin ja aus Berlin, das ist ein eigenes Land.

»Erst hat Benno gemeint, er mag die Wessi-Mädchen nicht, die hier einen auf Abenteuerspielplatz machen. Die halt keine Ahnung haben, wie das alles früher aussah, als er noch Kind war, aber dann meinte er, er findet mich so süß, daß das doch total schnuppe ist!« Laura schiebt ihre Zunge in das Loch eines rundes Spekulatius, »und morgen feiern wir unser erstes ...«

»Was, ihr seid schon seit einem Jahr zu ... nein, das kann ja gar nicht sein«, ruft Ada dazwischen.

»Seit einem Monat sind wir schon zusammen!«

»Zeit für einen Wechsel!« Ada kichert, kneift Laura in die Seite, die keine Miene verzieht. Ich schaue auf die flimmernde Landschaft hinter der Mona Lisa, die flüchtigen Wolken am Himmel; ein Fahrradklingeln im Hof verstummt, fängt wieder an, verstummt. Als ich die Kanne hochhebe, um mir Tee nachzugießen, zuckt es wieder durch meinen rechten Arm, fast wäre mir die Kanne aus der Hand gerutscht. Ich stelle sie ab und massiere den Arm.

»Was'n los, Kati?« fragt Ada.

»Ach ... schon gut, gießt euch mal selbst ein.«

»Nee, sag schon, was hast'n du ... was nicht okay?«

»Das ... das kann ich nicht in drei Worten erzählen ... ist eine ziemlich private Geschichte.« Ich sage nichts mehr.

»Wir haben dir doch auch schon ganz viel von uns erzählt ...«, meint Laura jetzt zaghaft. Ada läßt sich eine Marzipankugel in den Mund fallen, sieht mich an.

»Also ... einmal ... wie soll ich anfangen ... vor elf Jahren, da war ich so alt wie du jetzt, Laura, war ich nachts in Kreuzberg unterwegs, meine Eltern waren weg übers Wochenende, habe ich natürlich ausgenutzt ... egal ... jedenfalls ging ich mit so 'nem Typen, in den ich damals furchtbar verliebt war, auf eine Party in der Nähe vom Checkpoint Charlie, da, wo jetzt das Café Adler ist, Hand in Hand gingen wir in Richtung Mauer ...«

»Und was habt ihr da auf der Mauer gemacht?« fragt Ada mich mit belustigtem Gesichtsausdruck.

»Mensch, Ada, ich spreche von *der* Mauer, nicht irgendeiner Mauer, auf dem Ding konnte man damals nicht sitzen und knutschen!«

»Okay, okay, bitte nicht einen auf Pädagogisch, ja?«

Ich schenke mir Riesling nach, nehme kleine, hastige Schlucke. Wie meine Mutter. Dann erzähle ich meine Geschichte weiter:

»Also, nachdem wir auf dem Mauer-Aussichtstürmchen waren, gingen wir auf die Party. Es war Sommer, im Hof hatte jemand einen aufblasbaren Swimming-Pool hingestellt und mehrere Eimer Bodyfarbe, und wir zogen uns aus und bemalten uns damit, damals noch so pseudoanarchomäßig mit Rot und Schwarz, egal. Nachher sprangen wir alle ins Wasser und wuschen das wieder ab; also es war 'ne ziemlich wilde Party. Irgendwann haben Gregor und ich uns absentiert, ins Haus verzogen und da das erste Mal zusammen geschlafen. Nicht mein allererstes Mal, aber gefühlsmäßig das erste Mal. Als er einpennte, lag ich noch stundenlang wach, war extrem durcheinander und unruhig. Irgendwann bin ich aufgestanden, in den Gemeinschaftsraum getaumelt. Zu glücklich, um wirklich glücklich sein zu können ... ergibt das einen Sinn? Was soll's, ich war einfach völlig überdreht, übersext nenne ich solche Zustände, kenne ich noch immer. Ich weiß noch, wie ich Gregors Army-Stiefel vor der Tür habe stehen sehen und allein bei diesem Anblick Herzklopfen ... naja ... jedenfalls stand ich so im Gemeinschaftsraum und merkte, daß es komisch riecht. Dieser Geruch wurde immer stärker, nach Ruß, nach brennendem Plastik und so. Ich lief zum Fenster. Dicke schwarze Wolken kamen vom Dachboden. In diesem Moment stürmten Peer und Gabi rein, wir schliefen in der Partynacht alle in dieser Wohnung, und redeten von Feuerwehr-Rufen und so. Ich glaube, das haben sie dann auch gemacht. Jetzt kam der verschlafene, verkiffte Gregor angewankt, er checkte, glaube ich, nicht so recht, was los war, murmelte immer nur: ›Könnta nich mal leisa sein?‹ Wir waren zehn, fünfzehn Leute in der Wohnung, alle aufgeregt, eine Nachbarin von gegenüber kam reingestürzt, schreiende Kinder und so. Plötzlich, wie alle so herumwuselten, schlich ich mich alleine nach oben. Die Wohnung war im vierten Stock, daran erinnere ich mich noch genau, schwarze Wolken kamen mir schon auf der Treppe entgegen. Doch ich lief weiter. Die Dachbodentür schlug wild auf und zu, und ich ging hinein. Ich merkte sofort, wie warm mir wurde, als ich in das Feuer sah, wärmer war es nur in Gregors Armen gewesen. Ich starrte in die Flammen, die Plastikstühle, die vor sich hin schmorten, das Knistern der Spanplatten von der riesigen elektrischen Eisenbahn, das Lodern der alten Teppiche, der Stapel Bücher und Zeitschriften, der ausrangierten Couch. Und all die verschiedenen Rot- und Orange-Töne, bis zum hellen Gelb, zum Violett, der bläuliche Schein des Feuers über den kleinen Tannenreihen der elektrischen Eisenbahn. Die schwarz in sich zusammensinkenden »Bullen verpißt Euch«-Plakate, die Peer und Gabi erst vor einem Jahr gemalt hatten. Der Rauch, der mitten aus der Couch stob, wie ein Flaschengeist. Und das Knacken, Knirschen, Lodern, Rieseln, Beben. Für einen Moment schloß ich die Augen, ich war hingerissen von all der Unruhe und Lebendigkeit um mich herum und in mir selber. Dumpf vernahm ich Schritte unter mir, viele Schritte. Ich sehnte mich nach Gregor, und ich sehnte mich auch noch nicht wieder nach ihm, mein Gefühl war ganz da, ich war so angefüllt, hätte keinen Platz in mir für ein einziges Quentchen mehr Leidenschaft in diesem Moment gehabt. Plötzlich war mir nicht mehr warm, mir wurde verdammt heiß, ich riß die Augen auf und meine Bluse ...« – »O Mann!« ruft Ada dazwischen. – »... brannte. Ich war so entsetzt, daß ich nur erschrocken und hilflos dastand. Das Ganze war mir wie ein Traum vorgekommen, ich hätte gleich aufwachen und wieder neben Gregor liegen können, seine warme Hand auf meiner Brust. Panisch fing ich an, meine Bluse aufzuknöpfen, was für eine idiotische Idee, sie noch retten zu wollen! Die heilige Bluse, die Gregor mir ausgezogen hatte, bevor er mir überall rote und schwarze Sterne hingemalt hatte. Mein rechter Arm tat höllisch weh, ein gelbes Flackern, das mich nur noch entsetzte, über meiner Schulter. Ich machte kehrt und raste die Treppen hinunter. Ich hörte Leute meinen Namen schreien und merkte, daß meine Haare angefangen hatten zu brennen, heiß wurde es in meinem Nacken. Ich bekam auch sehr schlecht Luft, fühlte mich immer schwächer und verwirrter, konnte nicht mehr sehen. Dann spürte ich zwei Arme, ich wurde irgendwohin geschleift, und dann wurde es kalt. Als ich die Augen öffnete, lag ich im Pool, dessen Farbe jetzt braun war, das war bei Rot und Schwarz herausgekommen. Ein ekliges Braun. Ich weinte, mein rechter Arm, meine Schulter taten so unglaublich weh. Ich faßte mir an den Kopf. Meine Haare waren patschnaß, schienen es mir nur deshalb so wenige zu sein? ›Wo ist Gregor, ich will zu Gregor ...‹, murmelte ich und sah in das Gesicht von Jörg, der auch auf der Party war, den ich aber etwas langweilig gefunden hatte. Gestern nacht hatte er sich als einziger nicht mit Farbe bemalen lassen. ›Gregor? Ist schon weg, nach Hause geradelt, hat noch gesagt, so sensationslüsterne Leute fände er nur peinlich‹, gab Jörg zurück. ›Hast du mich da rausgeholt?‹ fragte ich. Er nickte. Dann drehte er den Kopf, und ich sah zwei Feuerwehrmänner mit einer Bahre auf mich zueilen.«

Ich lehne mich auf meinem Bett zurück. Es erschöpft mich, solche persönlichen Dinge auszubreiten. Ich hätte das den beiden auch nicht erzählt, wenn ich nicht das Gefühl hätte, daß sie selber zum Teil ziemlich seltsam drauf sind und so was prinzipiell verstehen.

»Und dann?« Ada und Laura sind näher herangerückt.

»Ich habe zwei Wochen im Krankenhaus gelegen … hatte Verbrennungen am Kopf und im Nacken, um es freundlich auszudrücken, aber das sieht man nicht mehr, ist Haar drüber gewachsen … aber bis heute tut mir der Arm weh. Das war eine sehr tiefe Verbrennung. Beim Beugen des Arms werde ich immer daran erinnert.«

»Harte story, ich glaub, ich war noch nie so verliebt, daß ich wegen 'nem Typen so rumgeflippt wär, ich meine, weil du die blöde Bluse nicht rechtzeitig ausgezogen hast, haste jetzt den Rest deines Lebens einen Arm verkohlt«, murmelt Ada.

»Verkohlt nun nicht.« Ich muß lachen.

Ada grinst auch etwas, und irgendwie schweifen meine Gedanken kurz zu Moritz ab. Moritz, der Freund von Ada und Nils, der mir letztens im »St. Kildas« stundenlang Geschichten erzählte und erst aufhörte, als die anderen uns förmlich von unseren Sitzen hochzerrten, um mit uns zu tanzen.

»Aber so was hast du nicht noch mal gebracht? So verzückt ins Feuer gestarrt und dich dabei angesengt?« fragt Ada skeptisch, und Laura legt ihren Kopf auf Adas Schulter, sieht mich mit großen Augen an. Ich glaube, jemand wie Ada findet solche Leidenschaftsanfälle völlig uncool, sie ist so verdammt abgeklärt mit ihren neunzehn Jahren. Laura wird sich bestimmt in die gleiche Richtung bewegen wie sie. Erst hat's sich ausgeboygroupt und irgendwann auch ausgebennot, und dann kommt diese chronische Gelegenheits-lover-Schiene. Aber irgendwie mag ich die beiden.

»O Gott, nein. Es war schrecklich, wirklich, im Krankenhaus sowieso und auch noch eine Weile danach ... ich hätte tot sein können ... kleine Pyro-Macke gehabt.«

»Was is 'n Pyro?« fragt Ada.

»Pyro? Pyromidol is 'n Kopfschmerzmittel, hat meine Mutter auch«, sagt Laura so daher. Ada nickt und guckt sich einen Briefbeschwerer in Form eines Skarabäus an, der auf einem Stapel Zeitschriften liegt. »Netter Käfer, Kati.«

»Dem hab ich einen besonderen Namen gegeben ... kommt ihr nie drauf«, ich lächele.

»Tom!« – »Jerry!«

»Nein, Scarabeo ... was sagt ihr dazu?«

»Oh, das klingt gut ... exotisch, wie bist'n darauf gekommen ...«, Laura und Ada spielen mit dem Briefbeschwerer herum. Manchmal kann ich einfach nicht widerstehen, einen kleinen Spaß mit ihnen zu treiben.

»So blaue Augen, blaauuue Augen ...«, singen »Ideal« auf meiner Cassette.

»Oh, Kati, könntest du das bitte abstellen, ja?« Laura sieht mich flehend an.

»Okay, okay.« Ich drehe die Cassette einfach um.

»Welche Augenfarbe hat denn dein Benno?« frage ich augenzwinkend.

»Braun!« Laura beißt einem Weihnachtsmann den Kopf ab.

»Aha«, wir müssen alle drei lachen. Mein Kopf ist schon eine ziemliche Weintraube, Ada erzählt skurrile Anekdoten, der Zimt-Tee hat jetzt genau die richtige Temperatur, und draußen schneit es.

Die Nachtburger (Ada Reprise)

Ada drapiert sich einen Fahrradschlauch als Kopfschmuck um die Stirn, Nils liest einen Comic. Es fängt an zu nieseln, Ada zieht ihre Kapuzenjacke hoch, rückt dichter an Nils. Im ersten Stock brennen Kerzen, Weihnachtszeit bei Alice und

Petra. Der mürrische Mann im Nadelstreifenanzug, der sich Ada im Treppenhaus als »Karaul« vorgestellt hat, stakst über den Hof, schenkt ihr ein knappes Nicken.

»Die Brille vom Zaren ist weg«, sagt Nils nach einer Weile und läßt einen Karamelbonbon in seinen Mund fallen.

»Die hab ich. Brauchte die mal wieder. Tom wohnt Südseite und hat keine Vorhänge, da hab ich mir eben die Schlafbrille ausgeliehen.«

Sie schweigen. Ada nervt es, daß Nils offenbar genausooft zu dem Zaren geht wie sie selbst. Sie hat ihn damals gefunden. Monatelang wußten Nils und Moritz von seiner Existenz, interessierten sich aber nicht sonderlich dafür. Kaum hat sie den Zaren für sich entdeckt, muß Nils da auch antanzen. Ada legt ihren neuen Kopfschmuck wieder ab und fummelt an ihrem Walkman. Die Cassette von der »Hanuta-Gang« und dem »Nimm 2«-Duo, das Neueste an Bad Taste, wartet noch darauf, gehört zu werden. Plötzlich sagt Nils laut: »Ich werde heute einundzwanzig ... ich habe mir vorgenommen, nie wieder Süßigkeiten zu essen, nie wieder Sex zu haben, nie wieder CDs zu klauen.«

Ada nimmt die Kopfhörer herunter. »Stimmt, dein Geburtstag, fast schon verdrängt, aber warum willst du jetzt all deine Tugenden aufgeben?«

»Es langweilt mich, das ist alles.«

Nils holt ein Kaleidoskop aus seiner Jacke und blickt hinein. Dann murmelt er: »Blau, rot, grün, lila, blau, rot, grün, lila, gelb, blau, rot, grün ...«

»Jetzt langweilst *du* mich!« ruft Ada und kneift ihn in die Seite. Was ist nur mit Nils los, er hat sonst nicht solche Anwandlungen. Sie haben heute auch noch nicht miteinander geschlafen, obwohl sie schon den halben Tag zusammen verbracht haben.

»Weißt du, Ada, was ich seit einiger Zeit heimlich mache? Nein, keinen SM-Sex, kein Kinderficken, das bräuchte ich doch nicht heimlich zu tun, ich male! Guck, hier!«

Nils kramt einige zusammengeknüllte Bögen aus seiner Jackentasche. »Aber sei nicht beunruhigt, ich will nicht gut sein, ich mache nur so vor mich hin ... schmeiße nachher immer alles weg.«

»Ach, laß doch mal sehen«, Ada schnappt sich einen zerknitterten Bogen. Eine zerklüftete Bergkette mit Sonnenauf- oder Untergang, mit grünem Filzer gemalt. Ada starrt erstaunt auf das Papier. Hin und wieder hat sie bei Moritz und Nils Zeichnungen mit Strichmännchen, Cartoons und ähnlichem entdeckt.

»Was soll das?« fragt sie stirnrunzelnd. Natur ist in ihren Augen nur öde.

»Ich wollte einfach mal was Schönes malen … muß dir ja nicht gefallen«, Nils reißt Ada die Zeichnung aus der Hand, »okay, okay, nächstes Mal gibt's wieder neonfarbene Dinosaurier-Genitalien und Alien-Sex«, er zerreißt die Zeichnung, starrt vor sich hin, schweigt. Ada wird das langsam unheimlich.

»Du bist heute nicht so gut drauf, he?«

Nils bricht eine Speiche aus dem verrosteten Fahrrad, schweigt. Ada kaut auf einem Karamelbonbon herum, schiebt eine Hand unter ihren Pullover, spielt mit ihrer rechten Brust, summt vor sich hin. Schließlich sagt Nils leise:

»Moritz und ich sind nicht mehr zusammen.«

»Wie? Ich meine, es war doch 'ne offene Beziehung.«

»Na und? Moritz hat mir gesagt, er möchte auf seine alten Tage, mit dreiundzwanzig, noch mal was richtig Romantisches erleben.«

»Das hat er sich jetzt verordnet und schiebt dich prompt ab?«

»Ja, gestern ist er mit dem nötigsten Zeugs in seine alte Wohnung nach Kreuzberg gezogen und will jetzt den Asketen spielen, bis er ›den Richtigen‹ oder ›die Richtige‹ findet … klingt wie ein Vierzehnjähriger, das hat man doch längst hinter sich!« Nils schüttelt den Kopf. Dann redet er weiter: »Mann, unsere Wohnung, wir haben gerade erst vor drei Wochen alles neu gemacht … jetzt haut er ab, zieht an den Schicki-Micki-Mehringdamm und spielt den Mönch.«

»Der Mönch am Meer …«, sagt Ada leichthin. Sie weiß nicht, wo sie das schon mal gehört hat. Ein Filmtitel?

»Das ist ja 'ne originelle Wandlung«, sagt sie spöttisch.

»Ja, das kann man wohl sagen, alles total phony und überhaupt … überhaupt … ach … entschuldige mich, ja?«

Nils steht auf und läuft ins Treppenhaus. Er rennt die Stufen hoch bis in den vierten Stock und setzt sich vor den Zaren. Der Zar schaut auf die zugemauerte Tür, und hinter der Tür ist nichts. Und Moritz wird nicht zurückkommen.

Nach einer Weile geht Nils wieder nach unten. Ada sitzt unverändert auf der Couch, lutscht einen Minzbonbon. Sie wirft Nils einen abschätzigen Blick zu. Klar, daß er bei dem Zaren gewesen ist. Sie sieht eine Träne an seinem Kinn. Wie oft hat sie schon mit Nils geschlafen, aber weinen sehen hat sie ihn noch nie. Nils setzt sich in einigem Abstand auf eine Mülltonne, trommelt einen Rhythmus mit seinen Schuhen an das Blech.

»Und Moritz ist das jetzt einfach so eingefallen, daß er 'ne feste Beziehung will, oder wie?« fragt Ada noch mal nach.

»Er hat mir schon seit ein paar Wochen damit in den Ohren gelegen. Er sagte, das einzig Aufregende, was er sich noch vorstellen kann, wäre, wie ein Sizilianer zu lieben.«

»Wie ein Sizilianer?«

»Ja, er meinte halt mit allem Brimborium, Theater, Eifersucht, Mord und Totschlag, Himmel und Hölle, McBeth und so weiter. Er will das mal ausprobieren, wenn er es blöde findet, kann er ja die alte Schiene fahren.«

»Glaubst du denn, daß Moritz das lange durchhält? Nach drei Tagen ohne Sex steht der wieder bei dir vor der Tür!«

»Da bin ich nicht so optimistisch, es gibt genug andere Türen, vor denen er sich ebenso einfinden könnte.«

Ada weiß nicht mehr, was sie zu dem Thema sagen soll. Liebesschmerz kommt ihr immer so lächerlich vor. »Laß uns noch auf die Cave-Party gehen, dann findest du was Nettes zur Ablenkung ... im übrigen gibt es ja noch mich!«

Ada steht auf und streicht Nils kurz über die Haare. Nils rutscht von der Tonne, wischt sich mit einem Jackenärmel übers Gesicht.

Sie fahren auf Adas mühligem Fahrrad, Nils sitzt hinten, die Schönhauser Allee runter zum Pfefferberg. Wenn man in den zweiten Hinterhof läuft, am Pfefferwerk, den

Ateliers und Trommlergruppen vorbei, kommt man zu einer Treppe, die zum Keller führt. Diese Tür ist normalerweise verschlossen, läßt sich aber, wenn man geschickt ist, aufdrücken. Ada und Nils begrüßen ein paar Leute, dann nehmen sie die rostige Wendeltreppe, die in das untere Geschoß führt. Hier erstreckt sich ein 4000 Quadratmeter großes Kellergewölbe, das vor dem Krieg von einer Brauerei genutzt wurde. Das Grundwasser ist mittlerweile an einigen Stellen so gestiegen, daß ganze Schächte wie ein unheimliches unterirdisches Venedig aussehen. Einige Partyleute gondeln auf Holzflößen herum. Der Mittelpunkt ist jedoch ein riesiges Tonnengewölbe, vom Ausmaß eines mittleren Kirchenschiffs, das vollständig mit Graffiti bemalt ist. Hier finden die illegalen Partys statt; kein Sterbenslaut kann nach außen dringen. Die ganze Kelleranlage ist so weitläufig und labyrinthhaft, daß man glatt darin verlorengehen könnte. Ada hat immer Horror davor, daß sie eines Tages aus einem Nebengang nicht mehr herausfindet und dann »warten« darf, bis der nächste geheime event stattfindet. Hunderte von Leuten sind gekommen, stehen in Gruppen beieinander, tanzen durch die vielen verschiedenen Gänge. Es gibt acht DJs, durch manche Gänge kann man fünfzig Meter weit bis in die nächste Halle blicken. In einigen Räumen ist quietschgrüner Kunststoffrasen ausgelegt, in anderen gibt es Turnmatten. Eine Gruppe von Leuten trägt regenbogenfarbene Gummistiefel und tanzt zu Hard-House in einem der überfluteten Gänge. Unter dem großen Tonnengewölbe stehen fünf Akrobaten in enganliegenden Kostümen mit silbernen Flügeln auf einer Leiter; ein Mann, der bis auf einen kobaltblauen Slip und den Gurt für die Flügel nichts anhat, tanzt auf einem Trapez, eine Frau mit langen rotbraunen Haaren hat eine Plastikschlange um ihren Körper gewickelt und schaukelt gemächlich auf ihrem Trapez, kaugummikauend. Eine Glatzköpfige mit Kuhglocken als Ohrschmuck, einem riesigen Nasenring und einem erstaunlich echt aussehenden Flamingo aus Stoff auf dem Arm, verteilt Flyer für den nächsten Irritainment-Event.

Nils und Ada setzen sich mit einem Space-Drink auf die

orangen Plastiksessel, die aussehen wie von einem Flughafen in den siebziger Jahren. Nils holt ein kleines Spielzeugauto aus seiner Hosentasche und fährt damit Buchstaben auf Adas Rücken. »Ada«, »Nils«, »Schatz«, mehr fällt ihm nicht ein. Dann ist Ada dran. »Ersatzschlafbrille«, »Postkoitaldepression«, »Fahrradschlauchkopfschmuck«, »Netzanschluß« schreibt Ada auf seinen Rücken, möglichst lange Worte, für die Nils ewig braucht, um sie zu erraten. Plötzlich sehen sie Felix und Kiki, Felix rennt heute mit Spitzbart und grünem Försterhut herum, Kiki im üblichen H & M-Krempel. Die beiden sind schon siebenundzwanzig, steinalt sozusagen. Sie quasseln gegen die Musik an. Nils erzählt, daß heute sein einundzwanzigster Geburtstag ist.

»Jetzt würde ich richtig ins Gefängnis kommen, wenn ich was echt Böses mache«, flüstert er Felix ins Ohr. Nils ist wieder ziemlich aufgedreht. Er küßt Ada auf den Hals, zieht ihr T-Shirt ein bißchen zur Seite, um sie auf das Schlüsselbein zu küssen, streichelt ihre Hände, keine Minute ohne irgendwas.

»Wo ist denn Moritz heute?« fragt Felix.

»Moritz ist bei seinen Eltern und übernachtet dort, weil die in Lichtenrade hausen«, sagt Nils kurz. Felix und Kiki setzen ihr Gespräch über gestörte Leute fort; eines ihrer Lieblingsthemen.

Nils geht in den mit rotem Graffiti bemalten Gang, der links vom Tonnengewölbe abgeht. Hier ist die »Red Zone«. Er lächelt, er ist schon ziemlich betrunken. Etwas wankend geht er den niedrigen Gang entlang, stützt sich an den feuchten Wänden ab. Das flutende rote Licht blendet ihn. Ein Mann im Taucheranzug steht plötzlich vor ihm, küßt ihn und schiebt ihm dabei etwas in den Mund. Dann bindet er ihm ein Tuch um die Augen. Nils lacht und tastet sich vorwärts. Er hört das Knistern einer Fackel, er muß in der Fackelallee sein, spürt die Wärme. Spürt die Körper vor ihm. Er zieht den Reißverschluß herunter. Im Hintergrund läuft leise »Japanese Toy«. Er stellt sich vor, er steige jetzt auf dem Mond aus oder noch weiter weg. Seine festen Schritte hinterlassen Abdrücke, wo noch niemand welche hinterlassen hat. Kein Wind fegt sie fort. Für hunderttausend Jahre.

Er dringt ein, er bewegt sich langsam, schneller, es wird noch wärmer, er stöhnt, er hört nichts, aber er weiß, daß er stöhnt. Dann stöhnt er nicht mehr. Er setzt sich auf den Kunstrasen und steht wieder auf, seine Satinhose hängt um seine Knöchel. Im Hintergrund läuft leise »Chinese Boy«. Vielleicht hat er ein Déjà-vu-Erlebnis. Er stellt sich vor, er steige auf dem Mond aus, oder noch weiter weg. Seine festen Schritte hinterlassen Abdrücke, wo noch niemand welche hinterlassen hat. Kein Wind fegt sie fort. Keine Grillen. Und keine Liebeslieder. Für hunderttausend Jahre. Er dringt ein, er bewegt sich langsam, schneller, die Luft ist heiße Watte, er stöhnt, er hört nichts, aber er weiß, daß er stöhnt. Dann stöhnt er nicht mehr. Er nimmt die Augenbinde ab. Vor ihm hocken Felix und Pony.

Ada hockt bekifft in einem schmalen blaugrün beleuchteten Gang; von hier aus kann sie in ungefähr dreißig Meter Entfernung die glänzenden Körper der Akrobaten, ihre schwingenden silbernen Flügel sehen. Sie betrachtet den Mann in dem winzigen Slip, wie er einen Salto macht, die langhaarige schlanke Frau in der Luft an den Händen faßt und küßt und wie beide wieder auf ihren Trapezen landen. Ada sieht die beiden im Zeitlupentempo. Wie sie sich küssen, ganz langsam, die rollenden Bewegungen ihrer Körper in der Luft. Auf einmal fühlt sie sich sterbensmüde und würde sich am liebsten der Länge nach hinlegen, in dem Gang steht aber eine Handbreit hoch Grundwasser. Sie hockt, sie hat keine Vorstellung wie lange schon, auf ihren acht Zentimeter hohen Kuhfellstiefeln herum. Die Bässe schlagen in ihren Bauch, ihr Körper verwandelt sich in ein wirbelndes Brummen. Schließlich wankt sie in einen weniger nassen Tunnel und legt sich schlafen.

Als sie aufwacht, frierend und klamm, wird ihr bewußt, daß sie in den letzten Wochen kaum bei Tageslicht unterwegs gewesen ist. Sie hat sich einen Rhythmus angewöhnt, immer morgens ins Bett zu gehen und nachmittags um vier oder fünf aufzustehen. Vorgezogene Weihnachtsferien eben. Einkaufen geht sie nur noch im Spätkauf auf der Kastanienallee. Kaum ist sie einmal außerhalb von Prenzlauer Berg gewesen. Wozu auch, sie führt hier ihr hermetisches Nachtleben.

Aquariumleben. So hat Katharina, die Studi-Frau von gegenüber, das mal genannt. Besonders komisch findet Ada es, am frühen Morgen zur Arbeit gehende Leute anzutreffen. Wenn sie selber jobbt, macht sie Kasse oder Garderobe in einem Late-Night-Schuppen. Viel Geld braucht sie nicht, sie kennt überall Leute und kommt in fast alle Clubs umsonst rein. Kino, Theater, Essengehen interessiert sie nicht. Manchmal vergißt sie, daß es nicht nur Nightpeople gibt, sieht wochenlang kein normales Geschäft, keine Post, Bank, Kinder mit Schulranzen, meckernde Opas. Irgendwann sind die wilden Interieurs von Clubs, die Muster irgendwelcher Bettlaken die einzige Realität, die es noch gibt.

So überdreht Nils vorhin war, so still ist er jetzt. Sie fahren mit Adas Rad die leere Schönhauser entlang, an dunklen parkenden Autos vorbei, die Ada wie verlassene Behausungen vorkommen. Die kalte, frische Luft fliegt an ihnen vorbei, und Ada fühlt sich etwas ausgenüchtert. Sie sitzt auf dem Gepäckträger, hat die Hände um Nils' schmale Hüften gelegt, eine pragmatische Berührung. Es ist so lange her, daß sie mit Herzklopfen auf eine Party gegangen ist, gehofft hat, jemand ganz Bestimmtes, jemand Besonderes zu treffen. Wie das sein müßte, mal in stinknormalen Klamotten auf eine normale legale Party zu gehen und ganz normales Herzklopfen zu haben. Ada greift in ihre Handtasche, holt ein paar Geldstücke heraus und zielt damit auf parkende Autos. Kurz blitzen die Münzen auf in der Nacht, dann sind sie verschwunden.

»Wollen wir schon nach Hause?« ruft Ada gegen den Wind.

»Was? Nach Hause? Nee, bloß nicht.«

»Okay, dann eben in die 78.«

Nils biegt in die Sonnenburger ein, es ist halb acht morgens, ein paar Leute eilen die Brücke über der S-Bahn entlang, Taschen unter den Arm geklemmt. Ada schaut den Leuten nach, schüttelt den Kopf. Wozu sich abrackern? Es gibt doch H & M und Burger King. Teuer ist out. An der Ecke Sonnenburger/Kopenhagener fahren sie an Nadelstreifenkaraul und seiner Freundin vorbei, die sich angiften. Sie haben erhitzte Gesichter und schreien richtig. Ada kriegt mit, daß es um »den anderen zu sehr in Beschlag nehmen« und um »Macht ausüben wollen« geht. Als die beiden Ada und Nils sehen, halten sie erschrocken inne, starren auf ihre Schuhe. Ada schaut ihnen absichtlich lange nach, damit ihnen der Vorfall noch unangenehmer wird.

Nils und sie sind jetzt abgestiegen, laufen die letzten Meter. Auf einen verstaubten Rolladen hat jemand frisch gesprayt: »Birne ist Matsche« und eine etwas dellige Kohl-Birne daneben gemalt. Gegenüber wirbt die Vereinsbank für »Mitdenken«. BMW mit dem »Power-Paket«. Liebe, Macht, Geld und Politik, irgendwie alles altertümlich, denkt Ada und krempelt ihre Noppenhosen runter, die sie zum Fahrradfahren hochschiebt.

Nils lehnt das Rad an einen regennassen Stuhl, beides fällt um, reißt eine Wohnzimmerlampe mit zerfleddertem Schirm mit sich. Er stöhnt kurz auf, läßt die Sachen aber liegen, fängt an, eine scheppernde Filmrolle über den Hof zu kicken. Dann hockt er sich auf einen umgedrehten Eimer und gähnt ein paarmal. Ada kommt angeschlurft und kniet sich neben ihm, starrt in die blasse Morgensonne.

Die Hoftür der Kopenhagener 16 öffnet sich, und Alice kommt mit einem kleinen Bündel auf dem Arm über den Hof, strahlt sie an. »Wollt ihr hochkommen zum Adventsfrühstück? Petra hat einen herrlichen Stollen gebacken … überlegt's euch.«

»Ja, mal sehen«, murmelt Nils. Er ist zu müde, um boshaft zu sein. Ada betrachtet Alice genau, wie sie beschwingt in ihrem hellblauen Kleid, der Wollstrickjacke und ihren Hausschuhen über den Hof schreitet. Nicht mal das Kind brüllt. Ada setzt sich jetzt auf einen alten Autoreifen, greift nach einem zerfledderten Comic.

»Hier noch 'ne Zeichnung, über die du lästern kannst«, sagt Nils und zieht ein Papier aus der Hosentasche, zerknüllt den Bogen und wirft ihn Ada an den Kopf. Ada streckt ihm die Zunge raus, dann faltet sie das Blatt auseinander. Zwei umrißhafte Figuren küssen sich, im Hintergrund Palmen, Meer, ein Herz, das auf den Wellen schwimmt. Ada findet die Zeichnung noch schlimmer als die, die er ihr vorhin gezeigt hat. »Ist das alles?« fragt sie.

Nils erwidert nichts und streckt eine Hand nach dem Papier aus. Als Ada nicht sofort reagiert, läßt er die Hand fallen. Es regnet jetzt stärker. Die Zeichnung zerfließt auf dem Papier, bis es an Adas Hand wie ein welkes Blatt herabhängt. »War doch echt ein cooles Bad-Taste-Bild, mußt du zugeben«, kichert Nils. Ada nickt und legt die nasse Zeichnung in das nasse Comic-Heft.

Ich habe zwei Sträuße gekauft, einen vor Adas, einen vor Nils' Tür plaziert. Doch sie wissen nicht, von wem die sind. Sie stellen sie in Adas Küche zu den Massenmördern, haben Sex unter ihrem Duft und schmeißen sie nach drei Tagen weg. Manchmal kaufe ich Minzdrops, lege sie an schwer auffindbare Orte in der Sonnenburger 78, doch Ada findet sie meistens. Ich werde ihnen nicht sagen, von wem die sind, denn sonst bekomme ich als ihre sechsundzwanzigjährige Nachbarin von gegenüber ein Malteser-Fick-Angebot, auf das ich gerne verzichte. Vielleicht werden sie auch denken, die stammen von »Nadelstreifenkaraul«, wie Ada ihn getauft hat, als Entschuldigung dafür, daß er in der Nacht, wo Ada sich die Schlafbrille geholt hat, die Augen vom Zaren übermalt hat.

Ich habe ein schlechtes Gewissen. Ja. Wenn ich gläubig wäre, würde ich eine Kerze für sie irgendwo aufstellen. Wenn ich ... wenn ich ... nein: es gibt nur Bilder, Zaren, verschwundene Menschen. Unruhige Orte, Straßen, Städte. Wenigstens.

Aus dem ersten Stock höre ich jetzt pünktlich um 16.00 Uhr das »Ooohhhmmm«; Alice und Petra meditieren. Wenn ich mich auf die Zehenspitzen stelle, kann ich das große Bild von Oyama Puyamera erkennen, einer indischen Schutzgöttin für Frauen. Am Küchenfenster hängt eine weihnachtliche Kerzengirlande. Die picken sich aus jeder Religion, was ihnen so gefällt.

Ich drehe mich um und sage der Sonnenburger erst mal Ciao. Morgen fliege ich nach Italien, werde durch mittelalterliche Städte laufen, aufs Meer schauen. Ich fahre nicht alleine. Das wissen die Nachtburger nicht. Moritz wird mich begleiten, wir wollen in unseren kurzen, flotten Leben noch einmal romantische Liebe probieren. Vielleicht werde ich sie ihm erzählen, die Geschichte von dem brennenden Haus, in dem ich stand. Nicht immer nur die stories anderer Leute. Karaul oder Ernie und Berta oder so. Ich schlendere in Richtung Netto, Reiseproviant kaufen.

ISBN 3-351-02858-X

1. Auflage 1999

Einbandgestaltung Ute Henkel / Torsten Lemme
Druck und Binden Graphischer Großbetrieb Pößneck
Ein Mohndruckbetrieb
Printed in Germany